पहर दोपहर ठुमरी

प्रत्यक्षा कहानियाँ और ब्लॉग लिखती रही हैं। उनका पहला कथा संग्रह *जंगल का जादू तिल तिल* भारतीय ज्ञानपीठ से २००८ में प्रकाशित हुआ। वे गुड़गाँव में रहती हैं और पावरग्रिड में मुख्य प्रबन्धक, वित्त की हैसियत से कार्यरत हैं।

पहर दोपहर ठुमरी

प्रत्यक्षा

हार्परकॉलिंस पब्लिशर्स इंडिया
ए जॉइंट वेंचर विद
THE INDIA TODAY GROUP
नई दिल्ली

हार्पर हिन्दी
(हार्परकॉलिंस पब्लिशर्स इंडिया, ए जॉइंट वेंचर विद द इंडिया टुडे ग्रुप)
द्वारा 2011 में प्रकाशित

हार्पर हिन्दी हार्परकॉलिंस पब्लिशर्स इंडिया का हिन्दी सम्भाग है
4th फ्लोर, टावर A, बिल्डिंग नं. 10, डीएलएफ साइबर सिटी,
डीएलएफ फेज II, गुरुग्राम, हरियाणा – 122002, भारत

ISBN : 978-93-50290-99-6

टाइपसेटर : निओ साफ़्टवेयर कन्सलटैंट्स, इलाहाबाद

मुद्रक : थॉम्सन प्रेस (इंडिया) लि.

HarperCollins *Publishers*, Macken House, 39/40 Mayor Street Upper,
Dublin 1, D01 C9W8, Ireland

पापा के लिए

जो नहीं हो कर भी बहुत बहुत पास हैं

आभार

ये कहानियाँ उन मीठे दिनों की याद हैं जब लिखना बेतरह खुशी महसूस करना होता है। इस लिखने में घर की चहल-पहल और रौनक बनी रही, माँ, चाचा, हर्षिल और पाखी का रजगज़ किसी पार्श्व संगीत की धुन की तरह मेरे आसपास बजता रहा, मेरे लिखने को व्यक्तिगत स्पेस देता हुआ और उसको फिर भी मेरी दुनिया का हिस्सा बनाते रहता हुआ...

संतोष जो है हमेशा मेरे साथ, जिसके होने भर से ही सब सम्भव होता रहा है...

प्रमोद जिसके बिना ये शब्द उस तरतीब और अर्थ में नहीं होते, उनकी आत्मा उनके शरीर से विलग होती...

और आलोक भाई जिनके स्नेह की उष्मा मुझे लगातार मिलती रही है,

नेह की इस विशाल छतरी के नीचे ये कहानियाँ इन सब के लिए बहुत बहुत स्नेह और अपनेपन के साथ...

सूची

बलमवा तुम क्या जानो प्रीत

बात सिर्फ़ इतनी-सी थी, सिर्फ़ इतनी ही तो... कि बस अब जी नहीं लगता था कहीं भी, किसी से भी। अन्दर सन्नाटा गोल-गोल घूमर बनाता प्राण उमेठता और फीकी बेरौनक मुस्कान के कोने पुराने स्वेटर से उधड़ते बिखर जाते। संगीत शब्द रंग बन्द तहखाने में सात तालों के भीतर लुकाई बातें थीं, दूसरे समय की। तब भी यही समय था और अब भी की दबी दबी आह उठती, बेचैन कराहटों की उँगली थामे, दीवार टटोलते धीरे से चुकी जाती। अपने होने से शर्मसार लिथड़ती खामोशी कोने अतरों पर घिसटती खत्म होती।

गली से घूमती विचरती आवाज़ दरवाज़े से झाँकती लौट जाती। गली के मुहाने पर जो दुकान थी उसके अँधेरे कोनों में ग्रामोफ़ोन बजता, ठेठ ख़राशदार आवाज़ में किसी तकलीफ़ और मनुहार की दिल तोड़ देने वाली गमक। भीतर अजायबघर था। पुरानी घड़ियाँ, रेत घड़ी, कम्पास, टूटे दरके चीनी मिट्टी के नक्काशीदार प्लेट और सूप बोल्स। चाँदी की तश्तरियाँ, पीले पड़े फ़्रेम में जाने किस-किस की तस्वीरें, क्रोशिया से बने झागदार पीले चादर और स्टोल।

बूढ़ा अपनी सुनहरी कमानी वाले फ़्रेमलेस चश्मे से गली के सन्नाटे को ताकता ग्रामोफ़ोन सुनता। बार-बार वही एक गीत। कोई ग्राहक भूले-भटके आता तो अँधेरे सीलेपन से घबड़ा कर धूप भरी गली में तुरन्त लौट जाता। बूढ़ा चुप देखता रहता, पतलून की जेब से घड़ी निकाल कर समय देखता। अगर बारह बजे होते तो एक कर्कश घंटी बजती। कहीं मकान के पेट से ये आवाज़ अँधेरे को चीरती हुई तीखेपन से बाहर पहुँचती। बूढ़ा उठ

कर पिछवाड़े के दरवाज़े तक जाता। फिर सूप भरा बोल लेकर वापस अपनी बदरंग आरामदेह कुर्सी पर बैठ जाता और सुड़क-सुड़क कर पानीदार सूप पीता। ऐसे समय किसी का भी हस्तक्षेप उसे रास न आता। भले ही कोई सचमुच का ग्राहक किसी चाँदी के गुच्छे पर जान न्योछावर करता हुआ दाम पूछने चला आये।

दुकान के पिछवाड़े वाले हिस्से का दरवाज़ा बगल की गली को खुलता था। औरत खुले दरवाज़े और गली के बीच टंगी मोढ़े पर बैठी रहती। औरत कामकाजी थी इसलिये हर वक़्त काम करती दिखती। जब बैठी होती तब भी बाकी शरीर विश्राम की अवस्था में रहता पर हाथ और मुँह काम करते रहते। उसके गले से गीत थोड़ा बेसुरा, मोटे और फुसफुसाते स्वर में निकलता, जैसे गाने की बजाय कुछ याद करते रहने की कोशिश हो। औरत मफ़लर बुनती थी। कभी-कभी शाल भी बुन लेती थी। गर्मियों में क्रोशिया के लेस बुनती। बूढ़ा निर्विकार भाव से दुकान में बैठता।

* * *

सुनहरे नक्काशीदार फ्रेम में जड़ी तस्वीर औरत की थी जिसके चेहरे पर असीम मासूमियत और अथाह दर्द ख़ुदा था। मज़े की बात थी तस्वीर में उसके कँधे हँस रहे दीखते थे जबकि चेहरा चुप था। ऐसा होना किसी सुराख से उस पार गिर जाना होता था जहाँ रात और दिन के बीच कोई विभाजन रेखा नहीं थी। उसी तरह सुख और दुख रहते। मसलन सुखी होते-होते अचानक उसके ठीक से पूरा होने के ऐन पहले दुख हरहरा कर तोड़फोड़ मचाता घुस आता। और दुख के चरम पर कोई भूली हुई, या फिर आगत सुख की लहर का आभास ऐसे कौंधता कि, 'दुखी थे, अच्छा?' और चेहरा चौंक जाता। रंग भी सफ़ेद-स्याह कहाँ थे। वाटर-कलर्स की तरह सब एक-दूसरे में बहते-घुलते मिलते। जैसे सब तरल था और कोई तयशुदा सीमा नहीं थी। जैसे पूरा ब्रह्मांड धड़कता हो, हर धड़कन पर उसका चेहरा बदल जाता हो, उसकी प्रकृति तक, उसका गँध रूप रस, सब। और ये आदमी झुकता चलता फिर सीधा खड़ा होता, किसी ऐनिमेशन फ़िल्म का कैरिकेचर,

जिसकी अंतिम परिणिति फिर उस जीव की हो जो एक कोशिका से बना था। कि सब इतना दुरूह हुआ कि एकदम धुर सरलता में ही इस दूरूहता का भरण हो सके। कि जैसे बच्चे के मासूम भोलेपने में कुटिलता के सब बीज गुम्फित रहें। साईलेंट फ़ैक्टर्स। जो हिस्सा उँगली के पोर से सबसे पहले छू जाये वही सबसे पहले जीवित हो, आकार ले।

* * *

रात में कई बार बूढ़ा उस तस्वीर को अपने कमरे में लिये आता। लैम्प की पीली बीमार रौशनी में उस चेहरे को देखता। फिर उसाँस भरकर बगल के मेज़ पर एहतियात से रख देता। उसी एहतियात से अपने कपड़े बदलता, उन्हें सरियाता और बिस्तर के पायताने रखता। टोपी उतारता, अपने सर को सहलाता फिर प्रार्थना जैसा कुछ बुदबुदाते हुए लेट जाता। उसकी आँखों से कभी-कभी आँसू रिसते पर बारहा उसे मालूम न पड़ता। अपने शरीर के अंग-प्रत्यंग पर अब उसकी पकड़ धीमी होती जा रही थी। जैसे छोटे राजा, क्षत्रप बगावत पर उतर आये हों।

रात को सोने के पहले औरत लैम्प बन्द करने आती। तस्वीर उठाकर वापस सामने वाले हिस्से में जहाँ दुकान थी, वहाँ रख आती।

* * *

मुन्नी बेगम जब गातीं, *बलमवा तुम क्या जानो प्रीत,* महफ़िल में रस बरसता। शमादान में शमा लहरा कर काँप जाती। सुनने वालों के दिलों से आह उठती। मुन्नी बेगम का चेहरा पाक-साफ़ संजीदा रहता। जैसे प्रीत से उनका निज का कोई वास्ता न हो। ऐसे बेरुख नक्श पर टीस मारती आवाज़ कहर ढाती।

अल्लाताला ने जैसी सूरत दी थी वैसा ही गला भी दिया था। कहते हैं जब पान खातीं तो रस की धार गले से उतरती दिखती। नाक का हीरे का लौंग कटार की तरह लश्कारा मारता। राजा साहब और नवाब हुज़ूर हुक्के

की पेंच से कश खींचते बेहोश होते रहते। सिक्कों और नोटों से भरा थैला फ़र्श पर झँकार बजाता गिरता।

इन सब से गाफ़िल मुन्नी बेगम आँखें मून्दें आलाप लेतीं... *गँगा रेती में बँगला छवाय मोरे राजा, आवे लहर जमुने की...*

उनकी आवाज़ में किसी बच्चे के गले-सी मिठास थी। और उस भोलेपन के कच्चे गमक में किसी नायिका का मनुहार जब घुलता तो सुननेवालों की जान निकली जाती। गाढ़े शहद की शिथिलता, जैसे अभिसार के बाद की अलसाई नींद।

नवाब रिफ़ाकत अली बेग और राजा नौबहार राय में होड़ मची थी कि मुन्नी की नथ कौन उतारे। बेगम बेख़बर, अपने सर की मलमल की ओढ़नी सँभालती, आलाप लेतीं। उनका छोटा-सा मासूम चेहरा संगीत के रस में डूबता तमतमाने लगता। मुँहलगी दासी परबतिया होंठों पर हाथ धरे बोलती, 'देखो, जइसन देबी जी चढ़ी हों'।

कोठे की पहली मंज़िल की खिड़की के नीचे खड़ा नौजवान दीवार से पीठ टिकाकर आँखें मूँद लेता। उसे लगता वह किसी तन्द्रा में है। पाँव खड़े-खड़े अकड़ जाते। शरीर सख़्त हो जाता। पर मन उसका धीमे-धीमे कोई नदी बनता जाता। उसे लगता एक दिन उसका शरीर बहने लगेगा। मुन्नी बेगम एक छोटी-सी मछली बन जायेगी और उसकी देह की नदी में तैरेगी। फिर दोनों बहते हुये किसी और दुनिया में निकल जायेंगे। उस आने वाले दिन की उम्मीद में उसकी छाती ऐसे भर जाती कि साँस तक का बोझ उसे तोड़ डालेगा ऐसी अनुभूति होती। लौंगलत्ती, मुन्नी बेगम की ख़ासमख़ास, ऊपर की मंज़िल की खिड़की से झाँकती और उ़फ्फ करती।

ये लौंगलत्ती की ही होशियारी थी कि महफ़िल ख़त्म होने पर एक रात उस नौजवान को लुका-छिपा कर मुन्नी के कमरे में पहुँचा आई थी।

* * *

बूढ़ा उलटी हथेली अपने होंठ पोछता है। आस्तीन का कोर मैल से चीकट

हो चला है। दुकान के अँधेरे ठंडेपन में नम मिट्टी-सा सुकून है। बाहर धूप की तरफ देखते उसकी आँखें पनियाती हैं। उसके पंजों पर झुर्रियों का जाल है, नीले नस रस्सी की तरह कड़े होकर उभर आये हैं। खाल पर भूरे लाल तिल और चकत्तों की भरमार है। मेज़ पर रखी घंटी को कुछ गुस्से से बार बार दबाता है। औरत झल्लाती हुई आती है, 'क्या है?'

'तुमने आज मुझे सूप नहीं दिया?'

औरत बिना कुछ कहे मुड़ जाती है। दो मिनट बाद गन्दा बोल जिसके तलछट पर अब भी सूप तैर रहा है, उसके चेहरे की तरफ ठेलती है, 'याद आया?' फिर गुस्से से धमधमाती लौट जाती है।

बूढ़ा आँख झपकाता देखता है। उसके होंठ के कोर एक महीन रुलाई में नीचे गिर जाते हैं। धीमे से उठता है, तस्वीर वाली औरत को छाती से लगाकर कुछ देर खड़ा रहता है।

औरत धीमे दबे आवाज़ आती है। बूढ़े के हाथ से तस्वीर लेकर शेल्फ़ पर रखती है फिर उसका हाथ पकड़ कर नरमी से उसे कुर्सी तक लिये जाती है। मेज़ पर एक कप ओवलटीन और तश्तरी में दो अरारोट के बिस्किट रखे हैं। कप से भाप उठ रहा है।

'ये खा लो अभी। फिर आधे घंटे में खाना लगाती हूँ।' औरत की आवाज़ में बच्चे को पुचकारने-सा दुलार है। उसका सख़्त चेहरा नरम पड़ गया है। कितनी ज़िन्दगी देख ली और क्या मिला के थकान वाले भाव हैं चेहरे पर। पर कड़ी मिट्टी पर गिरी बारिश की बून्दों का गीलापन भी है।

बूढ़ा बच्चे की तरह हँस पड़ता है, कहता है लौंगलत्ती तुम बहुत अच्छी हो। फिर उठकर ग्रामोफोन पर रेकार्ड लगाता है... *बलमवा तुम क्या जानो प्रीत...*

* * *

मुन्नी बेगम रातों-रात भागीं थीं। नवाब बेग की सोने की मुहरों वाली भारी

थैली ले कर भागीं थीं। लौंगलत्ती राज़दार थी। ज़ैबुनिस्सा ख़ैरुनिस्सा, फ़रखंदा फ़रज़न्दा, सबको छोड़ लौंगलत्ती भी गायब हो गई थी एक दिन। ब्रैडली हडसन की रेलवे की नौकरी ठहरी। भाग जाना आसान था। रेल गाड़ी बदलते, एक शहर से दूसरे। लिलुआ, मखलौटगंज, कलकत्ता, जाने कहाँ-कहाँ। जीवन भर सेवा की लौंगलत्ती ने। पहले मुन्नी बेगम की, उनकी मौत के बाद फिर ब्रैडली साहब की। कितनी मर्तबा सोचा कि क्यों की।

पुराने चाँदी के बर्तन साफ़ करते हुए धीमी आवाज़, कुछ बेसुरी गुनगुनाती है, *बलमवा तुम क्या जानो प्रीत* कहते हुए फिर आवाज़ लड़खड़ाती है, खाँसती है, फिर ख़ुद से हँसती पूरा करती है.. पीर, तुम क्या जानो पीर! बलमवा...

कूचाए नीमकश

दरख़्त के सुर्ख पत्ते अचानक आये हवा के झोंके से गिरते हैं। धीमे धीमे तैरते लहराते, एक के बाद एक। सब जो खड़े हैं, फ़र्रुखज़ाद, नुसरा बी, हमदू, कुबरा, हुमरा, अफ़सान, रसूल बदरुद्दीन, छोटे-छोटे बच्चे, बुज़ुर्ग, बूढ़ी खवातीनें, सब तस्वीर खिंचवाने की संजीदगी में शक्लों को गंभीर दुरुस्तगी में सजाये, अचानक बालों पर, टोपियों और स्काफ़ों पर गिरते पत्तों की छुअन के अहसास में मुस्कुरा पड़ते हैं। कुछ अचकचा कर ऊपर देखते हैं। उस एक लम्हे की हँसी के बाद फिर समेट लेते हैं अपने आप को, देखते हैं कैमरे की तरफ संजीदगी से, उत्सुकता से। उनकी आँखों में सुबह की चमकीली धूप का अक्स है।

नाज़िम दो तस्वीरें खींचता है। एक हँसते हुये ऊपर देखते चेहरे जिस पर सुर्ख पत्तियों की बारिश है, खुशी और हँसी की रौशनी है और दूसरी, संजीदा, ज़रा गमज़दा, ज़िन्दगी से मार खाये चेहरों की तस्वीर।

ऐन वक़्त जब नाज़िम सुर्ख पत्तियों वाली रौशन तस्वीर खींच रहा था, एक और तस्वीर भी खिंच रही थी, पीछे से, लोगों के पीछे से। इस तस्वीर में सबकी पीठ दिखाई देती है, सिर्फ़ नाज़िम सामने से दिखता है, तस्वीर खींचते हुये।

मुसाफ़िर को नहीं पता कि नाज़िम की तस्वीर में, लोगों की भीड़ के पीछे, ज़रा धुँधलाये भेस में, थोड़ा अलग हट कर एक शख़्स दिखता है, जो कैमरा आँख से सटाये ज़रा झुक कर तस्वीर खींचे जाने की तस्वीर खींच रहा है।

* * *

कूबड़ के शरीर पर खिला उसका सलोना चेहरा लोगों को परेशानी में डाल देता है। इतनी सुन्दर, इतनी बदसूरत? ऐसी ख़ूबसूरत? माने ओह कैसी बला! दोनों बातों के साथ-साथ खुलने की भयानक हैरानी होती है। लोगबाग पलट पलट देखते हैं। फिर सिहर कर मुड़ जाते हैं।

वो कहती है, शहर में जो नदी बहती है...

हमदू परेशान बोलता है, कौन-सी नदी? कैसी? यहाँ तो झील है सिर्फ़!

कुबरा के सलोने चितवन पर एक भेदभरी हँसी थिरक जाती जिसमें सौ मन ग़मों का बोझ होता। धीमे करवट फेरकर, हमदू की तरफ पीठ करके कहती,

है नदी, जो देखना चाहे, है उसके लिये...

उसके बाद कुबरा एकदम से हमदू की तरफ पलटती तो उसकी हथेलियाँ फैल जातीं, जैसे उन उँगलियों से पानी छूटा बहता हो। जैसे बाज़ दफ़ा आँखों से बरबस आँसू निकलने लगते हैं। जीवन भर निकलते ही रहे। रंडीखाने में रंडी होकर बरसों एक गाहक न जुटा पाई, बावर्चीखाने में रोटियाँ सेंककर दिन निकाले। अपने हारे पर गरम सीसे की तरह पिघलती रही है कुबरा, धीमे-धीमे। कितने बरस।

आँखें मूँदे कुबरा हमदू के पसीने और दालचीनी की मिली-जुली गमक में भीजती रहती है। हमदू कुबरा के कूबड़ को अपनी छाती में भर लेता है। कुबरा सोचती है, सच है ये, सचमुच में सच, यह ऐसा गरम जिस्म भी किसी का! जैसे जंगल में दिखा था, धीमे लय में उठता गिरता, पत्तियों से झरता, कितना सुन्दर, कि मर जाती कुबरा। देखा था फिर तुरन्त हट भी गई थी। यही था न जिस्म का पानी हो जाना, नदी हो जाना। उसकी हथेलियाँ छाती से होती पेड़ू तक घूमती हैं, लहर पर लहर।

बाहर बर्फ़ गिरती है, लकड़ी के दर्रों से, मोमजामे के बीच से, बहकती हवा भीतर आती है। सिगड़ी की आग छत के लक्कड़ को स्याह

किये जाती है। जाने कितने बरसों की कालिख। कंबल की खुरदुरी गर्माहट में ये पहला जाड़ा है कुबरा के लिये।

या ख़ुदा, धीमे से उसकी साँस बुदबुदाती है।

किसी पुरानी बात की टीस पर बेवकूफ़ फिर चुपके से रोने लगती है।

* * *

नाज़िम चुप देखता है। एक मक्खी लकड़ी के तख़्त पर मंडराती है। हवा में खुनक है। कई दिन बाद कुछ फीकेपन से ही सही, धूप अलबत्ता चादर से मुँह निकाले बाहर हवा में फैल गई है। सड़क के किनारे बर्फ़ के गँदले ढेर हैं। सुबह सड़क साफ़ करने वाले फावड़े से बर्फ़ हटा गये हैं। शहर में सिर्फ़ एक सड़क है, शाहराह। बाकी गलियाँ हैं। इस सड़क का ये सबसे आबाद हिस्सा है। सामने कहवाघर है, जहाँ से मिली जुली आवाज़ें चहकपने से उठती हैं खिड़कियों के रास्ते और कहवा और कबाब की खुशबुओं के संग मिलकर कुछ देर फ़िज़ा में डोलती हैं। कहवाघर से लगा बावर्चीखाना है जहाँ ग़ज़ब का शोरबा, कोर्मा-ए-रवाश, चपली कबाब और मोशपुलाव मिलता है। अच्छे दिनों में नाज़िम कई बार फ़र्रुखज़ाद के लिये लिफ़ाफ़े में मलीदा और खजूर लिये गया है।

कहवाघर के एक तरफ अज ज़हरा बैंक है, और दूसरी तरफ किताबखाना। किताबखाना झील से सटी गुँबदों वाली इमारत है जिसमें पढ़ाकुओं के लिये एक ज़वियत क़ुर्रा भी है। जाने कहाँ कहाँ की किताबें, गिलगमेश की दास्तान और असुरबनिपाल के अफ़साने, इब्न अल नदीम की फिहरिस्त, अबु अल हसन की मुरुज़ अध दहाब वा मआदिन अल ज़वाहिर, सुल ऐम इब्न कैस की किताब, क़ुरान और हदीस और पुराने दस्तावेज़ और ख़ुशख़ती (कैलीग्राफी), चाँदी और काँसी के सिक्के, पुरानी जर जर किताबें, नक्शे, जाने क्या क्या।

नाज़िम की दुनिया उस दुनिया से अलग है। कहवाघर अलबत्ता उसे

पुकारता है जब तब। आज ख़ासकर जब ठंडी हवा बर्छी जैसी है, तब कहवाघर की गर्मी सपने में देखे सुकून की गर्माहट है। कुछ हाथ में पैसे आ जायें तो एक करारी नान खटाई और गर्म भाप उड़ाता कहवा!

लकड़ी के बक्से पर बाबा आदम के ज़माने का पिनहोल कैमरा है। ठीक सामने काठ की कुर्सी है। बगल में तख़्त है, उसपर काग़ज़ और केमिकल्स और ट्रे हैं, तुरत फुरत का डॉर्करूम। धुँधलाये, किसी ज़माने लाल रहा होगा, अब-जाने-क्या-फीका-रंग-है वाला एक विनायल का चौकोर बक्सा है। उसमें अल्मूनियम की पट्टी लगी है, उसी का कब्ज़ा है। एक छोटा ताला भी।

भूरे ओवरकोट की जेब में हाथ छुपाये नाज़िम सड़क की ओर देखता है। आधे किलोमीटर एकदम सीधी जाती सड़क फिर एक बार बायें घूमती है, फिर पहाड़ी टीले के पीछे जाकर अचानक गायब हो जाती है। शहर टीले के बाद खत्म हो जाता है। हवा में नाज़िम की दाढ़ी फरफराती है। उसकी नाक का कोना ठिठुर कर लाल हुआ जाता है। उसकी भूरी ललछौंह आँखों में मरी मछली-सी उदासी है। कुछ साल पहले तक उसकी कमाई ठीक ठाक हो जाती थी। फ़रुखज़ाद को कभी घुमा भी लाता, कभी उसके लिये सूखे फल और लटकती बालियाँ भी खरीद लेता। तब फोटो खिंचवाने लोग आते थे। कारकुल पहने बुज़ुर्ग, लाल फटे गाल वाले बच्चे, हिजाब लपेटे बूढ़ी खवातीन और कभी बहुत अचक्के कोई एक जवान लड़की, शरमाती घबराती हुयी सी।

* * *

इस छोटे से शहर में अरसे तक नाज़िम फ़ोटोवाला इकलौता तस्वीरें खींचने वाला हुआ। पुरानी लकड़ी के बक्से से उसने ख़ुद ये कैमरा बनाया था। कई दिन की मशक्कत और दिमाग़ लड़ाने के बाद सही पिनहोल और डब्बे के पीछे फ़िल्म वाली काग़ज़ की सही दूरी बन पाई थी। फिर कूट का लीवर और पुराने काले साटन का अम्मी के बुर्क़े का खोल।

मगर सबसे बड़ी बात कि नाज़िम की नज़र उम्दा थी। उसमें उन चीज़ों को देखने का हुनर था जो सतह पर नहीं दिखती थीं। चेहरों के पीछे छुपी दुनिया नाज़िम देख लेता। आँखों की पुतलियों और चेहरे की लकीरों से पढ़ लेता किसी के भी अन्दर के राज़ को। और जब तस्वीर खींचता तो चेहरे के साथ उन सब दुनियाओं की तस्वीर भी उतार लेता। कई बार लोग हैरान होते, खुश होते, बिना जाने, बिना समझे कि तस्वीर देख क्या खुशी मिल रही है। कई बार ऐसा भी होता कि लोग बेआराम हो जाते। अन्दर कोई कील ठुक जाती, कुछ ऐसा दिख जाता जिसे बरसों ख़ुद से छुपाये चलते थे।

तस्वीरें खुरदुरे काग़ज़ पर ऐसी उतरतीं, उनके किनारे पुछ जाते। चेहरों की तीखी कटान नर्मी के धुँधलायेपन में मुलायम हो जातीं कि जैसे किसी ने हल्के हाथ चेहरों के शिकन सलीके से पोछ कर उतार लिये हों। आँखों की नज़र जितनी दूर जाती दिखती उतनी ही भीतर उतरती महसूस होती। कोई पूछता नाज़िम से कि ऐसी तस्वीरें कैसे उतार लेता है तो नाज़िम शर्तिया भौंचक नासमझी से देखता मानो जानता न हो बात हो क्या रही है।

* * *

किताबखाने से सटे झील में चीड़ और देवदार के दरख़्तों का अक्स है। नीले आसमान का भी और किताबखाने के नीले गुँबद का भी। दूसरे किनारे पर बत्तख और मुर्गाबियों का झुँड उतरता है।

सड़क की तरफ वाले हिस्से पर तरतीब से लोहे के नक्काशीदार बेंच लगे हैं। जब धूप निकलती है तब बूढ़ी औरतें बच्चों के संग यहाँ बैठती हैं, अखरोट और चिलगोज़ों के लिफ़ाफ़े थामे। गर्म कपड़ों में लिपटे बच्चे पानी के किनारे मुँह से भाप उड़ाते खेलते हैं। उनके गाल और होंठ तीखी ठंडी हवाओं से ऐसे फटे पड़ते हैं मानो ख़ून छलका अब कि तब। सफ़ेद बालों वाली औरतें ऊनी शाल लपेटे धूप में आँख मिचमिचाकर बदन गरमाती बच्चों को हाँक लगातीं हैं। कभी कभार कोई दादी नानी अपने दुलारे नाती पोते की तस्वीर खिंचवाने नाज़िम की तरफ चली आती हैं।

सड़क की दूसरी ओर नाज़िम अपने तख़्त पर बैठा सड़कपार के नज़ारे पर आँखें फेरता है। मन के गहरे कुछ चिर जाता है। उसे लगता है उसके भीतर कोई अजनबी आदमी है जिससे कभी वो मिला नहीं, जिससे शायद कभी मिलने की ख़्वाहिश भी न हो। उसकी छाती भारी, धँसती है। झील के पानी से कोई चीज़ उठकर उसके अन्दर समा जाती है। वो चीज़ खौफ़ है, क्या है, नहीं मालूम।

नाज़िम को लगता है कोई बासी चीज़ उसके भीतर सड़ रही है, पानी में छूटे कपड़ों की बू। एक जोड़ी सीली डरी डूबी आँखें फिर उसकी पीठ से चिपक जाती हैं। दिलयार की लाश उसके कँधों पर लदी रहती है हमेशा। एक लम्हा बस। सर से पैर तक लाचारी में नहाया नाज़िम चाहता है शिद्दत से उस लम्हे के पहले वापस जाकर फिर से ज़िन्दगी शुरू करे एक बार। पाक साफ़ ज़िन्दगी।

कभी मन करता है झील के उसपार देवदार और सनोबर के जंगलों में भाग जाये। कभी किताबघर में रखी किताबों और लकड़ी की आदमकद अलमारियों की अनजान तस्वीरें खींचने की सोचता। उस बूढ़ी औरत की, जिसके चेहरे पर कितनी अथाह झुर्रियाँ हैं पर जिसकी आँखें आग में जलते अँगारों-सी चमकती हैं। उसका मन होता है एक बार बस ऐसे ही उठ कर चल पड़े उस सड़क पर, टीले के पार, बस चलता जाये। बस ऐसे ही और जो कभी लौटे तो कहवाघर में घुसे, ऐसे जैसे इस शहर में अजनबी हो! कहवाघर की मालकिन नुसरा बी को कहे, ऐ फूफी, इन मर्तबानों और मश्कों में जो भी बेहतरीन हो लाओ, फिर अपनी थैली खनखनाये और गाहकों की तरफ रिश्तेदारी से देखे और कहे, हाज़रीन आपको जो पसन्द हो पियें खायें, बीबी सब मेरी तरफ से!

कुबरा के सलोने मुख को देखकर बरबस हँस दे, फ़र्रुखज़ाद के मासूम रौशन चेहरे की रौनक से अपना दिल जगमग कर ले, दिल पर कोई स्याह छाया न हो, कोई अँधेरी रात न हो।

नाज़िम के कँधे गिर जाते हैं। ज़मीन की नम मिट्टी में खोह बनाये

दुबक जाने को जी चाहता है, अकेले, एकदम अकेले।

* * *

बकरी के दूध से बने सूखे पनीर का टुकड़ा चुभलाते नाज़िम विनायल वाले बक्से पर हाथ फेरता है। तख़्त के पीछे जो दरख़्त है उसकी शाखों से बँधे रस्सी पर तस्वीरें परचम-सी फरफराती हैं, वो सारी तस्वीरें जिनके मालिक जाने किस गुमशुदगी में तस्वीर खिंचवाकर फिर साथ लिये जाना भूल गये। नाज़िम ऐसे तस्वीरों को फेंकता नहीं। सब उसके साथ रहते हैं, हवा में लहराते हुये। मेंहदीबाल वाले बुज़ुर्ग, वो खिच्चा लड़का जिसकी मूँछ की रेखा भी अब तक साफ़ न हुई थी, जिसके गले में चिड़िया फुदकती थी। नीली आँखों वाला वो नौजवान जिसका चेहरा किसी फ़रिश्ते-सा पाक दिखता था, और वो डकैत गलमुच्छों वाला अधेड़ जिसने तर्जनी उठाकर नाज़िम को होशियार किया था कि तस्वीर में मेरे नाक का मस्सा न दीखे, हाँ!

चमकती धूप में नहाये कैसे सजीले दिन थे! नाज़िम मन-ही-मन मुस्कुराने की कोशिश करता तो उसकी साँसें भारी हो जातीं।

* * *

ऐसा नहीं कि शहर में अचानक तस्वीरें खिंचवाने का शौक खत्म हो गया। इतनी बात हुई कि सड़क की पहली इमारत, जो कि एक सराय थी, उसके अगले हिस्से में किसी अजाने मुल्क से कोई परदेसी मुसाफ़िर एक नये कैमरे के साथ नमूदार हुआ। आया था घूमने वादियों में। नये ढंग का एक अच्छा, नया, कैमरा लिए। उसके कैमरे में आगे को निकली, एक लम्बी नली थी जिससे दूर बर्फ़ ढकी पहाड़ियों की तस्वीरें भी सच्ची साफ़ उतरती थीं। मुसाफ़िर ने खेल-खेल में कहवाघर में और झील के किनारे और मस्जिद की नक्काशीदार दरवाज़ों और मीनारों की तस्वीरें खींचनी शुरू की, फिर बच्चों की और हँसते लोगों की, लेटकर, बैठकर, झुककर। फिर उसने तस्वीरें दिखाईं ...सब ऐसी जैसे सचमुच से ज़्यादा सच हो, ऐसी रंगीन कि

इतना रंग पहले किसी ने क्या देखा होगा, इतने साफ़ कि आँखें मल-मल देखो फिर भी मटमैला न हो।

जाने कैसा मुसाफ़िर था जो आया फिर बस यहीं का होकर रह गया। सराय के कमरे से हट कर बुखरान के मकान की दोछत्ती उसका डेरा बन गया। सारा सारा दिन किताबखाने में बिता देता, फिर थके चेहरे पर भोली हँसी गिराये कहवाघर में बैठने चला आता। देर रात तक रबाब और दिलरुबा के थाप पर लोगों की हँसी गूँजती। मेज़ पर कुहनी गड़ाये, दोनों पंजों पर ठोढ़ी टिकाये मुसाफ़िर की आँखों में चमकते डोरे कौंधते।

फ़र्रुखज़ाद ही ख़बर लेकर आई थी कि किताब लिखने आया है। रहेगा साल दो साल। फिर ख़बर हुई कि ख़र्चे-पानी के लिये मुसाफ़िर ने लोगों की तस्वीरें खींचनी शुरू की। चमकते काग़ज़ पर लोगों के सपने। टीले के पहले दायीं तरफ की पहली गली में दिलयार की बेवा हुमरा के फलों की दुकान के एक हिस्से में उसने अपनी दुकान खोल डाली। आधे दिन वहाँ बैठता, फिर किताबखाने में जाकर गुम हो जाता। कोई तस्वीर खिंचवाने वाला आता तो हुमरा अपने छः साल के अफ़सान को किताबखाने दौड़ा देती।

मुसाफ़िर के चेहरे में कोई ऐसी कशिश है कि सब उसे खुश करना चाहते हैं। बूढ़ी औरतें उसे अखरोट और रसभरी के लिफ़ाफ़े पकड़ाती हैं, बच्चे अपनी दूधिया हँसी। औरतें अपना दिल। बुखरान की दोछत्ती अचानक आबाद हो गई है। मुसाफ़िर भी लोगों को छोटी छोटी चीज़ें पकड़ाता रहता है, किसी का छोटा कोई काम कर दिया, किसी को अपनी खुशदिली ही दे दी। लेकिन बाज़वक़्त मुसाफ़िर अपने कमरे में बँद हो जाता है। कई कई दिन निकलता नहीं। नौजवान दोछत्ती के बाहर गिरोह बनाये जुटते हैं, फिर मायूस लौट जाते हैं। मुसाफ़िर के कमरे का दरवाज़ा बन्द रहता है। फिर अचानक एक दिन धूप निकलती है और कहवाघर के सामने रंगीनी का आलम सज जाता। मुसाफ़िर के गिर्द बातों की चरखियाँ नाचने लगती हैं।

* * *

नाज़िम के भीतर धीमे-धीमे एक टीस उठती, फिर अन्दर-बाहर समूचे अपने गिरफ़्त में ले लेती। एक आह छूटती, नाज़िम सोचता हुमरा ये कैसी दुश्मनी निभाई तूने। हारे मन के वहशीपने में संगदिल ख़याल उठता बीच सड़क हल्ला मचाकर सबके आगे भेद खोल दे, कि बदज़ात मुसाफ़िर के संग फँसी है। फिर ऐसी सोच पर ख़ुद शर्मिन्दा हो जाता है। शहर की दूसरी तरफ, जहाँ फलों के बगान थे, हुमरा अपने टप्परगाड़ी पर फलों की टोकरी लिये लौटती। नाज़िम के तरफ से गुज़रती तो एक ठसक से उसकी तरफ देख लेती, फिर अपने खच्चर को पुचकारती ललकारती एक बार गुज़र जाने के पहले गुमान से देखती, चली जाती।

रात अपनी बाँहों में सिर टिकाये नाज़िम छत ताकता। फ़र्रुखज़ाद उसके सीने में दुबकती, फुसफुसाकर कहती, सब ठीक हो जायेगा। बाहर ठंडी हवायें सपसप बहती।

नाज़िम के कमर से बँधी थैली में सिक्कों की खनखनाहट फीकी होती जाती थी।

किसी बूढ़े दरख़्त के नीचे मसली पत्तियों की बू नाज़िम के भीतर उतरती है। कभी देखा था उसने दो साँपों को आपस में गुँथे, छटपटाते, प्यार करते। यही हुमरा थी, और यही उसका शरीर, पक कर फट जाता बदन था। घास पर पसरा। हरी नीली नस की बूटियाँ बिखरी थीं। जंगली बूटियाँ। कैसे किस तरह हो गया था उस दिन ये सब? हुआ भी था? तस्वीर में सब्ज़ रंग की बहुतायत थी, और पीली रौशनी। एक जिस्म था, जो आधा दिखता, ज़्यादा ओझल छुपा रहता। जो दिखता उसकी रेखायें रौशनी में घुलती जातीं। उस चेहरे पर समन्दर की नीली रंगत थी, उसकी छाती पर दो नर्म कबूतर थे और उसकी नाभि के नीचे एक छोटा नर्म घोंसला था जहाँ एक नन्हा पागल परिन्दा नीमबेहोशी में अपने पंख फड़फड़ाता। नाज़िम की हथेलियों से परिन्दा बेकाबू उड़ जाता बार बार।

तस्वीर बक्से के सबसे भीतर वाले खाने में छुपा रखी थी। उसके कोने मुड़ चले थे, उसका काग़ज़ मटमैला, जबकि जब से रखा था कभी

निकला न था। सिर्फ़ देखने की सोच भी सच के देख लेने से ज़्यादा होती है कई बार।

* * *

सारा सारा दिन नाज़िम अपने तख़्त पर खुले आसमान के नीचे बैठा रहता। जिस कुर्सी पर बिठाकर वो तस्वीरें उतारता रहा था वो खाली पड़ी रहती। कुर्सी के पीछे दरख़्त के पत्ते सुर्ख लाल थे। तस्वीरों में उनकी रंगत एक मुलायमियत ले आती। मुसाफ़िर की तस्वीरों में आएगी कभी वो नरमी? वह रुमान वह रहस्यत ला पाएगा मुसाफ़िर? नाज़िम सोचता लोग देखते नहीं क्या। तस्वीर सिर्फ़ तस्वीर नहीं होती, उसमें कितनी तो दुनिया होती है, उसका क्या?

नाज़िम सोचता उसका शरीर सिकुड़ता जाता है। सिर्फ़ एक दिन आँखें बचेंगी जो वो सब देखेंगी जिसे और कोई नहीं देखता। हुमरा जो फ़र्रुखज़ाद की ख़ालाज़ाद बहन है, अपने ख़ाविन्द दिलयार के बावजूद नाज़िम से दिलजोई करना चाहती थी। जिसे एक के बाद एक मर्द की संगत चाहिये, दिलयार, फिर नाज़िम, फिर मुसाफ़िर, फिर कोई और। मर्दों को फुसलाती बहकाती जवानी झलकाती। जिसकी ज़रूरतें आग की तरह लपट मारतीं। जिसके शरीर से तीखी पकड़ लेने वाली महक उठती। और नाज़िम जो फ़र्रुखज़ाद के सिवा और किसी को नहीं देखना चाहता। और हुमरा जो अब सिर्फ़ डंक मारना चाहती थी। और दिलयार जो कुछ नहीं जानता था। और बिना कुछ जाने मौत के गहरे कुएँ गायब हो गया था।

फ़र्रुखज़ाद को धीमे से खींचकर नाज़िम सटा लेता है। उसकी साँसों की संगत में सुकून है। थैली अब बिलकुल नहीं खनखनाती। नाज़िम सोचता है अबकी किताबखाने जाकर हज़रत नसरुद्दीन से कहेगा यहीं मुझे किताबों की सफाई और देखरेख के लिये रख लो। जितना दोगे उतने पर करूँगा। या फिर लक्कड़ के कारखाने काम माँगने चला जाये, या बगानों में या भेड़ बकरियों की देखरेख का ही काम पकड़ ले। या फिर डाकखाने जाकर कोई पैरवी करे।

नाज़िम का दिमाग़ चलता नहीं अब।

* * *

पिछले तीन दिनों से नाज़िम ने अपनी दुकान खोली नहीं। कैमरा धूल खाता पड़ा रहा। फ़र्रुखज़ाद ने टोका तो उदासीन नज़रों से उसे ताक फिर बाहर पत्थर पर बैठा चाकू से लकड़ी के छल्ले तराशता रहा।

फिर एक दिन उठा और देवदार के दरख़्तों की तरफ चल पड़ा। दिन भर रात भर गायब रहा। अगली दोपहर लौटा तो फ़र्रुखज़ाद के कलेजा मुँह को आये की चिंता और फ़िक्र को बेपरवाही से अनदेखा करता, बिस्तरे पर जा लेटा और चौदह घंटे लकड़ी के कुन्दे-सा बेहोश सोता रहा। फ़र्रुखज़ाद इधर उधर छोटे काम करके कुछ खाना लाती रही, वहशी जुनून में बड़बड़ाती रही। नाज़िम ने एक मर्तबा को भी मुँह न खोला। तीन दिन उसी सूरत ज़बान सिले टिका रहा, फिर जो गायब हुआ तो समूचा एक हफ़्ता गुज़र गया। फ़र्रुखज़ाद का चेहरा मुरझाने लगा, आँखें डूबने लगीं, हथेलियाँ काँपती रहीं।

फिर महीने बीते। फ़र्रुखज़ाद पहले कमज़ोर पड़ी फिर हिम्मतवर हुई, पहले मायूसकुन हुई फिर उम्मीदज़दा हुई। नाज़िम की दुकान वाली जगह महीनों खाली पड़ी रही। महीने बीते।

* * *

आज फिर फीकी धूप खिली है। हवा में खुनक है। कहवाघर से रबाब की आवाज़ आ रही है। बीच-बीच में उफनते बुलबुले-सी हँसी का दौर उठता है। टीले के तरफ वाली सड़क पर अचानक एक खच्चर सवार आता दिखता है। झील के पास वाली बेंच पर अब भी औरतें बैठी धूप सेंक रही हैं। बच्चे खेलते हैं। गर्म कपड़ों में लिपटा एक ज़रा-सा बच्चा धूप में हाथ पैर मारता है।

खच्चर सवार कहवाघर तक पहुँचता है। कहवाघर के सामने कुर्सी के पीछे दरख़्त पर सुर्ख़ पत्तों की झालर है। कुर्सी पर एक औरत सब्ज़

मुस्कान सजाये बैठी है। दरख़्त की शाखों से धूप झरकर औरत के चेहरे पर दमकती है। औरत के चेहरे की त्वचा रूखी उबड़खाबड़ है। जैसे चेहरे को रेगमाल से घिस दिया गया हो। उसके बनिस्बत उसके पैर सुन्दर और तराशे हुये हैं, हाथ भी। उसकी उँगलियाँ नफ़ीस हैं, पीली नाज़ुक। अगर अँधेरे कमरे में बैठे तो उसके हाथ पैर से एक पीली रौशनी छूटती दिखेगी। चेहरा लेकिन ज़रूर ऐसा है जैसे जाने कितनी उम्र सोख ली गई हो। उस रुखड़े चेहरे पर बला की संजीदगी है, उससे उपजी एक उदास किस्म की ख़ूबसूरती। जीवन को ठीक से जी लेने वाली ख़ूबसूरती, ज़िन्दगी जान लेने वाली और उस जान लेने में ख़ुद को इज़्ज़त दे देने वाली ख़ूबसूरती। उसके चेहरे में ठहराव है, गहरा दुख है और एक तरीके का सुख है जो दुख को समझ कर अपने भीतर कर देने से आता है। जैसे किसी ने उसकी साँस में साँस फूँक दी हो।

कहवाघर के बगल वाले बावर्चीखाने की छोटी खिड़की से फकफक धुआँ निकल रहा है। शायद गीली लकड़ियों का गट्ठर चला आया हो। अन्दर रसूल बदरुद्दीन की रन्दे जैसी आवाज़ गूँज रही है। हमदू जो बावर्ची खाने में रकाबियाँ, तश्तरियाँ धोने से ले कर तन्दूर में आग लहकाने और शोरबे का मसाला तैयार करने का काम करता है और बाज़ वक़्त रसूल बदरुद्दीन के नशे में धुत पड़ जाने पर लज़ीज़ तीखा मसालेदार लक्का कबूतर और ठीक ठाक शीरमाल पका लेता है, सर झुकाये उनकी गालियाँ सुन रहा है। दो दिन पहले सीली लकड़ियाँ रसूल बदरुद्दीन ही लाये थे लेकिन मौके की नज़ाकत में हमदू को ये याद दिलाना मुनासिब नहीं मालूम पड़ता। ऐसे मौकों पर हमदू की समझदारी रश्क करने वाली होती है। रात को रसूल बदरुद्दीन ही उससे पहाड़ी भेड़ की आंत से बने मश्क में ख़ुद की बनाई शराब साझा करेंगे। मीठी रोटी के टुकड़े के साथ शराब की घूँट और उसके बाद रंडियों के डेरे रात गुज़ारना।

हमदू रात रंडीखाने की बावर्ची–नौकरानी कुबरा के संग बितायेगा। उसके बेडौल शरीर और सलोने चेहरे के पानी पर जाने कैसे हमदू का दिल आ गया था। किसी सांड़ की–सी तेज़ी और जुनून से हमदू कुबरा के जिस्म पर टूट पड़ता और उसी तेज़ी से फ़ारिग भी हो जाता। कुबरा की आँखों से

सुकून के आँसू रिस पड़ते कि आखिरकार इस बड़े जहान में कोई एक मर्द उसका भी हुआ! उसकी देह में किसी मर्द की देह समाकर एक हो गई है का ख़याल उसे सुख के ऐसे इन्तहां से भर देती जिसका उन घड़ी भर के बेहूदा जिस्मानी कवायदों से रत्ती भर को मुकाबिला न होता। अलबत्ता कुबरा को कई बार हैरत होती कि आखिर क्या है इस खेल में जिसने आदमजात को ऐसा दीवाना किया।

जंगलों से गुज़रते उस दिन की ही तो बात। दो जिस्म एक लय में उठते-गिरते, दीन दुनिया, सारे जहान से बेखबर। आड़ से देखती कुबरा एकदम से हट गई थी और फिर उसी तेज़ी से उसकी नज़रें जमी रह गई थीं! उस फूल से चेहरे को फूल की बलियाँ छूती, हिलती थीं। जंगली फल की नशीली खुशबू जाने कैसी बहक में फिजा में डोलती थी। एक रौशन टुकड़ा था, जंगलों के तहदार अँधेरों में एक रौशन टुकड़ा। जैसे जिन्नातों ने कोई जादू कर डाला हो। एक परीज़ाद चेहरा और एक ख़ूबसूरत दिलकश फ़रिश्ता। आदम और हव्वा। उनके जिस्म से रौशनी फूटती, उनके लय से एक कैसी मीठी तान बंधी जाती।

अपनी छाती पर सर टिकाये हमदू के पसीना सने बाल ममता से सहलाती कुबरा सोचती आज इसे अपने हाथ का पकाया कोरमा खिलाऊँगी। दुलार में हाथ हौले डोले फिरते। मन जंगल के उस रौशन नहाये तस्वीर को चोरी-चोरी देखता होता जिसे हर किसी से छुपाकर रखा था कुबरा ने।

* * *

खच्चर सवार कहवाघर के सामने पहुँचकर नीचे उतरता है। उसके चेहरे पर हैरानी भरी खोई-खोई मुस्कान है। खच्चर के दोनों तरफ असबाब और गठरियाँ बँधी हैं। धूप में आँखें मिचमिचाता एक नज़र देखता है चारों तरफ। झील का पानी एक हिस्से में ठंड से जम-सा गया है। किताबखाने की मशरकी हिस्से की मीनार पर नया रोग़न चढ़ा है। भीतर जाती गली के मुहाने पर कुछ बुज़ुर्ग आग जलाये पत्थर गर्म कर रहे हैं। काम लायक गर्म हो जाये तो उस पर अपने ठंड से जमे नंगे तलुओं की सिकाई करेंगे।

नजिम सब तरफ देखता, इतने अरसे बाद ख़ुद से मिलने को देखता है।

* * *

हुमरा की छाती में दर्जनों सुराख हैं। दिलयार कैसा गबरू कड़ियल जवान था। बाँहों में भींचता तब हड्डियाँ कड़क जातीं। कैसे शान से हुमरा की गर्दन तन जाती। सेब की लाली गले में दहकती। दिलयार की मूँछें किस तीखे कटान में ऊपर ऐंठ जातीं। अपने घर के पिछवाड़े से बाहर हुमरा एक नज़र फेरती। पत्थरों के गुलदान में उसने लाल फूल उगा रखे थे। दरीचों पर गुलाब। हुमरा मोहब्बत से दिलयार का घर सजाती, उसके लिये रोटी पकाती, उसके कपड़े साफ़ करती, दिलयार के नमदे के जूतों तक पर कैसी चमक दिखती।

फ़र्रुखज़ाद पर हुमरा को रहम होता। जाने कैसा शौहर था, किस दुनिया में रहता? अच्छा हुआ उसका निकाह नाज़िम से नहीं हुआ। नाज़िम जो हुमरा के सपनों में आता। वो एक वक़्त था। अब नहीं। अच्छा हुआ, अच्छा हुआ। दिलयार की रईसी उसे फ़र्रुखज़ाद के ऊपर मेहरबान बनाती।

हुमरा को हैरानी होती फ़र्रुखज़ाद इतना हँसती कैसे है। फ़र्रुखज़ाद के चौड़े उभरे गालों की हड्डियों वाले चेहरे पर जाने कौन-सा नूर बरसता। हुमरा बड़े गौर से फ़र्रुखज़ाद को देखती, कई बार नाज़िम की आँखों से देखने की कोशिश करती।

फिर दिलयार की हँसती आँखों में ख़ुद को चहकता देखती, नाज़िम को भूल जाती। उसका शरीर नहीं भूल पाता लेकिन। उसके भीतर दूसरी ज़रूरतें बसतीं जो उसकी तमाम कोशिशों को झूठा बनाती चलतीं। झील में जब दिलयार डूबा था तब नाज़िम ही बाहर निकाल कर लाया था उस बेजान मुर्दा देह को। दिलयार की लाश फूल गई थी। शरीर नीला पड़ गया था। नीला तो नाज़िम भी पड़ गया था। झील के पानी में बर्फ़ के टुकड़े तैरते रहे थे। तब से नाज़िम के शरीर में दिलयार की रूह समा गई थी।

* * *

नाज़िम की आँखों से धुआँ निकलता है। उसने उन सब लोगों की तस्वीरें सन्दूक में बन्द कर दी है जो बाद में लेने आएँगे का वादा करके कहवाघर की तरफ गए और फिर कभी उस तक लौटे नहीं। किसी शाम एक एक करके नाज़िम उन्हें देखता है। ताश के पत्तों-सा फैलाकर। हर तस्वीर के पीछे धुएँ-सा लहराता एक समन्दर फैल जाता। फिर समन्दर के बीचों-बीच कोहरे की चादर उठती। नाज़िम की आँखें मुँद जातीं जैसे किसी नशे में हो। उसकी उँगली तस्वीर की सतह पर फिरती है। किसी बर्फ़ीले पहाड़ की चट तराई पर, जहाँ न आदम न हव्वा, न शाख न सब्ज़, न जानवर न हैवान, जहाँ सिर्फ़ हवा हो और ज़मीन हो, पहाड़ और आसमान हो, नाज़िम उनके बीच होता है। जान लेता है किसी जादू से कि तस्वीर वाले शख़्स की यही दुनिया है। कुछ देर वहीं टिकेगा तो पायेगा किसी चट्टान के पीछे किसी तम्बू में, दाढ़ी में बर्फ़ के टुकड़े सजाये जो शख़्स लेटा है, उसी की तस्वीर उस रोज़ खींची थी। तब उसके कोट की जेब में ताज़े बिके माल की एवज़ में नोट और सिक्कों की गर्माहट और हँसी थी।

या फिर वो बच्चा, जिसके गाल लटक कर गिरते थे, जिसकी पाजी आँखें तस्वीर खिंचवाते वक़्त पल को भी एक जगह टिकती न थीं, अब ज़मीन के नीचे अपनी माँ के दुख और सोग को लिये दफ़न है।

और वो नौजवान लड़की जिसके चेहरे से नूर बरसता था, जो अपने खाविन्द के संग आई थी तस्वीर निकलवाने, अब उसकी रूखी बेलौस आँखों में तमाम दुनिया की मुर्दनगी समा गई है, जिसका खाविन्द मोहब्बत की बजाय भेड़ हाँकने वाले चाबुक से उसे प्यार करता है।

और जंगलात की तस्वीर? नाज़िम के जिस्म पर कँपकँपी तारी हो जाती है। दरख़्तों के जंगल में चित्त लेटे शाखों और पत्तों के बीच झरते स्याह रौशनी और सूरज की आँख चौंधियाने वाली किरण से उसका दिमाग़ घूम जाता है। पानी के टपकने की आवाज़ उस तक पहुँचती है। एक बार उसने हुमरा को प्यार किया था, छुपकर प्यार किया था। उसके पके शरीर का रस पीया था। इन्हीं जंगलो में, इन्हीं बूटों के बीच, इन्हीं जंगली फूलों की खुशबू

के साथ। तब भी उनकी वहशत के तले ये घास ऐसे ही मसले गये थे। ऐसे ही रौशनी छनछन कर उसके नंगे जिस्म पर पड़ी थी, ऐसे ही नहीं पागल हुआ था नाज़िम। ऐसे ही नहीं। ऐसे ही नहीं फ़र्रुखज़ाद को उस पल बिसार दिया था उसने। ऐसे ही नहीं।

* * *

पानी में डूबता दिलयार तड़प कर नाज़िम को थाम लेता है। उसकी देह का भारी ओवरकोट उसकी मौत का लबादा है। उसे खींचे जाता है झील की गहराई में। नाज़िम का एक हाथ बढ़ता है दिलयार को बचाने के लिये। दूसरा हाथ उतनी ही सख़्ती से परे झटकता है उसे। वहशी जुनूनी नीमबेहोशी में दिलयार अपनी पूरी ताकत से, हाथ पाँव फेंकता। उसकी कातर आँखें जो एक पल पहले बचा लिये जाने की खुशी में चमक आई थीं अब भौंचक फैल जाती हैं। ताज्जुब और खौफ़ के खेल कुछ पल के लिये हवा में नाचते हैं। फिर दिलयार आख़िरी साँस की वहशत में लिपट जाता है नाज़िम से। पूरी ताकत से। मरते इंसान की आखिरी ताकत।

बर्फीले पानी में आसमान का एक टुकड़ा, कुछ चीड़ के पेड़, सफ़ेद बादल के फाहे और थोड़ी-सी धूप चमकती हुई। मुर्गाबियों का झुंड सबसे बेखबर शोर हुआ मचाता एक किनारे उतरता है।

* * *

फ़ेरीज़ा!

फ़र्रुखज़ाद मुड़ कर देखती, मुस्कुराती है। जाने किस ज़ुबान में दुलार से मुसाफ़िर उसे पुकारता है। उसकी हाथों में किताबों का बंडल है। उसकी दाढ़ी के बाल सुनहले हैं और उसकी बाँहों के रोयें भी। सड़क के किनारे पत्थर के बोल्डर पर बैठ जाता है। किताबों का बंडल फ़र्रुखज़ाद की कुर्सी के पास रख देता है।

फ़र्रुखज़ाद जानती है उसकी किताब अब पूरी होने को आई। उस

किताब में फ़र्रुखज़ाद भी है, हुमरा और नाज़िम के लापता होने की कहानी है, शहर है, यहाँ की तारीख है, तहज़ीब भी, किताबखाने की दुनिया है, मीनार और रिहाईशगाहों की इल्मे तामीर है।

फ़र्रुखज़ाद जानती है मुसाफ़िर के जाने का समय आ गया है।

मुसाफ़िर झील की तरफ देखता है। उसके चेहरे पर एक किस्म की मुस्कुराहट है।

फ़ेरीज़ा! मेरे साथ चलोगी?

फ़र्रुखज़ाद के चेहरे पर आँधी आती है गुज़र जाती है। उसके नाज़ुक हाथ गोद में रखे परिन्दे-सा फड़फड़ाते हैं।

*   *   *

कभी कभी कुबरा के मन में आँधी उठती है। इस दुनिया में इतनी तकलीफ़ क्यों है? अपने शरीर को छूती सोचती है, ये ऐसा किसलिये हुआ? ये बदसूरत जिस्म! और इसी पर हमदू का दिल आ जाना। तमाम मनहूसियत और तकलीफ़ के बीच ख़ुदा की ऐसी नेमत, ऐसी मेहरबानी। सोचती है, दिलयार क्यों मरा? फिर जंगल में उस दिन जो हुआ था, क्या हुआ था? हुआ भी था या मन का सिर्फ़ कोई खेल? अँधेरे में उजाले का जादू? उस होने में कहीं दिलयार की मौत न छुपी थी? दिलयार जो जाँबाज़ तैराक था, डूब गया और नाज़िम बच गया। कौन-सी आग इंसान के भीतर लपट जलाती है? कौन-सी पागल आग? क्यों हम जीते जीते मर जाते हैं और मरते मरते जी जाते? हथेलियों की ओट में सम्भाले गये नन्हे फूल की डालियाँ थरथराती हैं। इसी चट पहाड़ों के बीच नीले चश्मे का मीठा पानी और घंटी बजाते भेड़ों का झुँड दूर से उतरता दिखाई देता। उसकी छाती में कुछ दरकता है।

सिर्फ़ कुबरा जानती है हुमरा जो नाज़िम के लापता होने के हफ़्ते भर बाद गायब हो गई, दोनों कहीं साथ हैं शायद। अफ़सान, बेसहारा बिलखता बच्चा फ़र्रुखज़ाद के पास है। जंगल में उसने जो देखा था, कितना सुन्दर था

और अब जो दिखता है, कितना बदसूरत!

उसका बदन सिहरता है। एक साथ इस दुनिया में जन्नत भी और दोज़ख़ भी?

* * *

नाज़िम में दुनिया के भीतर दुनिया देख लेने का हुनर था। झील में डूबते दिलयार की आँखों के भीतर उसने दुनिया देखी थी। उसकी आँखों के भीतर उतर गया था नाज़िम। उस दिन फिर जो मरा वो दिलयार नहीं था।

और उस दिन के बाद नाज़िम की खिंची तस्वीरें बेजान हो गईं। वो सिर्फ़ एक पल को कैद करने वाला काग़ज़ भर रह गया। चेहरे सिर्फ़ चेहरे थे, सपाट चेहरे। उनमें कोई गहराई नहीं बची थी। उँगली रखो तो सिर्फ़ काग़ज़ का टुकड़ा। धड़कता जीवन नहीं। नाज़िम के भीतर कुछ गहरे दरक गया था। उसके भीतर झील का पानी समा गया था। जो देखना चाहे, है नदी भीतर, जो देखना चाहे।

* * *

मुसाफ़िर नाज़िम के बक्से की तस्वीरें सहेजता है। सब उसकी किताब में जायेंगी। यही एक तरीका है उन्हें बचा लेने का, पूरी उस दुनिया को। बक्से को खाली करते समय एक छूटी हुई तस्वीर का कोना ज़रा-सा दिखता है। खींच कर निकालता है। ग्रुपफ़ोटो जैसी तस्वीर है। सब लोग दिखते हैं। तस्वीर पीछे से ली गई थी। छोटी तस्वीरे अक्सी एक के बाद एक, पूरा कस्बा एक जगह। सबकी पीठ, सबकी। सिर्फ़ नाज़िम सामने से दिखता है तस्वीर खींचता हुआ।

तस्वीर के सब किरदार मुड़ कर देखते हैं, कँधों के पीछे। हुमरा, अफ़सान, कुबरा, रसूल बदरुद्दीन, नुसरा बी, फ़र्रुखज़ाद, हमदू, यहाँ तक कि दिलयार भी, जो मर चुका है और मर चुकने के बाद भी बाज़ नहीं आता यहाँ वहाँ कहीं भी घुसा आता है। तस्वीर से निकल पड़ना उनकी किस्मत

में नहीं। हैरानी कि तस्वीर नाज़िम वाली तस्वीर हो गई है। रूखे काग़ज़ पर दानेदार धुँधलाई तस्वीर जिसमें जाने कहाँ कहाँ की दुनिया दिखती है, बर्फ़ ढके पहाड़ और नीली झील, हरे पेड़, भेड़ों का झुँड, आग में गरम होते पत्थर, कारकुल पहने बुज़ुर्ग, हँसती खवातीनें, उनके दर्द, उनकी हँसी। दिखता है उनमें बेईंतहा मोहब्बत, दिल को जला डालने वाली ज़िल्लत, छाती तोड़ देने वाली बेवफ़ाई, किसी को खत्म कर देने का जुनून, ज़िन्दगी जीते रहने की मजबूरी, इंसान के भीतर की हैवानियत, किसी को पाने की तिश्नगी। दिखता है सब। उन सबकी पूरी ज़िन्दगी दिखती है। और कुछ उस पूरी ज़िन्दगी से भी बहुत बहुत ज़्यादा!

* * *

सब तस्वीर की कहानियाँ हैं। सचमुच में सिर्फ़ दिलयार मरा था। बस। और ऐसे मरा था जैसे सब मरते हैं। बाकी सब कहानी है। मुसाफ़िर की किताब की कहानी। और तस्वीरों का तसव्वुर है। कहते हैं कि सचमुच कोई तस्वीरबाज़ था उस शहर में जो लापता हुआ, फिर लौटा एक दिन, बहुत बरस बाद। तब तक कि, जैसे हमेशा होता आया है, दुनिया बदल चुकी थी।

खच्चर सवार कहवाघर में घुसता है और नुसरा बी को कहता है, 'फूफी' पर हलक से आवाज़ नहीं निकलती। रसूल बदरुद्दीन जो हमेशा की तरह तुफ़ैल मचा रहे हैं, मुड़ कर देखते हैं और ठंडी आवाज़ में कहते हैं, 'फ़रमाइये?'

तराई के पार एक पागल औरत जिस तिस बच्चे को छाती से भींचती चीखती है, 'नामुराद, बाप के साथ झील में डूब मरा होता!'

हर बार अफ़सान नींद में बेखबर चौंककर कुनमुनाता रोता है, बहुत, बहुत देर तक!

* * *

पाँच उँगलियाँ पाँच प्यार

कथा १ : अँधेरे में लाईटहाउस

तुम्हारे होंठ इतने खट्टे क्यों हैं? पुरुष पूछता है क्रूरता से। और मन भी? औरत का चेहरा कड़ा है। किसी ज़माने में सुन्दर रही होगी, लीला नायडू जैसी, उन्नत ललाट, थोड़ी-सी विडोज़ पीक भी। सस्ते शराब के खट्टे नशे में पुरुष को हर चीज़ खट्टी दिखाई देती है। कमबख़्त नशा भी। सोचता है मुँह में सूखी मछली का टुकड़ा डालते हुए। सामने दीवार पर ब्लैक ऐंड वाईट तस्वीर है अलीशिया मार्कोवा की; रौशनी और अंधेरे के खेल में रौशन चेहरा। रंग से चीज़ें गड़बड़ होती हैं। उनका स्टार्क डिफ़रेंस डाईल्यूट हो जाता है। अब औरत को बीच के खेल पसन्द नहीं। आरामकुर्सी पर पैर सिकोड़े शीशे के बाहर अँधेरे को देखती है। बाहर कुछ नहीं है, सिर्फ़ घटाटोप अँधेरा है। वही देखती है औरत। लहरों की गर्जना बेमत्त होकर सुनती है। बचपन में *लुक अलाईव* में पढ़ी थी किसी लड़की की कहानी जो लाईट हाउस में रहती थी। किसी भयंकर तूफ़ान में अकेले पड़ी लहरों के थपेड़ों से बचती-बचाती लाईटहाउस के लैम्प जलाती बहादुर लड़की की कहानी। औरत सोचती है मेनलैंड कितनी दूर है, तूफ़ान कितना भयानक है और लाईटहाउस में कैद अभी लैम्प जलाना बाकी है।

पुरुष दरी पर लुढ़क गया है। बोतल ख़ाली है। मछली के काँटे चीनी मिट्टी के सफ़ेद प्लेट में अमूर्त डिज़ाईन बना रहे समुद्र तल के खारे जल के पुष्ट मछलियों की नियति गीत गाते हैं। रह रह कर पुरुष सुगबुगाकर एक खर्राटा ले, करवट बदल पसर जाता है बाँहों पर सर धरे क्लांत औरत कुर्सी

पर गुड़ीमुड़ी सोचती है किसी अनजान तट पर छूटी कोई एक गीत की पंक्ति, किसी घुम्मक्कड़ बंजारे के सुरों का बिछड़ा धुन, कोई तलाश, एक खोज जाने किस का। एक चोट धँसती है छाती पर, रुलाई रुकती है छाती पर, साँस अटकती है छाती पर। लाईटहाउस अब भी अँधेरे में जड़ है।

(उस लाईटहाउस तो नहीं लेकिन उस चीनी घर की तलाश का गीत बजता है पाओलो कोंते की खरखराती आवाज़ में ला कासा चीनेज़े)

कथा २ : मछली और सुख

मछली के गलफड़ में फँसा काँटा देखा है कभी? बचने को जितना गहरे जाती है काँटा उतना अँदर धँसता जाता है। बस ऐसे ही काँटा धँसा है छाती में, हर साँस पर भारी होता जाता है। इतना बोझ कैसे ढोयें दिल चाक-चाक होता जाता है। औरत छाती पर हाथ धरे बात करती है अपने आप से। कभी उस छाया से भी जो दीवार से छत और छत से रौशनदान होते खिड़की से बाहर फिर अन्दर करती रहती है। औरत सीधी है। उसे सब बातें सीधी दिखती हैं। कुछ टेढ़ा दिखता है तो भी झट से सीट साट करके सीधा कर लेती है, जितना बन पड़े उतना। आदमी सीधा नहीं है। ख़ूब-ख़ूब टेढ़ा है, जलेबी जैसा। और जब नहीं है तो अपने किसी स्वार्थवश नहीं है। औरत कितनी भी सीधी क्यों न हो इस बात को औरत-की-पीठ-पर-भी-आँख, वाली बात से इस बात को समझ जाती है। फिर भी इस सीधे-टेढ़े का खेल चलता रहता है, उसका सुख और इसका दुख चलता रहता है। सुखी होने के चरम सीमा पर भी हर बार बिना नागा दुख की नदी औरत की छाती को बहा ले जाती है। फिर सब, पेड़ घर मवेशी टप्पर, सब उपला जाते हैं बहते पानी पर। सपना अपना संग-साथ सब तिनके-सा डूबता-उतराता है। आदमी निर्विकार देखता है। औरत सोचती है ये देखता तो है पर इसे दिखता क्या है? कुछ दिखता है भी कि नहीं? मैं दिखती हूँ? मेरी तकलीफ़ दिखती है?

आदमी भात खाते सोचता है अब एक बीड़ी। फिर खुले आसमान के नीचे बाँहों पर सिर धरे खटिया पर चित्त लेटे तृप्ति की साँस लेता है।

औरत अन्दर कोठरी में खाली ढेंगराये बरतनों से खुरचन समेटकर निकालती है मुट्ठी भर भात। प्याज़ और मिर्च के संग खाती उदास होती है। छाती पर पत्थर लटकाये भारी कदमों से डोलती है कुछ पल इधर उधर, रोकती है छोड़ती है साँस भरती उसाँस देखती है नज़रें एक पल चारों दीवार! सब सर्द है सब ठंडा। सोचती है काश सरल होता मेरा मन। जैसी सीधी हूँ वैसा सीधा होता मेरा मन, हर वक़्त उभ-चुभ न करता। होने न होने के द्वन्द में न फँसता। भात और तरकारी खाकर सुखी रहता। इस न सोचने, न देखने वाले आदमी के संग सुखी रहता। काश! मन उस फुदकती गौरैया जैसा होता। सिर्फ़ दाना चुगता खुश होता। क्या सोचती होगी ये गौरैया? न स्मृतियों का भार, न भविष्य की आशंका? न आज के व्यर्थ होते जाने का बोध। न कुछ चुकते जाने का दर्द। औरत क्षण भर सोचती है, लाल काँच की चूड़ियों को सूखी कलाई पर आगे पीछे करती है। फिर हँसुआ लेकर बैठ जाती है। मछली काटती है, सिल पर सरसों का मसाला पीसती है, दो बून्द आँसू उस मसाले में गिराती है। रात आदमी मछली के झोल के साथ भात खाता डकारता है। आज मछली बहुत अच्छी बनी।

कथा ३ : ज़िन्दगी कितनी हसीन है!

पहले दिन मुझसे टकराई थीं तो अजीब कुड़बुड़ाहट हुई थी। देख कर चलना चाहिये। अपने गिरे लिफ़ाफ़े समेटते बिना उन पर तव्वजोह दिये फुर्ती से आगे हो लिया था। स्पेनसर में मेरे ठीक आगे। वही स्टील ग्रे बाल, आज खुले थे कँधों तक। वॉलेट से पैसे निकालने जोड़ने में ख़ूब वक़्त लगाया। मैं एक पाँव दूसरे पाँव बेचैन कदमताल करता रहा। इनकी वजह से आज पाँच मिनट, पूरे पाँच मिनट खराब हुये।

हफ़्ते भर बाद लांज़री शॉप में मुठभेड़ हुई। तमाम रंगीन लेसी झालरदार लांज़रीज़ को एक हाथ परे हठाकर स्पोर्ट्स ब्रा उठाया। मणिपुर की कारमेन अपने सीधे बालों को झटकारती पूरा डब्बा काउनटर पर उलट दे इसके पहले उन्होंने सधे हाथों से एक सफ़ेद स्पीडो उठाया और पेमेंट

काउंटर पर चली गईं। मैं कुछ देर कारमेन से बतकही करता रहा, उसके सीधे भूरे बालों की और चिकने पीले गालों के कंट्रास्ट में मसकरा वाली पलकों की तारीफ़ करता रहा। कारमेन ब्लश करती रही जबकि ये हमारा पुराना खेल था।

मदाम के लिये सेक्सी ब्लैक निकालूँ? उसने मुझे छेड़ा। कारमेन को पता था मदाम ब्लैक नहीं पहनती। पहले मदाम इस शॉप में अकेले आती थी फिर मैं भी साथ-साथ। सोचता कभी अकेला आ जाऊँ तो? निकाल बाहर करेगी ये सब छोकरियाँ मुझे दुकान से या फिर हाय आयम निहारिका कहते दुकान मालकिन छह फूटी लचके तने-सी लहरा कर पीछे के प्लश कमरे से बाहर आ जायेंगी। कैन आई बी ऑफ़ एनी अस्सिटैंस? किसी एक जन्मदिन पर अपने को गिफ़्ट देने का यही शानदार तरीका सूझा था। तारा के लिये दर्जनों सोने के कपड़े, ऐक्सेसरीज़, अल्लम-गल्लम। फिर उसके लिये ऐसी शॉपिंग गाहे-बगाहे मैं मज़े से किया करता।

पेमेंट करके नीचे सबज़ीरो में घुसे तो फिर निगाहें चार हुईं। थ्री स्कूप कोन पकड़े बच्चों की तरह आईसक्रीम खा रहीं थी कम, गिरा रहीं थीं ज़्यादा। मुझसे नज़र मिलते ही झेंप गईं। फिर उस दिन जॉगर्स पार्क में पाँव मुचक गया। बस यकबयक ढहराकर गिर ही पड़ा। पाँच बजे की अँधियारी अलसुबह में जो दो लोग दौड़ते हुये आये उनमें ये भी थीं। एड़ी के पास कोई टेंडन खिंचा था। क्रेप बैडैज और पंद्रह दिन बेडरेस्ट। चौथे दिन तारा अलसुबह दफ़्तर चली गई। दिन बहुत बुरा बीता। पाँचवे दिन वो आईं। सीधे सफ़ेद काले ब्लंट बाल, ढीला स्टील ग्रे घुटनों तक का कार्डिगन और नीले स्लैक्स। कँधों पर कत्थई मफ़लर। अच्छा तो ये था आज का तारा का प्रॉमिस्ड सरपराईज़। दो पीले सूरजमुखी के फूल ले कर आई थीं। आज तुम्हें कुछ पढ़ कर सुनाऊँ। फिर एक पतली किताब सीमस हीनी की कवितायें।

There are the mud-flowers of dialect /And the immortelles of perfect pitch/ And that moment when the bird sings very close/ To the music of what happens.

फिर,

As a child, they could not keep me from wells /And old pumps with buckets and windlasses./ I loved the dark drop, /the trapped sky, the smells of waterweed, fungus and dank moss.

और...

And here is love /Like a tinsmith's scoop/Sunk past its gleam /In the meal bin.

उनकी आवाज़ में एक संगीतमय गूँज थी, ज़रा-सी रेशेदार जैसे ख़ूब सिगरेट पीने के बाद कुछ ख़राश हुई हो। फिर एकदम से उठकर चली गईं बिना कहे कि फिर आयेंगी या नहीं। छठा दिन बीता फिर सातवाँ। आठवें दिन थरमस से सूप ढाल कर पीने ही वाला था कि घंटी बजी। दरवाज़ा खोलते ही सर्द हवा के झोंके के साथ दाखिल हुईं। ठंड से चेहरा ज़रा लाल। बिना दुआ सलाम के कुर्सी खींच कर बैठ गईं। झोले से किताब निकाला। आज कवितायें नहीं है ऐसा आश्वासन दिया।

कुछ संगीत रखते हो? मेरे स्टीरियो डेक की तरफ इशारा करने पर चुपचाप उठीं, शुबर्ट की ऑवे मरिया लगाई और अपनी किताब में मगन हो गईं। अरे! कैसी अजीब औरत है, मैं हर्ट सोचता रहा। कुछ लेंगी? मैंने अनचाहे भी औपचारिकता निभाई। नहीं ठीक है। फिर डूब गईं किताब में। मैंने ज़रा-सा झाँक कर देखने की कोशिश की फिर बेमन अन्यमनस्क होता रहा फिर कुछ नाराजगी, ठीक है मुझे उस दिन मदद किया, तो क्या? यहाँ इस तरह आने की ज़रूरत नहीं। आई डोंट नीड ऐनीवन। लगभग दो घंटे हमने चुपचाप शुबर्ट और फिर हाईडेन को सुना, बिना एक शब्द बोले। फिर जैसे धड़ाके से आईं वैसे ही गईं।

रात मैंने तारा को शिकायत की, अजीब पागल औरत है, आती है चली जाती है। मैं बोलता रहा, तारा मुस्कुराती रही। मेरा पैर क्रमशः ठीक होता गया। एड़ी में थोड़ा बहुत दर्द गाहे-बगाहे बना रहता। बावजूद उसके कुछ दिन ख़ूब भागदौड़ के बीते। दस दिन बाहर रहा। मैं लौटा तब तारा

निकल गई हफ़्ते भर के लिये। मैं अनमना घर में अकेला डोलता रहा। पूरा शनिवार अपने बेंत के झूले को वार्निश करता रहा। इतवार रेड जिनफंडेल की एक बोतल और ऑर्किड का एक छोटा गुच्छा लिये मैं धमक गया था। ज़रा अचकचाई थीं फिर नारंगी दरी पर बिखरे गद्दों के ढेर की ओर इशारा किया था।

वाईन ग्लास ले आई थीं। इस दिसम्बर मैं सड़सठ साल की हो जाऊँगी। उन्होंने ग्लास मेरी तरफ बढ़ाते हुये कहा। जॉगिंग कब शुरू करोगे?

हम दो घंटे बतियाते रहे पर सीमस और शुबर्ट की बात नहीं की। इसबार हम सिनेमा की बातें करते रहे। ख़ूब हँसे। शायद वाईन का भी कुछ ख़ुमार था।

ज़िन्दगी कितनी हसीन है, नहीं? उनका चेहरा, थोड़े से झुर्रियों भरा चेहरा एक ख़ूबसूरती से दमक रहा था। वाकई, वाकई!

(तारा ने मुझे बताया था कुछ दिनों पहले। अकेली रहती हैं। पति नहीं रहे। बेटे के पास यूएस गईं। पहुँची ही थीं कि ख़बर मिली किसी हाईवे ऐक्सीडेंट का शिकार हुआ। फिर दोस्त अहबाब पर निपट अजाना शहर और दुख, तोड़ देने वाला व्याकुल दुख जिसका ओरछोर कूल किनारा नहीं। लौट आईं। अकेली रहती हैं बिलकुल अकेली। कितनी बहादुर! कितनी हिम्मत, कैसी दिलेरी। दिस इज़ लाईफ़, ब्लडी अनजस्ट बट ब्यूटिफ़ुल! दिस इज़ लाईफ़...)

कथा ४ : बाथटब आदमी और कनगोजर

ओह! कैसी भटियारी ज़िन्दगी है! सड़क की धूल भरी गर्द फाँकता हुआ सोचता है आदमी। एक लाईन से इकतल्ले दुकान, माँ अम्बे टेंटहाउस, स्नोव्हाईट लौंड्री, महावीर भोजनालय का शुद्ध शाकाहारी भोजन, साईं फोटो कॉपियर, मित्तल केमिकल्स से लेकर गुड्डू पप्पी दी गड्डी और बुरी नज़र वाले तेरा मुँह काला, नींबू मिर्ची का टोटका... कैसी प्रेडिक्टेबल ज़िन्दगी है।

कोल्हू का बैल हुये सब। इक्के का घोड़ा जिसकी आँखों पर काली पट्टी जिससे सिर्फ़ आगे आगे देखे। आजू बाजू अँधकार शून्य।

औरत सिर्फ़ रंग सोचती है। दिन रात रंग। उठते जागते। इतना कि आँखें थक जाती हैं, फिर खाली स्याह सफ़ेद दिखता है। सोचती है सिर्फ़ सोच लेने भर से हो जायेगा? हुआ है क्या? फिर? फिर भी। औरत की छाती हुम्म हुम्म करती है।

कबाड़ीवाले के टाल पर अंबार है रद्दी का, टूटे फूटे कबाड़ का और किनारे पड़ा है एक पुराना इनामेल का बाथटब जिसे जोसान ने प्यारी मटिल्डा के लिये खरीदा था सन उन्नीस सौ तेईस में। नीली आँखों वाला जोसान और हरी आँखों वाली मैटी प्यानो पर जब बजाती थी, *आई वोन्ट से आई विल बट आई वोन्ट से आई वोन्ट*, तब जोस देखता था कैसे उसे। पर आदमी को क्या पता कौन जोसान कौन मैटी। यहाँ इस छोटे से कस्बे में इसाईयों के कब्रिस्तान में कैसी जंगली हाथी घास उग आई है। बकरियों, मेमनों का झुंड टूटी दीवार से कभी कभार अन्दर घुस आता है तब गले बँधी घंटी की रुनझुन में प्यानो की अवाज़ ऐसे ही गूँजती है। तब गड़रिया टूटी मुँडेर पर बैठ कर आसमान में तकता है रुई बादल।

उस छोटे से घर के बड़े से आँगन के एक कोने में ख़ूब सेरेमनी के साथ बाथटब टिकाया जाता है। औरत फिक्क-फिक्क हँसती है। हाय! कौन नहायेगा इसमें? मैं तुम कि ये हमारी मुर्गियाँ? हाय! पेट पकड़-पकड़ कर दोहरी होती है। इतना कि आँखों में आँसू झिलमिला जाते हैं। और आँसू में बेहिसाब रंग।

आदमी झेंपता मुस्कुराता है। कान खुजाता है सिर झुकाता है, फिर हँसता है। बाथटब के कोने पर बैठ बैठ हँसता है। लायें हैं तुम्हारे लिये और क्या?

इस प्रेडिक्टेबल ज़िन्दगी में कुछ अनप्रेडिक्टेबल कर देने के आहलाद से भर जाता है आदमी का मन। औरत की हँसी रसभरी है और आँगन का कोना धूप के टुकड़े में झिलमिल करता है। इनामेल के बाथटब के नीचे तल

से सटा कनगोजर ज़रा-सा और अन्दर ठंडे में सरक जाता है।

कथा ५ : मायोपिक प्रेम

चश्मे की कमानी मोटी थी। टारवॅयज़ शेल की। उसमें मोटा शीशा जड़ा था। टिकाऊ था, मज़बूत था। लेकिन उसमें एक बड़ी खामी थी। मुन्नी की आँखें उस शीशे के पीछे उल्लू की आँख-सी लगती, मोटी ढेले सी, फटी हुई। आईने के सामने कितनी भी प्रैक्टिस करे ज़रा आँखों को सिकोड़ कर छोटा तिरछा करने की पर ऐन वक़्त याद ही नहीं रहता। जब याद आती तब तक देर हो चुकी होती। मुन्नी को छोटी-तिरछी खिंची हुई आँखें पसन्द थीं। पर पसन्द होने से क्या होता है। पसन्द अपनी जगह और जो होना है वो अपनी जगह। दोनों के अलग स्वायत्त संसार एक दूसरे से दूर-दूर रास्ता छोड़ते हुये। मुन्नी को यह पता था। पर पता होने से भी क्या होता है। छोटी तिरछी आँखों की हिरिस अपनी जगह। चश्मे से निजात अपनी जगह।

अब वैसे तो मुन्नी के जीवन में कई और अरमान भी थे, जैसे गोरा रंग, खड़ी तीखी नाक और एक अदद तिल, कहीं भी चेहरे पर। असल में रंग तो गेहुँआ-सा था, नाक पसरी हुई थी थोड़ी-सी और तिल, तिल था तो पर कनपटी पर बालों की रेखा से सटा अपने अस्तित्व को तलाशता हुआ। तो फेहरिस्त जस की तस रही। मुन्नी बड़ी होती रही। चश्मे का शीशा मोटा होता गया। अलबत्ता मुल्तानी मिट्टी, हल्दी, मलाई और न जाने क्या क्या लीप-पोत कर रंग ज़रूर गोराई पर अग्रसर हुआ। तिल की बात बचपन के खेल की तरह भूली बिसरी हँसने योग्य हुई। और रही पसरी हुई नाक, तो उसी पसरे हुये नाक में कोई ऐसी अजीब कमनीयता का वास हुआ कि मोहल्ले के कई लौंडों का दिल उसके भोले फैलाव पर बार-बार रपटा। लेकिन हर बार चश्मे की मारक मोटाई ने ऐसी बेइलाज रपटन को पूरी तरह धराशाई होने से बचा लिया। मुन्नी और बड़ी होती गई। इंतज़ार करती रही कि कोई उस चश्मे के पार का राजकुमार हो। फिर धीरे-धीरे यकीन हो चला कि मेन डोंट मेक पासेज़ ऐट विमेन विद ग्लासेज़। यही सही।

मोटे-मोटे पोथे पर अपनी चश्मेदार आँखों को गड़ाये जीवन का पाठ पढ़ती गई। लेकिन इसी बीच अनहोनी संयोग, नियति, जो भी कह लें, हुआ और ग्यारह बारह के भयंकर मायोपिया को माईक्रोस्कोपिक बनाकर स्लाईड पर फिसलता हुआ नौजवान अवतरित हुआ। अवतरित ही नहीं हुआ बल्कि मुन्नी से ऐसा टकराया कि टारवॅयज़ शेल चकनाचूर हुआ और शीशा चाक-चाक! मुन्नी अपने मायोपिक धुँधलके के पार से मुस्कुराई और कोई तीर राजकुमार के दिल में महीन सुराख करता पार हो गया। प्रेम किसी फ़ेरोमोंस हारमोंस की उठा पटक ही तो है। ऐसा? तो उठा पटक क्या हुई पूरा धमाल हुआ!

खिड़की के पार जो मियाँ बीबी एक दूसरे की आँखों में झाँकते दिखते हैं, बिना चश्मे के पर्देदारी के वो मुन्नी और उसके मियाँ ही तो हैं। आपको बताया था कि मियाँ की आँखों का पावर के मुन्नी पावर के सामने कितना बड़ा है। दोनों एहतियात से अपने अपने चश्मे को उतारते हैं, प्यार से शीशे को मुँह के भाप से भिगा कर साफ़ करते हैं, पीले फ़्लालेन के रूमाल से, और फिर परे खिसका देते हैं। आँखों में आँखें डालकर देखने के लिये कमबख़्त चश्मे की क्या दरकार। उसे मुन्नी की फटी हुई आँख नहीं दिखती। मुन्नी को उसका तोता नाक नहीं दिखता। बेइंतहा प्यार की नदी कल कल बहने लगती है। उसकी फुहार में और आँखों के पावर के नतीजतन दोनों के चेहरे की लकीरें अस्पष्ट होकर हेज़ी हो जाती हैं। फ़ेरोमोंस और मायोपिया की थ्री लेगेड रेस चलती है दुलकी चाल।

* * *

शारुख शारुख! कैसे हो शारुख

बेड नम्बर बयालीस, न्यूरो डिपेंडेंस वार्ड।

राफ़ेल राफ़ेल...

आवाज़ खोज रही थी। दोपहर की सुन सन्नाट गलियों में गोलगाल घूम रही थी। कभी पास आती तो तेज़ हो जाती। मद्धम होती तो राफ़ेल समझ जाता दूर हो गई। हथेली में चार चमकीले पत्थर पसीने से चमकते थे जैसे उस रात पेड़ पर बैठे उल्लू की आँखें।

हथेलियों में हथेलियाँ थामे कलाईयाँ मोड़ते हुये जोएल सोचता है, बोलेंगे कभी? पहचानेंगे कभी? कलाईयों के बाद कुहनी फिर बाँह। उसके बाद एड़ियाँ, घुटने। डॉक्टर कहता है हर एक घंटे पर एक्सरसाईज़ करायें, जोड़ लचीले रहेंगे तो बाद में आसानी होगी। घड़ी देखता है जोएल। ठीक ग्यारह बज कर दस मिनट पर एक्सरसाईज़ का दूसरा दौर। अभी नेब्यूलाईज़र लगेगा फिर सक्शन कर के छाती में जमा कफ़ निकाला जायेगा। सिस्टर जब पाईप डालती है मुँह में तो दाँत से पकड़ लेते हैं। गाल थपथपा कर सिस्टर चिल्लाती है, बाबा छोड़ो। तब जोएल की इच्छा होती है ठीक वैसे ही पकड़ कर सिस्टर को झकझोर दे। उनकी तकलीफ़ देखकर हट जाता है जैसे उसकी छाती तक पाईप रेंग गया हो।

बगल वाले बेड पर लेटा बच्चा शारुख अपने पिता को बेहोशी के आलम में अंकवार भर लेता है। उसकी बैंडेज बँधी मुट्ठियाँ पिता की पीठ पर बेचैन थरथराती हैं। डी वार्ड में हर वक़्त मरघट शाँति रहती है। सारे पेशेंट नीम बेहोशी में। अटेंडेंट्स क्लांत थके-हारे, निढाल। बाहर रुलाई की

महीन रेखा उठती गिरती विलीन होती है। शायद कार्डियाक वार्ड से आती है। बीमारी की महक जैसे ज़्यादा पके फल की महक नाक में भर जाती है। कुछ कुछ सड़े आम की महक जैसी।

वाईटबोर्ड पर जोएल पढ़ता है,

नाम : राफ़ेल तिग्गा
डेट ऑफ़ एडमिशन : चौदह जनवरी दो हज़ार आठ
कॉज : ब्रेन प्लस हाईपोथैल्मस कंट्यूशन
प्रोसीजर : फ्रांटल क्रेनियोलजी
मेल कैथ फॉलीज़ : चौदह जनवरी
डाएट...
राईलीज ट्यूब...
....
....

नीचे नीचे और नीचे ऐसे ही कितने अजाने मेडिकल टर्म्ज़ सारे शब्द गड्ड-मड्ड होते हैं। माँ कहती है मैं आऊँगी। आकर मगर करेगी क्या। संस्था वाले कहते हैं सात लाख खर्च हो गये। एक ही आदमी पर कितना खर्च। और भी तो हैं मदद की आस में बेबस बेचैन बेसहारा। पिता अनदेखी आँखों से देखते हैं। कुछ भी नहीं देखते हैं। कहाँ चले गये तुम? किस दुनिया में? जहाँ मेरा रास्ता नहीं, जहाँ मेरी दरकार नहीं, घुसपैठ नहीं? हमेशा अपनी की। अंत तक। और मैं अब क्या करूँ? कहाँ जाऊँ? कहाँ ले जाऊँ इन्हें उस छोटे से बीहड़ जसपुर के पास जंगल के गाँव, उस दो एकड़ के खेत में? उस सरकारी लावारिस से बे-डॉक्टर अस्पताल में? कहाँ ले जाऊँ। अबकी बार जोएल देखता है खिड़की के बाहर अनदेखी आँखों से। कुछ भी नहीं देखता।

पोखर पर लिपटती शाख से पानी में छपाक कूदते लहर बनाता तैरता है राफ़ेल। एकदम मछली की तरह। पानी में काला चिकना बदन छहलता है।

राफ़ेल, राफ़ेल

आवाज़ कभी पीछा नहीं छोड़ती। सटती चिपकती है। सर झटकता है एक बार ज़ोर से। ओह अभी नहीं, अभी तो बिलकुल नहीं।

सिस्टर, सिस्टर।

जोएल उत्तेजना से सिहर रहा है। अभी इन्होंने अपना सर हिलाया। मैंने देखा, अभी देखा। आप भी देखना सिस्टर।

बाबा बाबा, मैं जोएल। मुझे सुनते हो तो अपना सर हिलाओ। जोएल उनको पकड़ कर हिला रहा है। दो मिनट इंतज़ार कर सिस्टर बेज़ार लौट जाती है कुर्सी पर।

खिड़की के सिल पर गिलहरी भौंचक इस शोर से थमती ठिठकती है, फिर पूँछ उठा विलीन हो जाती है।

सिस्टर बेड नम्बर चौआलीस पर झुकी पुकार रही है, शारुख शारुख कैसे हो शारुख?

* * *

उस सपने से बाहर कितनी बार तो निकला होगा, नहीं? ख़ुद से पूछता है राफ़ेल। गर्दन खुजलाते सिर झुकाये झेंपते हर बार। हर बार जब मरिया पूछती है, 'हाँ रे राफ़ेल, ले चलेगा न मुझे रायपुर?'

मरिया की काली पुतली कैसी नाचती है तब गोल गोल फ़िरकी की तरह। उसकी हँसी भी सौंधी-सौंधी है मिट्टी जैसी, उस नोनी के खट्टे साग जैसी। उसके बदन पर नमक का पानी चढ़ा है तभी गाँव ज्वार के लड़के आगे-पीछे होते हैं उसके। राफ़ेल दूर खड़ा देखता है। खेत से लगे पोखर पर चित्त लेटा धूप सेंकता है। गाँव के बाहरी सरहद पर मिशनरी स्कूल के वृहत हाते के दीवार के साये में सपने देखता है। सिस्टर स्टेला ने वादा किया है, भेजेंगी रायपुर।

बरमू ओराँव मुँह बिचकाता है? सब किरिस्तानों के मजे हैं। मिशन में पकड़ लो नौकरी। फिर हम कहाँ जायें? पाहन ने मुर्गी शराब माँगा है। फिर करेगा झाड़ फूँक। कहता है सेवा करो फिर भगती सिखायेंगे।'

'तुम बाबू करो मजा।' फिर आँख मार कहता है, 'तोर तो किस्मत चमकी है, मरियो गिरती तोरा गोद में...'

राफ़ेल गुस्सा होता है न धीरज खोता है, 'का रे बरमू, हम्मिर से डाह?'

मिशन के हाते के भीतर से चारों ऑल्सेशियन कुत्ते एक साथ भौंकते हैं। अमरूद के पेड़ के नीचे उनके लिये रोज़ाना खस्सी का मीट धरा जाता है। खुली जीप में सागू तिर्की शहर जाता है। हर बार गाँव के मोड़ पर हॉर्न बजाता है। कोई सवारी मिल जाये तो शाम के दारू का इंतज़ाम हो जाये। फ़ादर जॉर्ज जब साथ होते हैं तब चुप गाड़ी चलाता है। तब फ़ादर जॉर्ज बोलते हैं लगातार।

प्रभू यीशू मसीह का नाम पाँच मिनट में दस बार लेते हैं। साथ में गिडन बाईबल रखते हैं। सफ़ेद चोगे के विशाल पॉकिट में और पता नहीं क्या क्या। सिगरेट, कलम, घड़ी, छोटा नोटबुक, पैसा रखने वाला काला चमड़े का पर्स। सागू चौकन्ना रहता है। क्या पता कब फ़ादर एक सिगरेट ही बढ़ा दें, तब उसका एक हाथ सिगरेट में फँसेगा। उस एक फँसे हाथ की उम्मीद में सागू हर वक़्त प्रैक्टिस करता है एक हाथ से जीप चलाने की। फ़ादर कभी-कभी गाँव में जीप रुकवा कर राफ़ेल को बिठा लेते हैं।

मरिया बोलती है, 'शहर जायेगा तो मेरे लिये का लायेगा रे?'

'तू बोल न क्या चाहती तू,' राफ़ेल की आँख में समन्दर लहराता है। लगता है कि अपनी शक्ति भर हुमस कर क्या कुछ नहीं कर दे मरिया के लिये। रात जब बेला फूल महकता है तब बाँसुरी की तान धरे राफ़ेल चाँद निहारता है। चाँद तब पिघल कर उसकी नब्ज़ में धड़कता है ठीक वैसे जैसे मरिया की धड़कन उसकी छाती में हुम्म-हुम्म करती है। बदन से कोई चीज़ निकलती है और आत्मा में समा जाती है। तब लगता है रात बीते ही न।

बस ऐसे ही कसक की टीस लिये आत्मा की गहराई में अपने होने की थाप देती रहे।

फ़ादर जॉर्ज गिरजा में सर्मन दे रहे हैं। इतवार को भीड़ जुटती है। तब नूह की और जोशुआ की और मोसेस की कहानी सुनाते हैं। प्रभु यीशु हमारा गड़रिया है, हम उसकी भेड़। ये सुनते ही पॉल तिग्गा की बेटी सुसान मुँह ढापे फिक-फिक हँसती है, 'अच्छा कहो तो? हम आदमी कि भेड़?'

उसकी माँ आँखें तरेरकर हड़काती है, 'चुप्प!'

फिर धीरे से खींचकर सटा लेती है। पिछले छह महीनों में कितना बीमार रही। छौंड़ी एकदम अदबदा कर हाथ-पैर मरोड़ दे, आँखें उलट दे, बदन तरेर दे। ऐसा लगता अब प्राण छूटे, 'ओझा भगत के पास जायें?'

मरद कहता, 'पागल हुई रे का? फ़ादर सुनेगा गुस्सा करेगा। मिशन का छोटा अस्पताल में लाओ बोलेगा।'

अस्पताल के नाम पर मगर पॉल भी हिचकिचा जाता। अच्छा सुन, एक बार और भगत ने जो बोला सो करके देखते हैं। चल तोर बात मान लेते हैं जैसा कुछ बोलकर बीबी से बड़प्पन दिखाता, अपने मन को समझाता, ओझा से मिलने निकल जाता।

रात जंगल के छोर पर भगत अलाव जलाकर मुर्गी की बलि देता है। खप्पड़ में शराब डालकर मरान बुरु को बुलाता है। सुसान माँ की गोद में चिपकी आँखें फाड़ देखती है। भगत मोरपँख से सुसान का शरीर छूता है, झाड़ता है। मंत्र पढ़ता है। उसकी आँखें सुर्ख लाल हैं। जंगल की अँधियारी रात में हवा हू हू करती है। भगत महुआ के नशे में झूमता है। पॉल कसमसाता फ़ादर को याद करता है फिर तुरन्त सर झटकता है। सीने पर क्रूस का निशान बनाकर मन ही मन यीसु से क्षमा माँगता है फिर अपने बाबू को याद करता है। बचपन में सांप काटा था जब बाबू ऐसे ही भगत के पास ले गया था। आधा पैर नीला पड़ गया था और माँ ऐसे रोती थी कि अब बाबू मोर बचबै ना। बाद में कितने दिन बाबू हड़िया पीकर नशे में बोलता था, 'दस मुर्गी चढ़ाकर तोर जान बचाई।'

मैं बचा अब देवता मेरी बेटी को बचायेगा। हे देवता मुझे तेरे शरण से दूर जाने का श्राप मेरी बेटी को मत देना। ऐसा मन में घुमड़ता है।

भगत पाँव में बड़ा हँसुआ फसाये मुर्गी का सर रेतता है। मुर्गी के चीत्कार और टपकते लहू से सुसान डर कर माँ के गोद में लुढ़क जाती है। बुधनी उसके काँपते शरीर को समेटते हुए अँधेरे को देखती है, जलते अलाव को देखती है। सर कटी मुर्गी अब भी मिट्टी में तड़फड़ा रही है।

'जा, अब बेटी ठीक हो जायेगी,' भगत की आँख में आग की लपट जलती है। 'तीन दिन छुछुन्दर का कलेजी मसाला डाल कर पका और खिला इसे, ठीक हो जायेगी।'

राफ़ेल का मन अजबज होता है। हर बार घर में झगड़ा। जाने कितनी मुर्गियाँ जंगल की आग में पकीं। जाने कितनी लड़ाईयाँ घर में हुईं। फिर फ़ादर को राफ़ेल ने बताया। उस दिन फ़ादर ज़बरजस्ती सुसान को अस्पताल ले गया। बोला जोंक है क्या है, तीन दिन खाना होगा। दवाई चली। बुधनी चुपके से छुछुन्दर की कलेजी भी ख़ूब तेल मसाला डालकर पकाती रही। सुसान कहती, 'माँ और दे न, बहुत स्वाद पकाया है।'

अब फ़ादर के अस्पताल की दवाई का असर कि भगत का इलाज, छौंड़ी ठीक है तब से। बुधनी बाहर हवा में देखती है, आसमान देखती है। यीसु और बरान मुरु दोनों से नाता जोड़ना ही सही है। अपना देवता कहीं छोड़ा जाता है क्या? पॉल झिड़कता है उसे।

'अरे सब जंगली देवता है रे।' रोज़ फ़ादर से सुनकर आता है। 'अंग्रेज़ी दवा और अंग्रेज़ी देवता ही ठीक। पिछले इतवार उल्टी दस्त तो उसी अंग्रेज़ी दवा से सही हुआ कि नहीं। तेरे फेर में रे बुधनी फिर गया मैं उस बुड़बक भगत के पास।' बुधनी मन ही मन माफ़ी माँगती है, 'बरान इसे माफ़ कर, इसकी मति मारी गई है।'

बत्तख के चार अंडे छिपाके रखा है कल भगत को चढ़ा के आयेगी।

राफ़ेल अपने तीन एकड़ के खेत में सुबह-सवेरे सूरज उगने के

पहले पहुँच जाता है। मिशन के स्कूल में दसवीं तक पढ़ाई की। मैट्रिक पास किया। अब खेत में जोताई नहीं की जाती। उसकी आँखों में इतना सपना है कि रात-रात नींद नहीं आती। माँ बाप भाई बहन कुछ नहीं सोहाता। बस मरिया सोहाती है। मरिया सोहाती रहे इसके लिये शहर जाना होगा, नौकरी पकड़नी होगी। फ़ादर के कमरे में घुसते ही उसकी आँखें फट खुल जाती हैं, जैसे शहर घुस आया है इस गाँव के बाहर मिशन के अस्पताल में। और शहर आते ही जैसे सपना हाथ बढ़ाओ तो छू जायेगा जितना नजीक हो जाता है। ऐसे समय में छाती कितनी तेज़ तेज़ धड़कती है। दिल फट जाता है, साँस रुक जाती है। सब शाम को मरिया को बताऊँगा, सोचता हुआ राफ़ेल बाहर बोगनविलिया से लदे बरामदे में, कुचिया की क्यारियों के बायीं ओर बैठ जाता है।

सामने दवाईयों वाले डिस्पेंसरी के गलियारे को उर्सुला लम्बे डंडे से पोछा लगा रही है। तीन बार एक तरफ, फिर तीन बार दूसरी तरफ। तब रुक कर साँस भरेगी फिर पोछा लगाते कोई गीत गुनगुनायेगी। ठीक है उसके गुनगुनाने के दिन हैं, राफ़ेल मतमरू सोचता है। उर्सुला की अभी अभी शादी हुई है। मंगरू जो स्कूल का बस चलाता है उससे। मंगरू लम्बा चौड़ा जवान है। गाँव से सटे बहती है नदी। इच्छामनी नदी। उसका पाट, बरसाती चौड़ा पाट एक साँस में तैर कर पार करने का गौरव हासिल है मंगरू को। तीर से बड़ी से बड़ी मछली मारने का भी। मटका भर महुआ पीने का भी और कढ़ाही भर भुना तीतर खाने का भी।

लेकिन राफ़ेल स्कूल बस नहीं चलाना चाहता। गेट पर दरबानी नहीं करना चाहता। सिस्टर लोग के हॉस्टेल में कुक बनने का भी नहीं, न माली बनने का, न ऑफ़िस में चाय-पानी करने का। उसका सपना और बड़ा है, बहुत बड़ा। सौ दो सौ कोस दूर जो एक और गाँव है वहाँ का रमेसर जैसा। जो मिशन स्कूल में पढ़-पढ़ कर शहर गया और पढ़ाई की, फिर कोई बहुत बड़ी परीक्षा पास की। गाँव में कलक्टर बन कर लौटा। खुली जीप में, काला चश्मा लगाये, रंगीन बुशर्ट पहने। दौरे पर आया तब समूचा गाँव उमड़ा था उसे देखने। हमारे बीच से उठकर बड़ा साहब बन गया। फ़ादर जॉर्ज तक

उसके सामने खड़े रहे थे। ऐसा बनना है उसे। साँस उठकर राफ़ेल के गले तक पहुँचती है, फिर माथे के बीचोबीच स्थिर हो जाती है। बरामदे पर गुनगुनी धूप में राफ़ेल फ़ादर का इंतज़ार करते नींद की बेहोशी में डूब जाता है।

* * *

जोएल देखता है उस लड़की को जो अपने भाई का हाथ पकड़े बैठी मिलती है। लगातार। वार्ड में किसी से बात नहीं करती। बस सबको खाली आँखों से तकती है। सिस्टर आती है तो बेआवाज़ हट जाती है। सिस्टर मुस्तैदी से एक-एक करके ब्लड प्रेशर और टेम्प्रेचर नापती है, करवट बदलवाती है। लड़की इस बीच खिड़की के पास जाकर बाहर देखती है। एक दिन जोएल ने ध्यान दिया था खिड़की के पास खड़ी उसकी पीठ बेआवाज़ रुलाई में हिल रही है। तब से जब भी लड़की खिड़की के पास जाती है जोएल उसे देखता है, कहीं रो तो नहीं रही? जैसे उसके देखने भर से लड़की को सांत्वना मिल जायेगी।

मुड़ता है, देखता है सिस्टर अभी बाबा को इस ओर करवट करवा कर गई है। बाबा का चेहरा सिर्फ़ हड्डियों का ढाँचा रह गया है। चमड़ी तन कर जैसे बस किसी तरह हड्डियों को ढकी हुई। आँखें खुली एकटक। शुरू में शक होता कि देख रहे हैं, अब नहीं होता। इन आँखों में भीतर से कोई जोत नहीं जलती। शरीर बस एक खाली मकान रह गया है। बेचारगी और बेसहारेपन में जोएल की छाती दरकती है।

'ओ बाबा लौट आओ, लौट आओ हमारे पास।'

डॉक्टर सब भी कुछ कहाँ बताते हैं। राउंड पर डॉकटर मिश्रा आते हैं। ऐसे गंभीर हाव-भाव कि कुछ पूछा ही न जाता है। हाथ बाँधे जूनियर डॉक्टर का मजमा जुटाये आते हैं, बेड से लगे व्हाईटबोर्ड पर ताज़ी सूचना देखते हैं, ये दवाई बन्द, ये शुरू, सलाईन वाटर, ओर्थोपेडिक मोज़े, वाटरबेड पता नहीं क्या-क्या बोलते हैं। नर्स और डॉक्टर सब जैसे सकते में सिर

झुकाये भक्ति भाव से सुनते हैं। यहाँ पर पूछने की गुँजाइश कहाँ।

कभी कभी डॉक्टर अहमद आते हैं तब नर्स भी उनसे मज़ाक करतीं हैं। अटेंडेंट्स भी पास आकर हिम्मत से अपनी बात पूछ लेते हैं। जोएल को देखते हैं तब खाली उसके कँधों को थपथपा देते हैं, 'दुआ करो।'

कितनी दुआ करे जोएल? कितनी?

धुँध के पार राफ़ेल देखता है। उसकी आत्मा शरीर से निकल कर चारों ओर विचरती है। फिर अपने शरीर को देखती है। एक अनाम आश्चर्य से देखती है। जोएल का बुझा चेहरा देखती है। एक-एक करके वार्ड के छह मरीज़ों को देखती है। नर्सिंग स्टेशन पर बैठी रजिस्टर पर सधा सधा कर पेशेंट डीटेल्स लिखती मलयाली नर्स घुँघराले जट काले बालों वाली और घुमावदार बरौनियों वाली लता उन्नीकृष्णण को देखती है। कबर्ड से नया बैंडेज रोल निकालती चपटे चेहरे और हँसते गाल वाली दीपानिता बोरा को देखती है, हरे गाउन और मुँह पर हरा मास्क लगाये हड़बड़ाते ओ टी में भागते घुसते बिजोय बरुआ को देखती है, बाहर सब्र से बैठे मरीज़ों के और उनके साथियों के हुजूम को देखती है। पैथोलॉजी लैब और यूरोलॉजी वार्ड के बाहर एक चक्कर लगाती है। अस्पताल के कैंटीन से बासी समोसे और ताज़ी चाय की महक सूँघती, पैरों पर ताज़ा नया प्लास्टर चढ़ाये बच्चे को तन्मय होकर पूड़ी-तरकारी खाते देखती है, अस्पताल के बाहर दुख से भर्राती भसकती डूबती बेहोश होती औरत को अपने मृत पति के स्ट्रेचर पर ढहती देखती है। एक अबूझ दुख में डुब से डुबकी लगाता राफ़ेल दुबक जाता है वापस अपने शरीर में, नींद में।

जोएल साईड टेबल पर रखे नैपकिन रोल से बाबा की आँखों के कोरों से बह आये आँसू पोछता है। क्या पता भीतर-भीतर कितना दुख, कैसी तकलीफ़। बाबा की उँगलियाँ सहलाते जोएल को लगता है कि दोनों एक शरीर हैं। एक ही त्वचा, एक ही ख़ून। जैसे बस छू कर जिलाया जा सकता

है, ऐसा महसूस करता है जोएल। बाबा नहीं रहेंगे तो उसका एक जीता जागता हिस्सा मर जायेगा, खत्म हो जायेगा हमेशा के लिये। उसकी त्वचा के भीतर कुछ सरकता है। शायद समय सरकता है। वही समय जो बाबा के लिये किसी और तरीके से सरकता है।

जोएल के ऊपर से छत धसक रही है। बारिश के छींटे पड़ते हैं। डॉन बॉस्को संस्थान के ब्रदर जोसेफ़ कुट्टी कहते हैं बात करेंगे हेडऑफ़िस। शायद कुछ और पैसे दिलवा सकूँ। हिसाब बताते हैं। फिर धीरे से फुसफुसाते हैं, 'और भी ज़रूरततलब लोग...'

जोएल उँगली पर जोड़ता है हिसाब। एक खाई खुल जाती है पैरों के तले। संस्थान ने पैसे न दिये होते तो बाबा उसी दिन मर जाता। अन्दर कोई आवाज़ निर्ममता से कहती है, फिर ठीक ही हुआ होता। इतना पैसा, इतनी तकलीफ़। कोई जवान आदमी बचा लेते। बाबा को बचा कर क्या मिलेगा? इतना पैसा उसे ही मिल जाता तो कम्प्यूटर वाली दुकान खोल लेता शहर में। ऐसे ही कोई और जिसपर परिवार टिका है, सिल्वेरियस जैसे। ट्रक के पीछे सौ मीटर तक घिसटा था फिर भी ज़िन्दा था उस एक घंटे के लिये। उसका हाथ ऐसे पकड़े था जैसे पकड़े रहने से बच जायेगा। सरकारी अस्पताल में लावारिस पड़ा रहा, ख़ून रिसता रहा। पेट से आँत तक बाहर। रिसा ख़ून काला। जोएल को अब भी याद करके झुरझुरी छूटती है। फिर आँखों के सामने छटपटाहट से बेचैन, कुछ बोल न पाने से लाचार, तकलीफ़ और दर्द से दहशतमन्द, चुक गया। उसकी फटी आँखों का डर अब हमेशा रहता है जोएल के साथ। उसे ही पैसे मिल जाते तो शायद बच जाता।

फिर जोएल शर्मिन्दा होता है। बाबा का चेहरा सहलाता है। उस चोर विचार को कहीं बहुत अन्दर लुका-छिपा लेता है। बाबा की आँख उसके चेहरे पर अनझिप गड़ी है। जोएल मुँह चुराये बाहर निकल जाता है। पहली बार अपने आप से। बाहर पार्किंग के पास पान की गुमटी के पास हताश निराश बैठ जाता है।

उस रात के दावानल में अकेला बाबा ने बच कर क्या पा लिया?

सिस्टर इस्थर और फ़ादर सैमुएल गये। किस वीभत्स तरीके से गये। इतनी नफ़रत मिशन वालों के लिये। और बाबा क्यों कूदा इस आग में? फ़ादर जॉर्ज की याद की खातिर? कि बहुत कुछ न मिलकर भी मिशन से कुछ मिला करके। जो बजरंगियों की टोली भीड़ उकसाती थी वो कहाँ अँधेरी रात के हाहाकार में घुलमिल कर बिला गई। पुलिस आई तो वही बुड़बक बकलोल आदिवासी मिले। कुछ को पकड़ कर ले गये।

मिशन का उदार उद्दात्त स्नेह खत्म हुआ। सब स्वार्थ है। सब दबाकर रखने की साज़िश है। रात को मंदिर के पीछे बरगद के पेड़ तले चुप्पे-चुप्पे एक गुट जुटता है। फ़ादर सैमुएल के खिलाफ़ अँधेरा ज़हर घोलता है। सफ़ेद कुर्ते पजामे में शहरी त्रिपुंडधारी फुसफुसाता है और शब्द नफ़रत के घोड़े पर सवार बगटूट दौड़ते हैं। अँधे कुएँ में टूटही बाल्टी से वाक्य डब-डब गिरते हैं रात, सैमुएल साला, बच्चे, बुड्ढे की लपंटता, उफ़्फ घृणाकारी, पाप, ऐसा जघन्य पाप, बच्चे का जीवन कोरे काग़ज़ पर स्याही लपेस देना, दिव्य आदेश, सज़ा सज़ा सज़ा!

* * *

करमा में सब जुटते हैं, सब हिन्दू इसाई सब। गिरजे का पादरी आँख बन्द कर लेता है। करमा खत्म होते ही फिर सब कुनबा जुटेगा। जिसे किरिस्तान बनना था बन गया। अब और क्या। पूरे महीने ढोल नगाड़े गूँजते हैं। कैसा उत्साह। जंगल थरथराता है गूँज से, नृत्य से, थाप से। और औरतें जवा के लिये बेंत की टोकरी में अंकूरे बीज सजाती हैं, करम देवता को तरबूज भेंट करती हैं। उनमें उर्वरता बढ़े, बेटा जने। मरिया अपनी टोकरी सजाते सजाते राफ़ेल को देखती है, मुस्कुराती है। राफ़ेल सपना देखता है।

'कब घर बसायेगा मेरे संग? बसायेगा भी कि नहीं?' मरिया अब भी मुस्कुराती है। उसकी आँखों पर उदास बादल हैं।

'मुझपे विश्वास नहीं तोके?' राफ़ेल हैरान देखता है। 'ये कोई पूछे की बात है? कहे की बात है...'

उसके चेहरे पर गुस्सा झलकता है। मरिया की आँख और उदास हो जाती हैं। राफ़ेल जितना गुस्सा होता है मरिया उतनी उदास होती जाती है। ढोल मादर की आवाज़ दोनों को अलग सुनाई देती है।

रात राफ़ेल भौंचक सोचता है, मरिया क्या बिलकुल भी नहीं समझी हमको, कुछ नहीं जानी रे तू। इस गाँव में रहकर अपना जीवन भगत के भेंट लाई उलटी लटकी मुर्गी जैसी नहीं बितानी उसको। बाहर जाना है, कुछ करना है। रात को दूर जाते रेल की धकधक सीटी उसके दिल को चीरती है। सपने में रमेसर का काला चश्मा दिखता है। पानी में डूबा दरियाई घोड़ा दिखता है जो पूछता है उसको, कहो शहर के कौन हाल? रोजी-रोटी मज़े में? पानी में एक करवट लेता राफ़ेल हँसता है। ख़ूब गहरे हिस्से में उँगली के पोर से लटकी टहनी को छूते राफ़ेल डुब डुब डुबकी मारता है। डुबकी पूरी नहीं होती कि नींद उचट जाती है।

शहर जाना है शहर जाना है। सुबह-सुबह राफ़ेल धरना देता है फ़ादर जॉर्ज के घर। कुछ बोलता नहीं बस चुप बरामदे पर बैठा रहता है। रात घिरती है तब घर लौट जाता है। अगली सुबह फिर मुस्तैद। फ़ादर आजिज़ आ जाते हैं। दिन में खाने आते हैं तो दो रोटी और साग उसे तश्तरी में पकड़ाते हैं। राफ़ेल सर डुलाकर बिना कुछ कहे मना कर देता है। अब भी कुछ बोलता नहीं। चार दिन बीत गये हैं। फ़ादर दरियाफ़्त करते हैं गाँव में, रात को खाया कि नहीं? सुसान, राफ़ेल की बहन कहती है एक रोटी खाई थी। राफ़ेल को गाँधी बाबा का सत्याग्रह याद आता है। रात में डिबरी की पीली रोशनी में खोज कर निकाली गई स्कूल की फटी किताब निकालकर बाँचता है।

थक-हार कर दसवें दिन फ़ादर उसके सामने घुटनो के बल बैठते हैं, 'शहर जायेगा?'

'परसों सुबह चलेंगे, तैयार रहना और फिर वहाँ पहुँचकर मत कहना तुरत वापस आने को।' फ़ादर की आवाज़ फँसती है। अपना बचपन याद नहीं आता। अब इतने साल बाद नहीं आता। उनका चेहरा इतने सालों की कड़ी

धूप सहते लाल हो गया है, झुर्रियों से भरा, हाथ की उलटी हथेलियों पर भूरे चकत्ते।

रात रोज़री रखते हुये एक प्रार्थना जोएल के लिये भी करते हैं।

शहर की भीड़ में जोएल भौंचक घूमता है। उर्सुलाईन कॉंवेंट में एक कमरे में पाँच लड़के ठसमठस दिन बिता रहे हैं। मोटा लाल चावल और पानी जैसे रसे वाली आलू की हरहर तरकारी खा रहे हैं। इनश्योरेंस के दफ़्तर में जोएल जेनेरेटरब्वाय बन गया है। बिजली कटती है तब जेनेरेटर चालू करना काम है। साथ में डाक इधर-उधर ले जाना, बैंक जाना ऐसे छोटे-मोटे काम भी। सब आज़ादी खत्म हुई। मन पर बेड़ी बँध गई है। साहब के घर कभी जाता है। वहाँ फूलमनी दिखती है। छोटी-सी पतली सी। उसका दिल खिल जाता है। उसके तरफ की है। उसे देख कर शरमा कर मुस्कुराती है। उसका जाना बढ़ जाता है। रसोई के बाहर एकसाथ खड़े चाय पीने में अच्छा लगता है। उससे मरिया की बात करने में अच्छा लगता है। उससे गाँव की बातें करने में अच्छा लगता है। शहर में यही एक बात अच्छी लगती है।

पहली छुट्टी में गाँव लौटता है। और दिन भर मरिया को फूलमनी की बात कहता है। नहीं देखता कि मरिया का चेहरा छोटा और आँखें कितनी बड़ी हो गईं हैं। वापस लौटने के एक रात पहले दोनों नदी के किनारे, चट्टानों के पीछे सफ़ेद बालू में एक दूसरे को भर लेते हैं। सफ़ेद रात में दो मछलियाँ तैरती हैं। एक नदी जनमती है और बहती है फिर चुकती है। मरिया की आँख से आँसू बहते हैं लगातार।

शहर में राफ़ेल को और कुछ याद नहीं आता। पसीने और ग्रीज़ में, शोर और पागलपन में, अकेलेपन में, निचाट अकेलेपन में राफ़ेल अपने सपनों का मरना देखता है। देखता है कि शायद जीवन भर जेनेरेटर ही चलाता रहेगा, देखता है कि खुली जीप में चढ़ना सिर्फ़ किसी रमेसर के भाग में लिखा है। कि लोग उससे तू तड़ाक से ही बात करेंगे, कि उसके लिये जंगल और गाँव अब खो गया और शहर कभी मिला भी नहीं।

फ़ादर जॉर्ज सोचते हैं, बस इसी दिन के लिये मैंने प्रार्थना की थी? इतवार को राफ़ेल के मरे चेहरे को देखते हैं। सोचते हैं *हद के बाहर का सपना दिखाना भी एक तरीके का पाप है। लेकिन आसमान दिखाना एक तरीके का पुण्य भी है।*

सुसान उसे नदी के उस मोड़ पर ले जाती है, जहाँ पेड़ की शाख पानी को छूती है। उसका हाथ पकड़ कर पानी में उतारती है। बस यहीं पर इतना कह कर लौट जाती है। राफ़ेल देखता है उसे जाते। जब दिखना बन्द हो जाती है तब मुड़ता है पानी की धार की ओर। पैर के तलवों पर चिकने गोल पत्थर और लसीली मिट्टी का मखमली स्पर्श है। पानी के अन्दर अपने अँगूठे से तल महसूसता है। यहीं कोई छेद है जहाँ से मरिया इस दुनिया से गिर गई। फिर धीरे-धीरे कमर भर पानी में बैठ जाता है। इतने कम पानी में कैसे कोई डूब सकता है? अपनी हथेलियों से पानी को सहलाता है। फिर फफक-फफक कर रोने लगता है। आँसू और नदी सब एक हो जाते हैं।

* * *

गाँव के सब समर्थ लड़के शहर पहुँच गये हैं। कुछ लड़कियाँ भी। दफ़्तरों में, स्कूल में, क्लिनिक में जहाँ कहीं भी काम करते हैं हर जगह उनके जैसे लोग नीचे खड़े रहते हैं, हुक्म बजाते हैं, हुकुम देने वाले कभी नहीं बनते। राफ़ेल खाली आँखों से देखता है। रात सपने में देखता है ऊपर से बरसा होती है नोटों की, लेकिन सब नोट फटे होते हैं। एक भी समूचा नहीं। कमीज़ के अन्दर पसीने की धार बनती है और पीठ पर सवार हो जाती है। कभी सूखती नहीं। यही मेरा भाग।

शाल के पेड़ के नीचे पाठशाला लगती है। बोरे पर एक दर्जन बच्चे हिल-हिलकर पहाड़ा रटते हैं। मिशन का स्कूल अब गरीब बच्चों को नहीं पढ़ाता। वहाँ अब रईस बच्चे बोर्डिंग में रहकर पढ़ते हैं। राफ़ेल हाथ में रूलर लिये, कुर्सी पर बैठा देखता है। ठीक बीचोबीच जोएल का हँसता चेहरा।

'बाबा,' अपनी कानी उँगली ऊपर करता है, 'जा पर जल्दी लौटना।'

राफ़ेल फिर सपना देखता है। आसमान में ख़ूब तारे टँगते हैं। पर रात अब शांत कहाँ। दिन रात क्वॉरी से आवाज़ आती है। चट्टानों के टूटने की आवाज़–जैसे कोई विलाप हो, कोई दहाड़ हो। लाल महीन धूल की एक परत आसमान को ढके रहती है। फिर भी राफ़ेल सपने देखता है। अब जोएल के लिये देखता है।

राफ़ेल नाच रहा है। फ़िरकी–सा नाच रहा है। पानी में भँवर है और ठीक बीच में कोई फूल है जिसे पकड़ना है। हर बार उँगली के पकड़ के ठीक बाहर रह जाता है। पाँव के नीचे वही लसलसी मिट्टी है, वही गोल चिकने पत्थर हैं। धीरे धीरे बैठता है। पानी कमर तक है, अब छाती तक, अब गर्दन तक। साँस पूरा फेफड़े में भरकर, अँगूठे और तर्जनी से नाक को दबाये मुँह बन्द किये डुबकी लगाता है। पानी में कुछ देर तक बुलबुले उठते हैं। फिर सतह शांत हो जाता है। आसमान में कोई चिड़िया गोल–गोल चक्कर काट रही है।

*   *   *

बेड के नीचे दरी पर लेटे जोएल बचपन की बात सोचता है। बाबा ने कितने सपने देखे। बी०ए० पढ़ाया, शहर भेजा। क्वैरी में काम किया। फेफड़ों में लाल धूल भरा लेकिन क्या मिला? कुछ भी तो नहीं। मिशन तक में ढंग का काम नहीं। वही सफाई, दरबानी, ड्राईवरी। यीसु भी कहाँ हमारा गड़रिया बना। छोड़ दिया हमको, सबने छोड़ दिया। पैरों को मोड़ कर सीने से लगा लेता है जोएल। हाथों से ख़ुद को बाँध लेता है। जैसे बाबा बचपन में अपनी छाती से लगाकर सुलाते थे। सिस्टर आकर झकझोरती है, 'क्या हुआ?'

जोएल आँ आँ बोलता हुआ कुनमुना कर बैठ जाता है। देखता है गाल आँसूओं से तर हैं। झेंपता हुआ कहता है, 'कुछ नहीं...'

*   *   *

राफ़ेल की छाती में मरिया का सिर गर्म साँस छोड़ता है। उनके बदन एक

हैं। दो छायाएँ अलग हटती हैं, फिर एक होती हैं। धीमी-धीमी लय में। एक दुलार की चादर उनपर लिपटती है जैसे माँ अपनी संतान को समेट ले वैसे एहतियातन। त्वचा अपना स्थान छोड़ती है, शरीर की रेखायें एक दूसरे में विलीन होती हैं। राफ़ेल झुका है, ख़ुद को समेटे है, मरिया सिमटती है फिर ऐसे विस्तार से भर उठती है कि उसका शरीर आसमान बन जाता है। राफ़ेल उस आसमान का पखेरू बन जाता है। हवा उसके शरीर को उठाती है उठाती है। अँधेरा इतना गहरा है कि अब कोई छाया नहीं दिखती। बस मरिया की गर्म साँस राफ़ेल की छाती को छूती है।

* * *

मरिया की बहन सलीना उसे नन्हा जोएल पकड़ाती है। उस नन्हें से गुलगुल मांसपिंड में राफ़ेल भौंचक मरिया की गर्मी तलाशता है। उँगलियाँ थरथराती हुई जोएल के चेहरे पर विचरती हैं। नाक आँख होंठ माथा। सब एक-एक करके। ये तो साँझा सुख था फिर मरिया ने उससे साँझा तक नहीं किया। क्यों। दर्द भरी आँख से राफ़ेल सलीना को देखता है।

'तुम साल भर आये नहीं। कोई ख़बर तक नहीं भेजा।'

'हाँ, नहीं भेजा, नहीं आया। बीमार पड़ा था, अस्पताल में अकेला पड़ा था। रायपुर के भी आगे और बड़े शहर में सपने खोजने गया था। फिर सपने के आगे मरिया खो गई रे...'

राफ़ेल हिलक कर रो रहा है। न सपना मिली न मरिया मिली। सब लुट गया, सब। छाती में दर्द सर्दी-सा जम गया। तब से राफ़ेल हमेशा सर्दियाया हो गया। आवाज़ भी ऐसे निकले जैसे छाती के अन्दर कफ़ जमा हो। लोग पूछते, क्या रे राफ़ेल, तेरा ज़ुकाम ठीक नहीं होता क्या? भगत से बूटी ले न।

खाली राफ़ेल को पता है छाती में कफ़ नहीं मरिया जमी है। कभी हड़िया के नशे में चीख-चीख कर झूमता है, 'मरिया छोड़ दे न मुझे, हाथ जोड़ता हूँ छोड़ दे मुझे...'

सलीना जोएल को पीठ से बाँधे दूर से देखकर निकल जाती है। अगली सुबह राफ़ेल चुप सलीना के घर आता है, 'मेरा बेटा दे मुझे।'

'हट कमीना, निकल यहाँ से। हड़िया पी के बच्चा पालेगा? भाग!'

फ़ादर ज़ेवियर मिशन में आ गये हैं। फ़ादर जॉर्ज सोये सोये मर गये एक दिन। मिशन आजकल खस्ताहाल है। बाहर का पैसा सूख रहा है। किसे फ़िक्र कि मुट्ठी भर आदिवासी क्रिसमस मनाते हैं कि करमा।

फ़ादर ज़ेवियर सब से तू-तड़ाक में बात करते हैं। लोग जान गये हैं कि मिशन में ड्राईवर और चौकीदार के आगे उनके लिये कुछ नहीं। एक गुस्सा खदबदाता है उनके अन्दर। मिशन के बदले शहर से आये कुर्ता पजामा वाले हिन्दू नेता आजकल खुली जीप में घूमते हैं।

बरमू और सागू जैसे लड़के अब उनके साथ घूमते हैं। पान खाते हैं, बीड़ी सिगरेट धूँकते हैं। बरमू पार्टी के दफ़्तर में कुछ करने लगा है। गड्डी भर नोट झाँकता है उसकी जेब से आजकल। पिछली दफ़ा काला चश्मा पहन कर आया था राफ़ेल के पास। हिन्दू बन जा रे, इसी में फ़ायदा है।

राफ़ेल सोचता है क्या मेरा बाप फायदे के लिये क्रिस्तान बना? शायद फिर मैं फ़ायदा देखकर हिन्दू बन जाऊँ। गरीबों का धरम दो वक़्त की रोटी।

फ़ादर ज़ेवियर कहते हैं एक बार तो शहर भेजा, नौकरी दिलाई सब छोड़ छाड़ भाग आया। अब अपना रास्ता देख। मिशन और क्या क्या करेगा तुम लोग के वास्ते।

हड़िया दारू के नशे में दिन धुँधलाये निकलते हैं। सब सपना चूर चूर हुआ। नदी सचमुच सूख गई। मक्खी भिनभिनाती है मुँह पर। फिर एक दिन जैसे भर्राई नींद से जगता है राफ़ेल। जीवन को कस कर थाम लेना चाहता है। ओड़ाये बौड़ाये किसी घनचक्कर लपेट से बाहर निकल भागना चाहता है। जीना ऐसा ज़रूरी हुआ जैसे अब तक कभी न था। जैसे अब जाकर समझ आया कि खाली सोई आँख सपना देखना ज़िन्दगी नहीं। जैसे

एक बार मरने के बाद ही जीना फिर शुरू होता है। जैसे भूख से छटपट प्राण जाते जाते हुलस-हुमक कर ऐसा मुँह भरकर भात दाल का बड़ा मुट्ठी में न समाये ऐसा बड़ा कौर भरकर हबड़-तबड़ खाने में गले में ठाँस लग जाये, ऐसी अफ़रा-तफ़री की बेचैनी से फिर जीना ही जीना है।

उस रात जंगल में सियार बोलते रहे। रात भर हू हू चलती हवा में, खुले में, मोटा कंबल ओढ़े, राफ़ेल जागा रहा। रात भर चकमक रात में तारों का अंजोर देखता रहा। ठंडी हवा से बदन का एक-एक पोर जाग गया। उस रात राफ़ेल ने तय किया कितनी कितनी चीज़ें जो शुरू होंगी अब अब!

क्वैरी का काम आसान नहीं था। फेफड़े फावड़ा चलाते जब थक जाते तब कंठ लाल महीन धूल खा खाकर मोटा हो जाता। दिन रात क्रशर की आवाज़ से कान के पर्दे सुन्न पड़ जाते। पहले हाथों में छाले पड़े फिर त्वचा सख़्त हुई। अब हाथ पत्थर हैं। सलीना को रात में छूता है तो स्पर्श का अहसास ही नहीं होता। जैसे किसी जानदार चीज़ को बेजान त्वचा का स्पर्श मिल रहा हो।

सलीना कहती है, 'मैं तुमको भाती नहीं न रे, खाली जोएल के वास्ते मुझसे रसम किया न राफ़ेल?'

राफ़ेल गुस्सा नहीं होता अब किसी बात पर सिर्फ़ सलीना को देखता है थिर आँखों से। अगले दिन फिर मशीन की तरह दुगुने तेज़ी से पत्थर तोड़ता है। ठेकेदार का आदमी उसे देखता है, भाँपता है।

काम वाला आदमी है। हड़िया महुआ का नशा नहीं करता। फजूल बात नहीं करता।

जब सुपरवाईज़र बिस्वास बाबू बीमार पड़ता है तो राफ़ेल को उसका काम सौंप दिया जाता है।

उस दिन अख़बार वाले आये थे तब ठेकेदार बाबू ने उसको बुलाया था। ये हमारा फोरमैन है। लोकल है। हमारा तो यही पॉलिसी है कि सब लोकल लोग को काम मज़दूरी मिले, रोज़गार मिले।

राफ़ेल को क्रशिंग मशीन के बाजू में खड़ा कराकर बोलते हैं, 'अब हँसो!'

ठेकेदार बाबू टोकता है बीच में, 'ये वाला सेफ़्टी हेलमेट पहन लो राफ़ेल।' राफ़ेल पीला हेलमेट पहन कर क्रशर के बगल में खड़ा हो जाता है। चार महीने बाद ठेकेदार बाबू पत्रिका में छपी उसकी फोटो दिखाते हैं, 'देख रे राफ़ेल तू तो हीरो बन गया।'

राफ़ेल बुड़बक नहीं है। फिर भी भीतर भीतर कहीं अच्छा लगता है।

* * *

जोएल को लगता है कि अब बहुत थक गया है। इतना कि पूरे जीवन भी आराम करेगा तो ये थकान नहीं जायेगी। कल टीवी वाले आये थे। लाईट कैमरा माईक।

बाबा के चेहरे पर पूरा लाईट। बाबा की आँख अनझिप है। इतनी रौशनी में भी अनझिप है। मरते मरते बाबा फिर से हीरो बन गया। टीवी पर ख़बर आ रही है फॉलो अप न्यूज़।

चार महीने पहले जसपुर मिशन पर अज्ञात हमला हुआ था जिसमें मिशन का अस्पताल, छोटा गिरजाघर, और नन्स हॉस्टल जलाया गया, उस हमले से बचा एकमात्र व्यक्ति राफ़ेल तिग्गा अब भी अपनी ज़िन्दगी की लड़ाई अस्पताल में लड़ रहा है। तीन महीने से कोमा में पड़े राफ़ेल तिग्गा की देखभाल करने को सिर्फ़ उनका बेटा जोएल तिग्गा है। आपको याद होगा कि राफ़ेल अपनी जान पर खेल गया था सिस्टर ईस्थर और फ़ादर सैमुएल एक्का को बचाने की खातिर। ज्ञात रहे कि राफ़ेल के इलाज से चर्च और अब डॉन बॉस्को संस्थान भी पीछे हट रहे हैं।

संवाददाता के चेहरे पर जोश है, चमक है। रिकार्डिंग के बाद जोएल सहमता हुआ पूछता है, कुछ पैसों की मदद वो दिलवा सकते हैं? उसे फ़ादर कुट्टी का अल्टीमेटम याद आता है। किसी तरह पैसों का इंतज़ाम हो जाये। टीवी क्रू में से एक आदमी मुँह टेढ़ा करके पूछता है जिसकी जान बचाते

उसका बाप आज इस हाल में है उससे मदद माँगने क्यों नहीं जाता? फिर मुड़कर वो आदमी विद्रूप से कहता है, 'हिन्दू बन जाओ अब इसी में फ़ायदा है।' फिर ठठाकर हँसता है।

जोएल फक्क देखता है। फिर बाबा को देखता है। बाबा के अनझिप आँखों से दो बून्द आँसू कोर से बह निकले हैं। खिड़की के बाहर नीले आसमान के टुकड़े में एक चील लगातार गोल चक्कर काटती हवा में ऊपर और ऊपर उठती जाती है।

सिस्टर शारुख के बेड पर झुकी पुकार रही है शारुख शारुख, कैसे हो शारुख?

राफ़ेल की आँख तेज़ रौशनी में झिपती है। फ़ादर सैमुएल का चेहरा फ़ादर जॉर्ज में बदल जाता है। सुरंग के पार अपने सफ़ेद चोगे में फ़ादर खड़े मुस्कुराते हैं। उनके पीछे इतनी रौशनी है कि सब सफ़ेद चमकीला दिखाई देता है। कोई पीछे से टोक कर पूछता है, तुम क्रिस्तान हो? कि हिन्दू? बरम देवता को मानते हो कि यीसु के गुन गाते हो? राफ़ेल हिलता है एक लय में। उसके बदन से गीत फूटता है। उसके बदन से रोटी की खुशबू आती है। उसके बदन से फसल की हरियाईन गंध बिछलती है। पाहन की बलि याद आती है। क्रिसमस का भोज याद आता है। मरिया, फूलमनी याद आती है, सलीना याद आती है, कठोर बीहड़ जीवन में संताप सोग याद आता है, बरम देवता की अनुकम्पा याद आती है, टूट कर लहलहाती फसल का उगना याद आता है, सलीब पर लटके ईसा की करुणामई मूर्ति याद आती है, टोकरी भर चाँदी-सी मछलियाँ याद आती हैं। उस जलते हुये मिशन अस्पताल में सिस्टर ईस्थर की चीख याद आती है, भीड़ का उन्मत्त उन्माद याद आता है। क्या फ़रक पड़ता है हिन्दू हों कि किरिस्तान हों, क्या फ़रक पड़ता है करमा कि क्रिस्मस हो, क्या फ़रक पड़ता है? कैसे बताये कोई फ़रक नहीं पड़ता। फ़रक पड़ता है जब आँखों में भर भर सपने हों, फ़रक पड़ता है जब सपने सच की ज़मीन पर उगें, फ़रक पड़ता है जब पेट भर खाना हो, चैन भर सोना हो। जब मरना हो तो मन भर जीना हो। छाती से कुछ ऐसा भारी

हटता है कि कैसे बता दें, कैसे कैसे। कैसे बता दें कि जोएल सपने देखना कि तुम्हारे अन्दर मैं सपने देखूँगा, कि तुम्हारे अन्दर मेरा बाबा सपने देखेगा, फिर उसके बाबा, हमारे सब पुरखें.... ओह जोएल कैसे भींच लूँ तुम्हें अपनी छाती में।

राफ़ेल देखता है एक पल को फिर धीमे से उसकी छाती बैठ जाती है। साँस अन्दर जाती है फिर अन्दर ही रह जाती है। आँख से निकला एक बून्द आँसू वहीं कोर पर ठिठक जाता है।

जोएल अस्पताल के बाहर मड़ई वाले ढाबे में भात दाल तरकारी सर झुकाये तन्मयता से खा रहा है। ये पेट की भूख भी ऐसी चीज़ है, न समय न स्थान, न धरम न जाति, न काल न भाव, कुछ भी तो नहीं देखती।

* * *

ललमुनिया, हरमुनिया

मृगनयनी को यार नवल रसिया मृगनयनी

बाल उसके कंधे तक झूम रहे थे। जैसे उनका अलग अस्तित्व हो। आँखें बन्द थीं, नशे में चूर। शरीर का आकार हवा में घुल रहा था। किसी बच्चे ने साफ़ खिंची रेखा पर मानो उँगली चला दी हो। सब घुल मिल गया था। सब।

तस्वीर में वो सीधी सतर बैठी थी। चेहरे पर एक उदास आभा। कोमल, नाज़ुक, शांत। तस्वीर और सचमुच में कोई तार नहीं था। जैसे किसी और की तस्वीर देखी जा रही हो।

पीछे शोर शराबा था, हलचल अफ़रा-तफ़री थी। गाँव से आईं औरतें तेज़ आवाज़ में बोल रही थीं। क्या बोलती थीं महत्त्वपूर्ण नहीं था। बोल रही थीं सो महत्त्वपूर्ण था। उनके जीवन का रस यही था। पाँवों से लाचार, उठने बैठने से लाचार, हाँफती, चुकु-मुकु बैठी, शरीर को जाने किस शक्ति से समेटे, पाँवों में भर-भर तलवे आलता लगाये, मोटी बेमेल गठियाये उँगलियों में चमकदार बिछिया पहने, छापे की रंगीन नाईलोन की साड़ी पहने, उन्होंने पूरे वैवाहिक कार्य को हाईजैक कर लिया था।

उनके आने के पहले सब व्यवस्थित चल रहा था।

'ये सामान नहीं आया, पंडीज्जी बोल रहे हैं, लावा-धान के लिये...'

'पैसे दो भई, केसू को भेज रहे हैं, नारियल लायेगा-रोकना उसको, थाली और कलसा सजाने के लिये गोटा और, और,' वो माथा खुजाती, 'अरे हाँ, एक फेवीस्टिक या टेप, कुछ भी..'

'बीबी जी, बाहर मेहमान चाय के लिये कह रहे हैं,'

'फिर सूटकेस की चाभी खो गई। उफ़्फ सारा पैसा उसी में तो है,'

'सुनिये, सब काम छोड़ कर सूटकेस खुलवाईये!'

इन सारे हादसों के बावजूद सब व्यवस्थित चल रहा था। सबकी आवाज़ दबी मद्धम। जैसे दिल में कोई मधुर मीठा संगीत बजता हो। जैसे हरबार कुछ कहने, करने के पहले याद आ जाये कि हवा में जो खुनक है उसमें किसी घुँघरू की मीठी रुनझुन है। कि कुछ बहुत सुन्दर बढ़िया होने वाला हो। कि जैसे खुशी के उमगते फूल इस किराये के मैरेज हॉल के कोने साँधी में बार बार खिलते हों। कि दुल्हन की छाती में एक मीठा मीठा भार हो, एक टीस भरी कसक हो, छाती गला सब किसी आवेग से रह-रह अवरुद्ध हो, कि खुशी धूप का चमकता टुकड़ा हो और उसके पार घर से बिछड़ना हो, माँ-बाप से अलगाव की अजब गज़ब टीस हो। दुल्हन की माँ रह-रह कर किसी काम के बीच अचानक उमड़ आये आँसू को पोछ सोचे कि बेटी बस अपने ही शहर तो रहेगी फिलहाल ब्याह के बाद, हफ़्ते हफ़्ते मिलेगी, तब से भी ज़्यादा जब हॉस्टल रहकर पढ़ती थी और चार महीने में आती थी। बस सिर्फ़ इतना कि अम्बलिकल कॉर्ड टूटा अब! जा छोड़ा तुझे अब, छोड़ा। बेटी के कमनीय चेहरे की कांति देखकर जी समझाती, खुश है, खुश है, मैं भी खुश हूँ, बहुत!

बाजू बन्द खुल-खुल जाये

छोटे कमरे में कबर्ड से लगे दीवार पर करीने से लड़की का सूटकेस, सास का बक्सा, पूजा वाला टीन का बक्सा जिसमें जोड़-जोड़ गिन-गिन सब सामान, पंडीजी के लिस्ट से मिला मिला कर एक जगह, भुलाये न, के हिसाब से इकट्ठा किया था। कलसा, पीढ़ा, काँसे की थाली, तिलक का सामान, थान थान कपड़े, बरातियों सरातियों को देने वाले कपड़े, टोकरी में खिलौने, खाजा और लड्डू से कमरा भर गया था। चाभी कमर में खोंसे, मन ही मन लिस्ट से काम टिक करते सोचतीं, न बाबा, अगली

शादी ऐसे नहीं। बेटे की कोर्ट मैरेज करूँगी, फिर एक रिसेप्शन बस। ब्लड प्रेशर की गोलियाँ गटकते, तड़कते माथे के नस को उँगलियों से सहलाते थक कर निढाल मसनद की टेक लगाकर ओठंग जातीं।

फिर भी सब व्यवस्थित चल रहा था। हफ़्ते भर पहले उठपुठ कर, अपना शहर छोड़ कर ब्याह के लिये यहाँ आई थीं। महीनों दिन से ले जाने वाली चीज़ों की लिस्ट बना बना कितने पन्ने रंग डाले थे। सूटकेसों पर लेबल, गहनों की लिस्ट, मैचिंग ब्लाउज़ और पेटिकोट, चूड़ियाँ, लहठी, पायल-बिछिया, काँजीवरम और बालूचरी साड़ियाँ, सिन्दूर के छोटे छोटे डब्बे, आमंत्रित लोगों के लिस्ट, केटरर, शादी का कार्ड, उफ़्फ!

डायरी में छोटे बड़े कामों की लिस्ट। फ़ोन पर लगातार माँ और जेठानी से सलाह। रस्मों के ओरछोर ख़बर नहीं। फिर भी सब हो जैसे परिवार में पीढ़ियों से होता आया है। कुलदेवी की पूजा और धागे में पिरोया हरेक शादी पर एक चौखुट चाँदी का ताबीज़नुमा माला। पुराने करियाये ताबीज़ों की ढेर में एक और नया नवेला जुड़ेगा अब। लाल धागा बदलते हथेलियाँ सिहरी थीं पल को। जैसे कोई ददिया ननिया सास की हथेली की गर्माहट छू गई हो। ब्याह की रात कान का झुमका, गले का सतलड़ा हार, नाक का नथ और माथे का मँगटीका, बाँहों का बाजूबन्द सब खुलता गया था कैसे। हल्के पीले जरजरे रोशनी में कैसा सोने-सा छींटा बिखरा था उस रात। लाल गठरी-सा प्रेम, कैसे एक एक गाँठ खोला था उसने एक के बाद एक। मुट्ठी में अपनी शादी वाला चाँदी पसीज गया था। कितने साल! कितने-कितने साल, लेकिन सब जैसे आज जैसे कल ही तो। कुर्ता धोती में सजे मनोहर गुज़रते दिखे तो कैसे आँखों में सब बीते बरस एक साथ आँसू में जमा हो गये। परदा हटाने भर की देर थी बस।

हमरी अटरिया पे आजा साँवरिया

हमेशा ज़रा बदकहल बहू ही बनी रहीं। रीति-रिवाज, सिन्दूर-चूड़ी,

सुहाग के निशान सब हमेशा झमेले लगे। तीज नहीं करूँगी ऐसा ऐलान करके शुरू में ही ससुराल में नाम कमा लिया था। फिर बिना चूड़ियों के लाठी जैसे हाथ लिये चाची मामी के विद्रूप का सामान बनीं। 'बहुरिया सिन्दूर तक नै लगलिथिन!' औरतें साड़ी से मुँह ढँके आँखें हा किये हैरत से देखतीं। फिर मुँह बिचका फिक्क हँसतीं।

'कोन जमाने की बहू लाये हो मनोहर?' और मनोहर अपनी मनहारी मुस्कान बिखेरे हँस पड़ते, बोलते, 'बहू हमारे कंट्रोल में कहाँ, फूआ?'

कमरे के अकेलेपन में पत्नी को अंकवार भर चूम लेते, 'माई डार्लिंग वाईफ़!' और डार्लिंग वाईफ़ चमक जातीं, 'जब तुम्हारी फुआ, मामी बोल रही थीं तब उनके साथ कैसे खड़े हँस रहे थे, बेशर्म!'

अब अचानक कैसी शिद्दत से इच्छा उमड़ रही है कि सब पुरखों का आशीर्वाद मिनी को मिल जाये। सास, जो उनके ब्याह के पहले ईश्वर को प्यारी हुईं, और मिनी की बायीं कनपटी पर तिल जो उनसे ही आया था, जैसे वही फिर आ गई हों मिनी के रूप में। पंडितजी हाथ देखते बोले थे, 'बिटिया पिछले जनम इसी पितृकुल में थी।' उन्होंने श्रद्धा से पंडित जी के पैर छूये थे। आश्चर्य! ऐसी चीज़ों में पहले कभी विश्वास नहीं रहा।

बेनी फुआ लाव-लश्कर समेत पहुँची हैं। रिक्शा भर सामान, साथ में छोटा नौकर माधो, हाथ में शीशा लगा, काम किया मखमल का बटुआ, पान दान। पैर छूने झुकीं तो फुआ भर भर आसीस दिये चलीं। मिनी आई तो गोद में समेट लिया। आँखें उमड़ चलीं। आज भैया होते, भौजाई होती देखते कैसी राजकुमारी-सी बेटी का ब्याह हो रहा है। फिर झटपट आँख पोंछते चाय की फ़रमाईश कर बैठीं। चाय पीते उनके इर्दगिर्द दरबार लगा। मनोहर एक तरफ बैठे, रंजू दूसरी तरफ। अपने कटे बालों को साड़ी के पल्ले में छुपाते हुये। बेनी फुआ ने एकबार वक्र दृष्टि से बालों को देखा, बुदबुदाईं 'अरे अब तो बड़ा कर लिया होता, खैर जाने दो।'

मिनी हल्दी लगवाकर अपने कोने वाले कमरे में लेटी जीन रीस पढ़

रही है। पन्ने पलटती सेल फ़ोन चेक करती है। अभी तक राज का फ़ोन नहीं आया। मन नहीं लग रहा, मैं ही लगा लूँ क्या? कहा था उसे हर दिन फ़ोन करना। एस एम एस करूँ?

पहली बार मिली थी तब कैसा उजबक लगा था। ऊँट जैसा हहूट। जाने कौन-सी केमिस्ट्री थी। उसी उजबक से दिल लग गया। अभी हँस हँस कर बताने में कैसा मज़ा आता है।

गाँव वाली गोतिया की औरतें झुरमुट बनाये बैठीं हैं, मूड़ी से मूड़ी सटाये। मोटे जाँघों के बीच साड़ी फँसाये, मुग्दर से हाथों में दबोच कर पहनी हुई काँच की कामदार चूड़ियाँ, दम घुटे क्या बजें। पाँव के झालरदार पायल की सुर अलबत्ता बजती है रह रह कर। चाय स्टील के ग्लास में सुड़क सुड़क कर पीती हैं, बहस करती हैं, किस रस्म के बाद कौन रिवाज? सब भूल भाल गई हैं।

'का बबुनी ई तहरा नैहर के चाल बा?'

फिर दोहरा दोहरा हँस पड़ती हैं, माथे को हाथ से ठोक कर। बड़की मामी तकिये के नीचे से सीटा हुआ चिमचिमी निकालती हैं, दोहरावन तिहरावन करके रखा कोई काग़ज़ का पुर्जा निकालती हैं। टेरती हैं किसी बच्चे को,

'अरे बबुआ ज़रा ई फ़ोन लम्बर केहू के फ़ोन से मिलवा दे त बाबू।'

'किसका है नम्बर दादी?' मिनी अपने कमरे से झाँकती है। 'लाईये हम लगा देते हैं।'

मनोहर झाँकते हैं, पुकारते हैं, ज़रा इधर आना एक मिनट। रंजू बैठ जाती है। मियाँ बीबी गुपचुप गुपचुप दबी आवाज़ में बतियाते हैं। जब अपनी शादी हुई थी तब कहाँ ये सब हुआ था। हल्दी चन्दन की रस्म तक नहीं हुई थी। नानी हल्ला करती थीं, ऐसी शादी न देखी न सुनी। हे ईश्वर सब शुभ शुभ हो। फिर गुस्सा दबा कर अकेले अकेले कोई ब्याह का गीत गाने लगतीं। तब लगता था कैसा विद्रोह का परचम लहरा रहे हैं। ब्याह सिर्फ़ एक घंटे का होगा के ऐलान पर घर में कैसा कोहराम मचा था। मनोहर ज़िद पर अड़ा

था और पापा? उन्होंने तो हमेशा अलग करने की कोशिश की थी। पूजा पाठ में कभी कोई विश्वास नहीं किया। कैसा अनूठा नया कर रहे हैं जैसे किसी आत्म-मुग्धता बोध से नहाये रहते थे तब। जैसे जंगल में बेल लतर कुल्हाड़ी से काटते नयी राह बना रहे हों। आह! विद्रोह का बस यही एक सुर पकड़ पाये थे और उसी में जी जान से लगे थे। कितने साल बाद तक भी अपनी शादी के किस्से कैसे गौरव से बयान करते थे, कि देखो हमने सड़ी गली परंपराओं की कैसी होली जलाई।

फिर? जैसे पूरा गोल घूम आये वापस। पुरखों की थाती, अपने संस्कार को छाती से लगाये ले आये हैं यहाँ तक सदियों से, पीढ़ियों से, इसी के लिये? कि गँवा दे सब ऐसे ही, बिसरा दें सब ऐसे ही? किसी पॉप कल्चर के हवाले कर दें ख़ुद को? अपनी संस्कृति अपने संस्कार, अपनी परम्परा, सब अरवी के पत्ते पर पानी के फिसलते बून्द-सा बहा दें? करें क्या?

हम होंगे कामयाब एक दिन

ऐसा द्वन्द पहले तो कभी नहीं हुआ। परंपरा और आधुनिकता चुनने में कभी मुश्किल ही नहीं हुई। पुराना सब सड़ा-गला बकवास है, भीगा-बोथा कपड़ा है, उतार फेंकना ही नियति है। माँ जब मंदिर जातीं तो कैसे हर बार लाख मनुहार के बावजूद बाहर ही रुक जातीं।

'न, हमें इन सब पर विश्वास नहीं।'

'लड़की का दिमाग़ फिर गया है,' माँ गुस्से में बुदबुदातीं। 'बेकहल लड़की! सब बाप का असर है। ख़ुद तो ज़माने भर के नास्तिक हुये, अब बेटी जी भी चल पड़ीं उसी राह। चलो बाप की तो चली सो चली, ठहरे मरदजात, पर ये राजकुमारी जीं, इनका क्या होगा? ससुराल पहुँच नाक कटायेंगी खानदान का!"

नाक तो कटाया ही था। कोई रिवाज मालूम नहीं, कोई रस्म करना चाहे नहीं। सब दकियानूसी है। मनोहर हर जायज़ नाजायज़ बात में साथ दें,

शह दें। थीं बचपन से विद्रोही। ये नहीं करूँगी वो नहीं करूँगी। सब लड़कियाँ जो करेंगी वो तो बिलकुल नहीं करूँगी। जब साथी संगिन चूड़ी कान बाली देख कर रीझें तब मुँह बिचका कर अलग हो लें।

फुआ चाची हँसतीं, माँ के भुनभुनाने पर समझातीं, अरे सब ठीक होगा। ब्याह की उमर आने दो, लड़की जात है, सब साज सिंगार करेंगी, जायेंगी कहाँ?

ये पाँव पटकतीं, 'ना जी, हम तो ब्याह नहीं करेंगे कभी।'

'तो फिर? बाप माँ की छाती पर मूँग दलेंगी उमर भर?'

'मूँग क्यों दलेंगे? नौकरी करेंगे, कमायेंगे, मौज मस्ती से रहेंगे।'

'दिमाग़ फिर गया है,' माँ हारी आवाज़ में बुदबुदातीं।

फिर इतना हुआ कि धीरे-धीरे सब पहचान गये। गज़ब ज़िद्दी छोकरी है, जान गये। फिर टोकना छूटा तो नहीं पर कम गया।

दिनरात पढ़ाई में जुटी रहतीं। दुबली पतली बाँस की डंडी। पर कैसा धुन। स्कूल छूटा, कॉलेज छूटा। माँ कहतीं, अब कुछ घर-गृहस्थी की बातें भी सीख।

ये कहीं और देखतीं आँखों से देखतीं और हैरान होतीं। पैदा करने वाली माँ तक नहीं समझती मन का हाल। मैं इन चीज़ों के लिये नहीं बनी। दिन रात किसी नशे पर सवार रहतीं। उलटे पुलटे नक्शे पर आँखें फोड़तीं, किताबों में घुसी रहतीं, जाने कौन-सी दुनिया विचरतीं। आँख बन्द करते ही मन सिहर जाता, दूसरी दुनिया भक्क से अपने होने का उजाला रौशन कर डालती। किसी नाव पर अकेले किसी रहस्यमयी नदी में बहते कहाँ चली जातीं। कभी किसी सुदूर जंगल में, किसी पुरातात्विक स्थल पर, कभी रेगिस्तान में, सब अजानी अजनबी दुनिया, फ़ोटो में देखी हुई और किताबों के पन्नों से जीवंत की हुई। और इन्हीं कल्पना की अनेक दुनियाओं को साकार करने का पागलपन बेचैन कर देता। हम होंगे कामयाब एक दिन।

नौकरी लगी तो लगा कि सपने के पूरा होने का पहला चरण प्राप्त

कर लिया। माँ ने कहा, अब ब्याह! पैर पटकतीं निकल गई कमरे से बाहर, 'पहले ही कहा न, हमें नहीं करनी। हम इन चीज़ों के लिये नहीं बने।'

माँ चिड़चिड़ा जातीं। और लड़कियाँ भी तो नौकरी में आने लगीं। ऐसी चाल तो और किसी की न देखी न सुनी। नौकरी करो लेकिन और भी तो ज़रूरतें होती हैं।

'और कौन-सी ज़रूरत?' के सवाल पर माँ चुप जातीं।

'अब हर बात खोल कर कहें तुम्हें?'

देखने-दिखाने की बात पर ख़ूब हँगामा मचता। बड़े शहर में अकेले रहती किसी आत्मविश्वास से दिप दिप करतीं ख़ुद पर हैरत करतीं, आह यहाँ तक तो आ पहुँचे अब बाकी भी सफ़र होगा नई दुनिया की खोज का।

तभी एक दिन मनोहर मिल गये। पापा के दोस्त के बेटाजी। मिल लिये फिर कभी-कभार मिलते रहे। उसी शहर में उसकी भी नौकरी। फिर लगने लगा कि अपनी दुनिया के खोज में एक मनमाफ़िक साथी हो तो खोज की यात्रा रोचक रहेगी। घर पर दोनों ने ख़बर की, ब्याह करेंगे।

माँ ने कहा चलो यही तो हम भी चाहते थे। हमें तो लड़का पहले से ही पसन्द है। तो ये दोनों तरफ के माँ-बाप का रचाया खेल था जिसमें फँसे दोनों। विद्रोह करके ब्याह किया का जोखिम भरा आनन्द इस जानकारी से कुछ फीका हुआ लेकिन मन को मनाया कि अभी भी अपनी मर्ज़ी का ब्याह ही तो है।

सब चीज़ें अलग हट कर करेंगे कि सीक्वेंस में ब्याह के बाद बहुत साल बच्चे नहीं हुये, उस दौर में जब लोग अमूमन ब्याह की पहली सालगिरह गोद में दो माह के शिशु को चुसनी चुसवाते मनाते थे। इतना देर किया कि घर की बड़ी बूढ़ी शुभचिंतक औरतों की नज़र और बोली चुभने लगी। पीर मज़ार और बाबा पंडित की मनौतियों की बात खुली आवाज़ होने लगी। चिढ़ कर प्रतिवाद किया, बच्चे नहीं कि अभी हम चाहते नहीं। फिर जब चाहा तो हुआ, तुरत-फुरत फिर दो। फिर इस बार छट्ठी, मुँहजुट्ठी तजा।

किसी छुट्टी के दिन आराम से बच्चे को अन्न खिला देंगे। अब तक लोगबाग घटा गये थे। अजीब अलहेली बहु है और मनोहर भी उसी की बात में है, पूरा।

ऐसे ही अलग अलग राह पर चलते दिन निकल गये। बेटी बड़ी हुई तो सब पूछते, का बाबू कोर्ट में ब्याह होगा? कि आर्यसमाजी विधि से?

ऐसे ब्याह अब आमसूरत वाकया थे। हर दूसरे तीसरे घरों में ऐसे ब्याह हो रहे थे। दूसरी जात में, दूसरे देश की बहुयें, दामाद दिखते। लोग ज़रा गर्व से मिलवाते, ये बहू केरल की और बड़ी वाली कश्मीरी है, दामाद तो फ़िलीपींस का है, अब बेटी को वही पसन्द आया, बच्चे खुश रहें, हमें और क्या चाहिये वाला जमाना आ चुका था। पोते पोतियों के बरमिंघम और सैन फ्रांसिस्को से ईमेल के ज़रिये फोटो का आदान-प्रदान होता। बड़ा पोता तो एकदम अमरीकी लगता है, बोलता भी अंग्रेज़ी वैसे ही है, कह दादी नानी का सीना चौड़ा होता।

बन्नो तेरा मुखड़ा चाँद जैसा

तो ऐसे समय में क्या सनक उठी कि ना जी हम तो बेटी का ब्याह एकदम पारंपरिक तरीके से करेंगे। सब रस्में होंगी। सब पुरखों का आशीर्वाद मिले, सारे धार्मिक अनुष्ठानों का शुचिता भरा साया इनके ऊपर छतरी-सा तना रहे। क्या हुआ कि एकबारगी तीन सौ साठ का कोण बना कर घूम गईं!

अचानक कैसी दुश्चिंताओं की चादर फैल गई थी। जो जोखिम ख़ुद पर उठाया उसके साये की कल्पना तक बेटी पर आने की आशंका सिहरा गई? यही था या कुछ और। या फिर लौट कर वापस आना था अपनी जड़ों तक, अपनी परंपराओं तक? यही लौटना नियति था या फिर अपने संस्कारों की पकड़ इतनी गहरे पैठी थी कि उम्र होते, जैसे इम्यून सिस्टम कमज़ोर हुआ, बाहर आ निकले? अ ब्रीच इन द वॉल? या फिर संतान की शुभकामना का अदम्य नैसर्गिक भावबोध, कि कोई कसर न छूट जाये उसी सुखकामना में?

पता नहीं क्या था। लोग हँसेंगे, कहेंगे, देखो अब कैसी पुरखिन बनी घूमती है? भई इन्हें तो ऐसा देखा न था कभी। मनोहर हँसे थे, जिसमें तुम्हारी खुशी, जिससे तुम्हें भरोसा मिले, सुकून मिले, बेटी से मैं बात करूँगा, तुम अपना मन स्थिर करो।

मिनी को जब पूछा था तब कैसी किलक गई थी। हाँ मॉम, मुझे अच्छा लगेगा। हमेशा की टॉमब्याय लड़की कैसे मज़े से लहंगे, चुनरी में रम रही थी। हमेशा शॉर्ट्स और जींस में रूखे बाल लहराते अब साड़ी लहंगे, मेंहदी में कैसी नाज़ुक लचीली लग रही थी। उसके मन में क्या था? कुछ ईस्टर्न ईरोटिका, कोई फैशनपरेड, किसी पुरानी फ़िल्म का स्टेज-मैनेज्ड रोल, एक फैंसी ड्रेस? या एक लड़की के नैसर्गिक सजने-सँवरने की उत्कंठा? पर बिना चूँ-चपड़ के किस उत्साह से सब रस्म निभा रही थी, ये देख उन्हें उसपर दुलार भी उमड़ता और हैरानी भी होती : ये मन से मेरी बेटी है? फिर ख़ुद पर हँसी आती।

बेनी फुआ कह रही थीं, चलो तुमलोग सब रस्म करवा रहे हो, अच्छा किया। अपने रिवाज अपने ही होते हैं।

बड़ी ईया अपनी पोती का किसी अमरीकन गोरे से ब्याह का किस्सा सुना रही हैं, 'दो बार ब्याह हुआ। एक बार अपने तरीके से फिर उनके तरीके से। अपना तरीका भी क्या? बस घंटे भर में जितनी रस्में याद रहीं कर दी गईं पर दामाद कैसा गोरा ख़ूबसूरत है।'

बाकी गाँव से आई औरतें किसी लम्बे थकाने वाले रस्म को निपटा कर, चाय सुड़कते ईया का किस्सा सुन रही हैं, 'अच्छा! फिर?'

ईया हँसती हैं, लेकिन मनोहर और उसकी बहू हर समय अलग ही करेंगे, जब सब घंटे भर का कोर्ट मैरेज कर रहे हैं तब देखो, यहां कैसा साँगो-पाँग ब्याह हो रहा है। दुलार से मिनी को गले से सटा लेती हैं।

'ख़ूब खुश रहो बाबू!'

बीच के आँगन नुमा स्पेस में मड़वा फूलों से सज रहा है। सीधे

पल्ले की साड़ी पर ब्याह का लाल चादर ओढ़े और नाक तक सिन्दूर लगाये घुसती हैं कमरे में। सामने शीशे पर ख़ुद का चेहरा देख अचकचा जाती हैं। उँगलियों से छूती हैं, आँख, बाल, नाक। जैसे ख़ुद को पहचानना मुश्किल हो। दुबली पतली बाँस-सी लड़की, जो किस विद्रोह के पिनक पर सवार ऐंठी रहती थी? ये वही है? यहाँ तक आ गई अब यहाँ से कहाँ जायेगी? हतप्रभ थमती हैं पल भर को

बाहर शहनाई, नगाड़े और ताशों की आवाज़ उठती है तान में, एक मधुर संयोजन में। आदमी और औरत का मन भी ऐसा ही होता है क्या? कब किधर घूम जाये, किस सुर को पकड़ कर ऊपर आसमान तक उठ जाये, कब किसी तान का हाथ पकड़े नीचे उतर आये, कौन पगडंडी पकड़ किन बीहड़ वनों में उतर जाये, फिर किस खुली मैदान में लमलेट हो जाये, कौन जानता है। सचमुच कौन जानता है।

बाहर औरतें लहक लहक कर गा रही हैं, बन्नो तेरा मुखड़ा चाँद जैसा।

केंचुल

काही हरे चमड़े से मढ़ी एक डायरी थी जिसके पन्नों की किनारियाँ सुनहरी थीं। उनके भीतर दर्ज थीं कुछ बातें दराज़ में नैप्थलीन की गोलियों की बासी बोसीदा महक जैसे चीज़ों में रच बस जाती है वैसे ही रच गईं, कपड़े की बारीक बुनावट में महीन एक धागा, ऐसा जीवन ही तो था। तो खैर, बात सिर्फ़ इतनी थी कि एक पिता था जो पति भी था और आदमी भी। जो बेटी पर दिल जान लुटाता था और बीवी पर भी, जिसकी नौकरी गई थी या जाने को थी। एक औरत थी जिसका यथार्थ उस घर के परे था, जो यहाँ सिर्फ़ एक खामोशी थी, एक छाया और इन सब को देखती एक पाँच साल की बच्ची थी जो फटफट बड़ी हो रही थी, इतनी बड़ी इतनी तेज़ी से। जो जितना प्यार करती थी उससे ज़्यादा नफ़रत करती थी। डायरी में ये तीन बातें बिलकुल शुरुआत में हरी स्याही से लिखी गई थीं। डायरी हर किसी से छुपा कर महफ़ूज़ रखी गई थी।

हरी स्याही में लिखे डायरी के अंश

उनके गये लगभग एक साल होने को हुआ। और अजीब बात ये है कि उनका जाना मेरे लिये उनके और करीब आना था। बाकियों के साथ ऐसा नहीं है। उनके लिये रोज़मर्रा के जीवन के तुच्छ दोहरावन ने प्यार के तीखेपन को भोथर कर दिया था। किनारे की ज़मीन एक दूसरे में हिलती मिलती प्यार और नफ़रत की सीमाओं में लगातार घुसपैठ करतीं। और इस

तरह उनके जाने ने उनके दिल और दिमाग़ को किसी चाकू की तरह काटते दर्द से मरहूम कर दिया था। लेकिन मेरे साथ ऐसा नहीं था। मेरे लिये प्यार का समय वहीं थम गया था जिस पल मैंने उनको अंतिम दफ़े देखा था। मेरा प्यार उस वक़्त के ऊपर नाचता घूमता चमकता उस समय में अडिग हो गया था।

मेरी आँखों में आँसू कभी भी बेसाख़्ता चले आते हैं। कल ही पुराने काग़ज़ातों की पड़ताल में उनको लिखी एक चिट्ठी दिखी।

* * *

रात के दो बजे हैं। मुझे नींद नहीं आती। आजकल किसी भी बुज़ुर्गवार को देख मेरे भीतर ममता उमड़ती है। कंठ से कोई नदी हरहरा कर बहती है छाती तोड़ती हुई। सफ़ेद बाल और झुर्रियों वाली त्वचा देखते ही एक बार चेहरा सहला देने की इच्छा होती है। पापा आपके लिये क्या क्या नहीं किया, आज, अभी सब कर दूँ, सब।

शाम को लौटते गाड़ी के ठीक आगे छड़ी के सहारे चलते उन बुज़ुर्ग को देखकर, देर होने के बावजूद, हॉर्न नहीं बजाया। सिर्फ़ गाड़ी धीमी कर रोक दिया था। उन्होंने पलट कर देखा था फिर धीमे से आभार में और शायद अपने बेसहारेपन की शर्मिन्दगी में मुस्कुराये थे। मेरी आँखें भीग गईं थीं।

उसको उठाती हूँ। उनींदी आँखों से, भर्राई आवाज़ से मुझे पूछता है, 'क्या हुआ?' फिर खींचकर बाँहों में भर लेता है।

दुलार से चुमकारते हुये कहता है, 'अब सो जाओ।'

मैं परे धकेलती हूँ, गुस्से में, 'मुझे बच्ची समझा है, बात करो।'

मेरी आवाज़ फँसी हुई कमान है। वो उठता है, पानी पीता है, चप्पल पैरों में फँसा कर बाहर बरामदे की कुर्सी खींचता है।

'आओ, बैठते हैं।'

रात रानी की बेल महक रही है, चाँद की रौशनी धीमे धीमे गिरती है। सब तरफ सन्नाटा है। सिर्फ़ मेरी साँस बोलती है। मैं हथेली में धड़कते एक नब्ज़ को थाम कर कहती हूँ 'प्यार से तुम क्या समझते हो?' मेरे अन्दर बदहवास परिन्दों का शोर है।

'प्यार कोई ज़िन्दा चीज़ है जिसकी अपनी उम्र होती है।'

'मैं नहीं मानती, तुम चाहे जो कहो।'

अँधेरे में अचानक कोई रौशनी एक पल को लपकती है, फिर गायब होती है। रेल की सीटी कौंधती है, फिर डब्बों की धड़धड़ाहट और उनकी खिड़कियों से चौकोर भागते रौशनी की सीढ़ियाँ ज़मीन पर एक तेज़ रेखा खींचती हुई विलीन होती है। रेल का सफर मुझमें एक टीस भरा अवसाद भर देता है। एक आश्वस्ति भी। जीवन आखिर एक यात्रा ही तो है।

जो लोग इस दुनिया से चले जाते हैं, सफर में हमसे आगे हैं, बस। हमारी ट्रेन भी चल पड़ी है।

उसकी आवाज़ दब जाती है। मैं एक पल को सिहर जाती हूँ। किसी प्लैटफ़ॉर्म पर बिछुड़े लोगों की भीड़ दिखाई देती है। वो अलग खड़े हैं, सफ़ेद कपड़ों में, हँसते। जैसे हमेशा हँसते थे। मेरे अन्दर दुख का एक ग्लेशियर है जो हर वक़्त धीमे धीमे पिघलता है। भीतर एक नमी बनी रहती है हमेशा। मीठी-सी नमी।

* * *

दिन का आलम कुछ और होता है। रात का कुछ और। सब चीज़ें तब अपना स्वरूप बदल लेती हैं। पेड़ बदल जाता है, चिड़ियों का शोर बदल जाता है। घर के फर्निचर ठहर कर तौलते मापते साये बन जाते हैं। खिड़कियाँ बन्द हो जाती हैं। एक भारीपन उतरता है, सूरज डूबते ही मेरी खुशी पर अँधेरा पड़ जाता है। मेरी साँस हदबद छूटती है।

बाहर सायादार पेड़ झूमता है। चिड़ियों का एक शोर मचाता झुंड उसकी फुनगियों पर टिक जाता है।

आयेशा एक पल को झाँकती है, दरवाज़े की ओट से इत्तला देती है, टेबल लगा दिया, अब जाती हूँ। इस छोटे से शहर के पुराने से बंगले में शाम प्रेतछाया-सी उतरती है। उदासी का ऐसा मनहूस आलम कि दम घुट जाये। बीच रात का आलम कुछ और होता है, सारंगी के उदास धुन जैसा। पर शाम डूबती साँसों की बेकल अफ़रा तफ़री होती है।

* * *

हरी स्याही में लिखे डायरी के अंश

मैं अपनी आत्मा में छाले महसूस कर सकती हूँ। वो मुझे देख हँसते हैं, उनकी आँखों के किनारे हँसी की रेखायें नाचती हैं। मुझे तकलीफ़ होती है, मुझे बेसहारेपन का अहसास होता है। मैं शिकायत करती हूँ, आपने मुझे धोखा दिया। मेरी आवाज़ छोटी बच्ची की आवाज़ है। मैं उनसे कहती हूँ, हमेशा सफ़ेद पहना कीजिये। वो कहते हैं छोटी बच्ची अपने बाल झाड़ लो। मैं उठती हूँ दिशाहारा जैसे कोई चिड़िया अनजाने आकाश में उड़ती हो। वो किसी भी समय से ज़्यादा अब मेरे साथ हैं। उनका जाना आखिरकार उनका मेरी तरफ आना ही था। मैं दर्द में नहाये उस चेहरे को परे ठेलती हूँ और हाथ आगे बढ़ाकर उस आवाज़ को छूती हूँ जो हरदम मुस्कुराती थी।

उसका कहना है कि प्यार करना और पसन्द करना दो अलग चीज़ें हैं। प्यार करते हुये भी आप किसी को सख़्त नापसन्द कर सकते हैं। जैसे अपने माता पिता को।

यात्रा में जीवन की फ़िलॉसफ़ी आसानी से समझ आती है। ख़ासकर जब बाहर झमझम बारिश हो रही हो। मैं समझाना चाहती हूँ कि जीवन में कोई नियम नहीं होता, कि देखो आज सुबह से मन भरा भरा लग रहा है जबकि कहीं कोई दर्द तकलीफ़ भी नहीं, कहीं पहुँच जाने की जल्दी भी नहीं। तुम्हारी कही बातें तक मुझे बहकाती नहीं अब।

कॉफ़ी के प्याले पर लम्बी धारियों को छूते मैं लम्बे अकेले दिन के वहशीपने को सोचती हूँ। बाहर अगर बारिश होगी मैं पत्तों से गिरते पानी को

देखूँगी। वो देर रात को आयेगा। मैं बेचैन बरामदे में टहलूँगी। आयेशा भीतर से मुझे अपलक देखती अचानक कहेगी, 'आज जल्दी चली जाऊँ बाईसाहब? मेरी बेटी बारिश से डरती है।'

* * *

उन्होंने सम्भाल कर रखा था, दस साल की बच्ची की लिखी चिट्ठी। प्यारे पापा आप कहाँ हैं? मुर्गी का बच्चा कैसा है, उसको मेरी तरफ से रोज़ चावल खिलाइयेगा और मेरे पौधे को पानी भी। यहाँ कबूतर ने दो अंडे दिये हैं। पिन्नी का कछुआ कल बाल्टी में गिर गया था। मरा नहीं लेकिन उलट गया था। मग में भरकर उसे निकालना पड़ा था। आप कब आयेंगे?

* * *

'ओडिपस का उल्टा क्या होता है?' मैंने उससे पूछा था।

'एलेक्ट्रा कॉम्प्लेक्स? अपनी साईकोअनालिसिस कर रही हो?'

'मैं ख़ुद को पढ़ती हूँ आजकल,' चश्मा नाक पर सरकाते हुए मैंने गँभीरता से कहा था। बेडलाईट की रौशनी में उसका चेहरा पत्थर और कालिख का बना दिखता था। पीछे दीवार पर उसकी छाया अपने में मशगूल थी। कमरे में रौशनी का सिर्फ़ एक टुकड़ा था। थोड़ी देर में उसकी नाक बजने लगी थी। रात के बियाबान में किताब में नाक घुसाये मैं धीमे धीमे सिहरती थी। जैसे पूरी छाती में धुआँ भर गया हो।

* * *

उसने बिफर कर कहा था एक दिन,

'तुम कभी भी खुश नहीं रह सकती।'

मैंने कहा था, 'मुझे अपनी माँ से नफ़रत है।'

उसने कहा था, 'तुम्हारे अन्दर फ़िज़ूल की शिकायतों का पुलिन्दा

है।'

मैंने कहा था, 'आखिर उन्होंने कब क्या किया है मेरे लिये?'

'तुम अपने पिता की वजह से नफ़रत करती हो उनसे।'

'मैं पापा से बेहद...'

'इसमें तुम्हारी माँ का क्या दोष?'

'तुम कुछ भी नहीं समझते, मुझे भी नहीं।'

मैं हिस्टेरिकल हो रही थी। मेरे होठों के कोनों से झाग निकल रहा था। मेरा बदन काँप रहा था।

उसने शांत होते हुये कहा था,

'तुम्हारी माँ एक बेहद भली औरत हैं।'

उस वक़्त मैंने उससे भी बेइंतहाँ नफ़रत की थी। मेरी छाती कट कट कर गिर रही थी। मैंने फुफकारते हुये कहा था,

'जब मुझे उनकी ज़रूरत थी, कहाँ थीं वो, नॉट लाईक पापा....'

'यौर फ़ादर वाज़ अ ड्रीमर।'

मैं रोने लगी थी फूटफूट कर उसने मुझे बाँहों में भर कर चुप नहीं कराया था। मुझे तौलती गहरी नज़रों से देखता हुआ बाहर निकल गया था।

* * *

पीछे के जंगल में टहलते हुए मुझे पहली बार इस शहर से अपनापन हुआ। बड़े पुराने पेड़ और झाड़ झँखाड़ के बीच नम छाया में सुस्ताते आवारा कुत्ते, किनारे की दो तीन झुग्गियों के सामने सूखते कपड़े, औरतें मुड़ कर मुझे भौंचक देखते हुये और मेरे कुछ पूछ देने पर फिक्क से हंसती हुईं। दिन भर मैं चली थी। शाम को धूल से अटी लौटी थी। बरामदे में सिगरेट पीते वो मेरे इंतज़ार में था।

कुछ ख़ास कहा नहीं बस इतना कि 'आयेशा को कमसे कम बता

दिया करो, कहाँ गई थी।'

आयेशा ने वहीं पैर धोने को पानी ला दिया था। मैं झुकी अपने तलवे रगड़ रही थी। खट! उसने अपने फ़ोन से मेरी एक फ़ोटो खींच ली। बाद में कभी उसका एक प्रिंट निकाला था, जो यहाँ वहाँ होते शायद डायरी के पन्नों में खो गया था।

* * *

पापा की एक तस्वीर मुझे याद है। बड़े से फ्रे़म के चश्मे में ऊपर देखते और शायद कैमरा सामने पाकर अचानक मुस्कुराने के ठीक पहले का चेहरा। माँ की भी एक तस्वीर याद है मुझे। लेकिन मैं याद नहीं करना चाहती उस दूसरी शक्ल को जो उनके साथ खड़ी है।

* * *

हरी स्याही में लिखे डायरी के अंश

उन्होंने मुझे सटा लिया, मेरे बाल सीटे, मेरे माथे को चूमा। मैंने अपना चेहरा ऊपर उठाया, फिर उनको वापस चूम लिया ठीक उनके होंठों पर। वो हँसे फिर मुझे अपने से अलग किया, तुरन्त वापस करीब खींचा, मेरे काँख में गुदगुदी की। मेरी हँसी अफ़रा तफ़री में छलक रही थी टूटते झिलमिलाते पानी की तरह। मैं पूरे पाँच साल की थी।

* * *

'तुम उनको पसन्द नहीं करती?' उसकी आवाज़ में अचानक समझ आ जाने वाला ज्ञान था।

'ऐसा नहीं है, मैं उनको प्यार करती हूँ?'

'हाँ प्यार करती होगी लेकिन पसन्द नहीं करती।'

'अरे? ये क्या कह रहे हो?' मैं डिफेंसिव हुई थी। फिर हँसने लगी थी।

'क्या बेकार की बातें करते हो तुम भी न।'

वो मेरी कुर्सी के पीछे खड़ा था। उसने झुक कर मेरे बाल समेटे, मेरी खुली गर्दन पर अपनी उँगलियाँ फिरायीं। सुनो, मैं कुछ दिनों के लिये बाहर जा रहा हूँ। तुम ठीक तो रहोगी?'

मेरी आँखों में अचानक आँसू उमड़ आये। मैंने उसके हाथ कठोरता से थाम लिया। मुझे ऐसे अकेले छोड़ कर मत जाओ मुझे अपने पर भरोसा नहीं। मैं दिन निकाल लूँगी, निकालती रही हूँ न, पर रात?

* * *

पापा दूर चले गये थे। बहुत दूर। सिर्फ़ चिट्ठियाँ थीं। लम्बी चिट्ठियाँ। मैंने उनकी एक भी चिट्ठी सँभाल कर नहीं रखी। मैंने सब कुछ खो दिया। बचपन के साथ सब। उन्होंने मेरी सब चिट्ठियाँ सहेज रखी थीं। मेरे बचकाने आई लव यू पापा डियरेस्ट कार्ड्स, मेरी आड़ी तिरछी लकीरें, मेरे टॉफ़ी रैपर्स, मेरा हाईट चार्ट।

मैं उन्हें कुछ भी पोस्ट कर देती थी। जब चिट्ठी न लिखी हो तब रफ़ कॉपी का एक पेज, ड्राईंग शीट, लूज़ पेपर पर पेंसिल की चिचकारी, छोटे पुरजे, कुछ भी।

'बच्ची, जूते पहन कर आओ, हम घूमने चलेंगे।'

'बच्ची, दवाई खा लो फिर मैं तुम्हें अपने से सटा कर सुला दूँगा।'

'बच्ची, मेरी प्यारी बच्ची,' वो मुझे खींचकर सटा लेते और मेरे बाल सहलाते। उनकी आँखों से आँसू की एक बून्द रिस जाती।

'आप रो रहे हैं?'

'नहीं बच्ची, मेरी आँख दुखती हैं,' वो मुझे देखकर मुस्कुराते। मैं उनकी कनपटी देखती और पूछती, 'आप बूढ़े तो नहीं हो जायेंगे?'

'नहीं बच्ची, मैं कभी बूढ़ा नहीं होउँगा, देखो मेरी कनपटी पर झुर्रियाँ नहीं है, मेरे बाल काले हैं।'

फिर हर सुबह मैं एक बार उनकी कनपटी पर उँगली फिराकर देखती, चिकनी त्वचा। वो धीमे से मुस्कुराते और मुझे दुलारते।

* * *

उनकी त्वचा निस्तेज़ हो गई थी। ज़र्द पीलापन और कान के पास झुर्रियों का जाल।

आपने मुझसे झूठ कहा था पापा।

माँ का चेहरा एक दमक से भरा रहता जबकि। वो हर उम्र में जवान थीं। एजलेस। उनके बाल भी काले थे, बिना रंगे हुये। उनके कपड़े हमेशा कलफ़ लगे सलीकेदार होते। पैरों में पतले चप्पल और हाथ में सोने का एक पतला कंगन। वो गोरी थीं। बहुत। लोग उन्हें मेरी बड़ी बहन समझते थे। मुझे लगता था एक दिन वो मुझसे भी छोटी हो जायेंगी। वो मुझसे सुन्दर थी। मैं पापा जैसी थी। साँवली, पतली और चश्मा लगाये। मेरे सब दोस्त उनके दोस्त ज़्यादा बन जाते थे। मेरे दोस्त सिर्फ़ पापा थे। पापा जो बहुत दूर रहते थे और छुट्टियाँ खत्म होने पर लौटने वक़्त स्टेशन पर अँधाधुन्द सिगरेट पीते थे। उनके जाने के बाद मैं उनके तकिये पर मुँह गड़ाये उनकी खुशबू सूँघती थी। रात मुझे खराब सपने आते कि पापा मर गये हैं। सुबह उठकर मैं खुश हो जाती थी इसलिये कि किसी ने बताया था कि मरने का सपना झूठा होता है।

दिन में खिड़की के सामने मोटर साइकिल पर टिका लड़का मुझे खिड़की पर देख गाता था, जानेमन जानेमन, तुमको मैं चुरा लूँगा तुमसे, दिल में बसा लूँगा।

मैं खिड़की बन्द करती माँ को देखती थी। वो लड़का माँ के कॉलेज में पढ़ता था और एक दिन मैंने देखा था उसे माँ को देखकर सीटी बजाते हुये।

हमारा घर बीमार रौशनियों का घर था। कोनों में चुप्पियाँ लटकी

रहतीं। छतों से मनहूसियत टपकती।

* * *

हरी स्याही में लिखे डायरी के अंश

उन्होंने मार्मलेड पाव रोटी के टुकड़े पर फैलाया और मुझे खिलाया। उन्होंने तब मेरे होंठ अपनी उँगलियों से पोछे और कहा, 'अब सपने देखो।' मैंने उनकी तरफ देखा, मेरा प्यार मेरी आँखों में सूरज की तरह चमक रहा था। काला कौव्वा मुंडेर पर बैठा बेतहाशा काँव काँव कर रहा था। मुझे पता था वो आज आयेंगे। मुझे पक्का पता था। रात में शीशे की खिड़की पर कंकड़ पड़े थे।

* * *

मैं नहीं चाहती थी कि आज पापा आयें। मेरे अन्दर एक डर था। भयानक डर। माँ ने नीली साड़ी पहनी थी और उनके शरीर से एक मद्धम खुशबू उठती थी। उनकी आँखें अधमुन्दी-सी थीं।

मुझे लगा था आज मुझे जागना है रात भर। मेरे जागे रहने से खतरा टल सकता है। मेरी छाती धड़धड़ ऐसे धड़कती थी जैसे फट जायेगी। बीच रात नीम बेहोश आलम में मैंने एक चीख एक कराहट सुनी थी। फिर तुरन्त माँ की आवाज़ आई थी, 'कुछ नहीं बच्चे, सब ठीक है तुम सो जाओ।'

* * *

पुराने काग़ज़ात खंगालते एक अख़बार की कतरन दिखी थी और एक अधफटी तस्वीर। किसकी तस्वीर थी और किस ख़बर की कतरन, मुझे उन सरोकारों की ख़बर नहीं थी।

कोई मौत, कोई टूटी ज़िन्दगी? क्या पता किसकी?

* * *

'यू हैव टु लेट गो समडे। मेरी बात पर ध्यान दो।'

ये कौन आदमी है जिसके साथ मैं समय बिता रही हूँ, मैंने आश्चर्य से देखा था उसे।

'तुम्हें लगता है मैं कोई छोटी चीज़ पकड़े बैठी हूँ?'

'तुम उनको माफ़ कब करोगी? जबकि उन्होंने कुछ किया भी नहीं है?'

'तुम कुछ नहीं जानते,' मैं बिफर रही थी। फिर एकदम ठंडी पड़ गई।

माँ के शरीर से उठती उस मद्धम खुशबू को मैं कैसे एक्स्प्लेन कर सकती हूँ? और पापा? जो उस बच्ची के बच्चे थे?

* * *

हरी स्याही में लिखे डायरी के अंश

वो मेरी तरफ लड़खड़ाते बढ़े थे और मुझ तक पहुँचते ही लहराकर गिर पड़े थे। मैंने उन्हें मज़बूती से थाम लिया था, उसी वक़्त मैं उम्र दराज़ हो गई थी। वो रो नहीं रहे थे। उनका शरीर सूखे बंजर रुदन में हिल रहा था। मैंने उनका माथा थामा था और बेसिन में उन्होंने अपने को खाली कर दिया। बेसिन के इनामेल में हरी उबकाई के अवशेष बहुत दिनों तक सूखे चकत्ते बनाते रहे थे। मैं अब बच्ची नहीं रही थी। माँ अपनी महक के साथ इस घर से अनुपस्थित थीं।मैंने रगड़ रगड़ कर घर साफ़ किया था। पर बेसिन का इनामेल छूआ तक नहीं। वो सिर्फ़ दूसरे लोग थे अब, मेरे माता पिता नहीं। दीवार पर की तस्वीर दो अनजान लोगों की थी।

* * *

उनकी आँखों में अब चुप्पी रहती। मैं उनका चेहरा सहलाती तो उनकी आँखें दर्द में झपक जातीं। वो कहते,

'बच्ची, मुझे अकेला छोड़ दो।'

फिर देर रात बत्ती जलाकर काग़ज़ों को सम्भाला करते। मैं दबे पाँव कमरे में झाँकती तो मुड़ कर मुझे देखते और कहते,

'बच्ची, तुम सो जाओ, मुझे काम है।'

मैं बुदबुदाती, 'अब मैं बच्ची नहीं सोलह साल की औरत हूँ। और आप अब सो जाइये।' कभी कभी वो मेरी बात मान लेते थे। कभी नाराज़ हो जाते थे।

* * *

अलमारी से माँ के कपड़े मैंने हटा दिये थे। माँ जब आई थीं तो बेतहाशा नाराज़ हुई थीं।

'ये किसलिये किया तुमने?' उनकी आवाज़ में एक अजीब किस्म की हैरानी थी।

'पापा को मैं सम्भाल लूँगी, आपकी ज़रूरत नहीं!'

'क्या पागलपन की बातें कर रही हो? दिमाग़ सही है?'

मैंने ढिठाई से कहा था, 'रात को मैं उनके बाल सहला देती हूँ, उन्हें नींद आ जाती है।'

माँ सिर्फ़ आधे दिन के लिये आई थीं। लौटने के पहले वो पापा के कमरे में एक घंटे के लिये बन्द थीं। मैं बाहर बिफरे शेर की तरह टहल रही थी।

उस रात पापा ने मुझे अपने कमरे में बुलाया था।

'बच्ची, तुम्हें कोई तकलीफ़ है? कोई शिकायत है?'

'पापा, आई लव यू,' मैं रोने लगी थी।

पापा ने उजाड़ आँखों से देखते कहा था, 'बच्ची, तुम्हारी माँ भी तुमसे प्यार करती हैं।'

'और पापा आप?'

उन्होंने कुछ कहा नहीं था सिर्फ़ एकबार मुझे सटा कर कहा था, 'बच्ची, सो जाओ अब।'

* * *

'तुम्हें कभी ऐसा लगा कि तुमने पूरी स्थिति गलत पकड़ी हो?'

मेरी आँखों में मक्कारी थी।

'चलो तुम्हारी बात एकबार को मान लेते हैं। फिर पापा ऐसे क्यों हो गये? ज़िन्दादिल प्यार करने वाला इंसान जीते जी मर जाये?'

'शायद इसलिये कि उनका मन ही ऐसा था, अवसाद भरा?'

'जीवन में फॉरगिवनेस बड़ी चीज़ है।'

'तुम उनसे कभी मिले नहीं, तुम नहीं समझ पाओगे। तुम उस बच्ची को कहाँ देख पाते हो जो खिली धूप में पिता की गोद से दुनिया देखती है। और उसको भी नहीं जो पिता की माँ बन जाती है। तुम कहाँ जानते हो वो मेरे माँस मज्जा रक्त में हैं, जैसे मैं उनके में थी।'

हमारे बीच प्यार कहाँ था, समझदारी कहाँ थी। हमारे बीच सिर्फ़ मेरे कॉम्प्लेक्सेज़ थे। ऐसा वो कहता था। उसकी लड़ाईयाँ ठंडी लड़ाईयाँ होती थीं। अलग और दूर रहकर लड़ी जाने वाली। उसमें बर्फ़-सा ठंडापन था। उसमें शायद पापा के तत्व मौजूद थे। मैं आग-सी लहकती थी।

पिछले दिनों केले के पेड़ के पास कोई साँप निकला था। ड्राइवर और चौकीदार ने मिलकर मार डाला था उसे। आयेशा लपकती झपकती आई थी मुझे बताने। पैरों के पंजों पर झुक कर बैठते मैंने हल्के हाथ से छूआ था उसका शरीर। ठंडा लिसलिसा बेजान। उसके कुचले फ़न पर ख़ून की पिचकारी थी। उन्होंने बहुत देर तक फेंका नहीं था उसे। लाठी पर लटकाये दिखाने आये थे, ज़रा साहब को दिखा दें।

उसके साथ लड़ाई ऐसी ही थी। कुचले फन पर चोटखाये ख़ून के निशान।

* * *

हरी स्याही में लिखे डायरी के अंश

उनकी तस्वीर मेरे कमरे में लगी थी। धूप की किरणें खिड़की से बहती हुई उनकी तस्वीर पर गिरती थीं। वो मुस्कुराते से दिखते थे, अंततः। केतली से भाप के छोटे बदहवास हकबक साँस छूटते थे। चाय की खुशबू कमरे में स्थिर लटक जाती थी। ये वही महक थी जो माँ पहनती थीं। मैंने अलमारी से नीली साड़ी निकाली और अपने गिर्द लपेट लिया।

* * *

अख़बार की कतरन में एक छोटी-सी ख़बर छपी थी। सतरह साल की नाबालिग लड़की ने अपनी माँ की हत्या की। उसका कहना है कि उसकी माँ ने अपने प्रेमी के लिये घर छोड़ा। उस सदमें से उसके पिता की मृत्यु हो गई।

अधफटी तस्वीर में माँ अपने कॉलेज के छात्र के साथ डिपार्टमेंट के किसी फंक्शन में हँसती हुई दिखाई दे रही है।

* * *

इस बात को वो मानने से इंकार करती है कि माँ दूसरे शहर तबादले पर गईं थी। जाना ज़रूरी था, पिता अपनी नौकरी कुछ दिन पहले खो चुके थे। घर चलाने के लिये उनका नौकरी करना ज़रूरी था। पिता मानसिक अवसाद के शिकार थे।

* * *

मैं उस साईकियाट्रिस्ट से नफ़रत करती हूँ। वो मुझे बच्चे की तरह ट्रीट

करता है। मैं औरत हूँ, भरी पूरी औरत। वो मेरी तरफ देखता तक नहीं। मुझसे बात करते बाहर खिड़की से देखता रहता है। पापा आज फिर सपने में आये थे। कहते थे, बच्ची, तुम प्यारी बच्ची हो। उनकी हँसी वही हँसी थी।

* * *

मैं आईने में देखती हूँ उस पीली दुबली लड़की को। आँखों के नीचे स्याह धब्बे हैं। कुहनी निकली हुई है और गले की हड्डी भी। फिर उस औरत को देखती हूँ। उसकी पीठ ब्लाउज़ के नीचे अश्लीलता की हद तक माँसल है। उसकी छाती भरी भरी है। लड़की आईने के सामने अपने कपड़े उतारती है। उसके स्तन छाती पर दो नन्हे फूल हैं। लड़की अपनी हथेलियों में फूल भरती है। हाथ अब भी भरा नहीं है। माँ पेट के बल लेट कर किताब पढ़ रही हैं। ब्लाउज़ के बड़े गले से उनका भरपूर वक्ष फटा पड़ा है। लड़की की इच्छा होती है उनको झकझोर कर उठा दे और तेज़ी से उनको कपड़े से लपेट दे। उसके मुँह से भद्दी गाली निकलती है, छिनाल! प्रगट में लड़की कुछ नहीं कहती सिर्फ़ आईने में देखती है। आईने में खिड़की का एक हिस्सा प्रतिबिंबित होता है। मोटर साइकिलवाला लड़का गेट के पास वाले पेड़ के नीचे खड़ा है। पापा बरामदे में बैठे हैं। उनके सामने काग़ज़ों का अंबार है। वकील कहता है आपका केस कमज़ोर है पर मैं भरपूर कोशिश कर रहा हूँ, आप रीइंस्टेट हो जायें। पापा अकेले हैं। मैं चाहती हूँ माँ पापा के साथ बैठें। माँ पेट के बल किताब पढ़तीं हैं। लड़की नफ़रत करती है।

* * *

हरी स्याही में लिखे डायरी के अंश

नफ़रत नाभि के भीतर मोती है। उसकी महक न चाहो भी तो धड़कती है। वो जंगली लतर है, बेतहाशा फलती है। उससे नन्हे सफ़ेद फूल

झरते हैं, झरते ही राख हो जाते हैं। अंगार की दहक में चीते की आँख कौंधती है, उसके नख भी। भोर में चिरैया कितनी भोली दिखती है, कितनी निष्पाप।

* * *

'तुम बारबार पीछे क्यों लौटती हो? तुम जानती हो तुम्हारी माँ ने पिछले हफ़्ते तुम्हें तीन बार खोजा था? हर बार निराश लौटीं।'

'और तुम जानते हो, अगले महीने पापा की बरसी है?'

'साईकियाट्रिस्ट का फ़ोन आया था। तुमने पिछली दफ़ा अपॉयंटमेंट मिस किया?'

'मुझे उससे कोई फ़ायदा नहीं दिख रहा। तुम समझते हो पापा का अवसाद मुझमें आ गया है?'

मेरे भीतर अँधेरा गिरने लगा था। पापा के साथ मेरे भीतर की रौशनी भी चली गई थी।

वो हफ़्ते भर के लिये फिर बाहर गया था। मैंने आयेशा को रोक लिया था।

'रात यहीं सो जाना।'

'बाई साहब, मैं अपने बच्ची को भी ले आऊँ?'

मेरी पलंग के पास फ़र्श पर पड़े गद्दे पर बच्ची को सुलाते उसने मेरी तरफ मुस्कुरा कर देखा था। फिर फुसफुसा कर कहा था,

'ये बच्ची मेरे मरद से नहीं है बाईसाहब।'

कमरे में अँधेरा था, सिर्फ़ बच्ची की साँस थी। बेडसाईड टेबल पर एक इनलैंड था। दिन में आया था, मैंने अब तक खोला नहीं था। माँ एक औरत थीं, मैं भी और आयेशा भी और एक दिन ये बच्ची भी।

औरत ने अपने शरीर को छुआ। पानी में रौशनी झिलमिलाई। बच्ची

की साँस जैसे कोई मीठी खुश्बू थी।

*   *   *

पुराने अख़बार, किताबें और फाईल्स के बीच वो डायरी भी, हरे काही खोल से मढ़ी डायरी भी रद्दीवाले के हाथ बिक गई। वो पाँच साल की बच्ची अचानक औरत बन गई थी। उस साईकियाट्रिस्ट का नाम उसे मालूम पड़ गया था। उसने एक सेशन के दौरान उसे उदास आँखों से देखते हुये कहा था, तुम एक बेहद सुन्दर औरत हो। ऐसा तो पति ने भी नहीं कहा था कभी। उस दिन साँझ के गिरने में एक संगीत था। दिल तोड़ देने वाला। औरत ने कुछ नहीं कहा था बस निढाल लेट गई थी। वो भी उसके पास लेट गया था। उसने कहा था मैं सिर्फ़ तुम्हें अपनी बाँहों में थाम कर लेटना चाहता हूँ, बस और कुछ नहीं और सुबह तुम्हारे साथ जागना चाहता हूँ। औरत रोने लगी थी। उस आदमी की बाँहों में लेटी रोती रही थी। आदमी उसके नमकीन आँसुओं को पीता रहा था। फिर अचानक कुछ वहशी उन्माद में अपनी पहली कही बात को झुठलाते हुये, एक तीखेपन, हदस और छूट जाने के भय से भरा हुआ पागल उन्मत्त प्यार किया था।

ये सिर्फ़ एक बार का प्यार था।

*   *   *

'मैंने कहा था अब मैं ठीक हूँ।'

उसने तौलती नज़रों से मुझे देखा था,

'तुम अब ज़्यादा उदास दिखती हो, लेकिन ठहरी हुई, शायद शायद!'

मेरी कुर्सी के पीछे खड़े होते हुये उसने मेरे बाल समेटे, मेरी कनपटी सहलाई :

'खुश रहना।'

जवाब में मैंने कहा, 'सुनो शायद तुम ठीक कहते थे, मैं भी अपनी

माँ जैसी ही हूँ,' फिर फूट फूट कर रोने लगी। मैंने पापा को दुबारा धोखा दिया हो जैसे।

उसने मुझे समेट लिया,

'बच्ची, मेरी प्यारी बच्ची, मैं तुमसे प्यार करता हूँ, बहुत।'

मैंने चौंक कर देखा, पापा सफ़ेद कपड़ों में मुस्कुरा रहे थे।

* * *

आयेशा की बच्ची चिड़िया जैसे फकफक कर रही है। उसके नर्म बाल उसकी पतली गर्दन पर चिपक गये हैं। मैं एक उँगली उसकी तरफ बढ़ाती हूँ। दो डग आगे बढ़कर मुँह गिरा कर हँसती है, फिर मुड़ कर माँ को देखती है। उसकी गाल पर मच्छर के काटे का निशान लाल दाने की तरह उभर आया है। फिर डगमग डगमग आगे बढ़कर मेरी उँगली पकड़ लेती है।

मेरे अन्दर कुछ ऐंठता है। हिचकियों का एक रेला मेरे अन्दर उमड़ता है। मैं फिर बच्ची बन जाना चाहती हूँ। बच्ची मुझे देख डर जाती है, बुक्का फाड़ कर रो पड़ती है। मेरे भीतर कोई चीज़ है जो मरती नहीं।

'चुप हो जा मेरी बच्ची, प्यारी बच्ची।'

आयेशा बच्ची को पुचकारते हुए उठा ले जाती है, बाई साहब को दिक का रही थी मेरी गुड़िया। छाती से उसे चिपटा लेती है। कँधे पर सर टिकाये आँसुओं भरे गाल से गुड़िया मुझे अपनी निर्दोष गीली आँखों से तकती है।

केले के पेड़ के पास मिट्टी नम है। एक छोटा नल है। कोई अनजाने पौधे की लतर है, नन्हे पीले फूल हैं। पत्थर के दो चार चौकोर उबड़ खाबड़ टुकड़े आड़े तिरछे रखे हैं। उनके बीच में बेतरतीब घास की बढ़त है, थोड़ी-सी मिट्टी चिकनी है। पेड़ से छन कर आती धूप गज़ब मीठी है। हाते के उस छोटे कोने में पहुँचते ही मेरी साँस थम गई है। इस थोड़ी-सी ज़मीन की हवा अलग है, समय अलग है। मेरी साँस रुक जाती है एक पल को। इतना साफ़,

इतना सच्चा, इतना निष्पाप! मैं लड़खड़ाती हूँ, मेरी त्वचा में एक लहर उठती है, उदासी की पहले, फिर खुशी की। धूप नरम है और अचानक एक कौव्वा, एकदम काला कौव्वा जाने कहाँ से उड़ता हुआ आकर बैठ जाता है नल के पाइप पर।

भीगे ज़मीन पर चुपचाप मैं चुकुमुकु बैठ जाती हूँ। हथेली फैलाती हूँ। नल से पानी की एक बूँद, फिर एक बूँद गिरती है। मेरी हथेली धीरे धीरे पूरी भीग जाती है।

* * *

मीहब्बत

उसकी आवाज़ कूँये में गिरते छोटे पत्थरों जैसी थी। हर शब्द के बाद एक चुप्पी का छोटा तालाब जिसमें शब्द की अनुगूँज सुनाई दे। दबी कसक में लिपटी जाने कहाँ से अचानक उस बचपन की याद हो आई जब हम घर के पीछे पोखरे पर कितनी शामें कमीज़ और निकर में, घुटने छिलाये, पानी में चिपटे पत्थर छिहलाते थे। कई बार देर-देर अँधेरा घिरने तक। उसकी आवाज़ मुझ तक उन सारे समयों को पार कर, तमाम अँधेरों को चीरती हुई आती लगी। ठहरी हुई, बिना हड़बड़ी के, जैसे ये शब्द और वाक्य भी उसके दिमाग़ में अभी पहली बार बन रहे हों।

गौर से सुनना। सुन रहे हो? जब आप मोहब्बत में होते हैं आपके भीतर का अंतर्जात गुण हजारगुणा बढ़ जाता है। जैसे आप पोज़ेसिव हुये तो ये पोज़ेसिवनेस जान मारने की हद तक बढ़ जाता है। आप किसी का कत्ल कर सकते हैं, अपनी जान ले सकते हैं। और अगर आप उदार हुये तो फिर आपके सूफ़ी होने से कोई आपको रोक न सकेगा! जिसको प्यार किया उसका अच्छा बुरा सब प्यारा और भला। इश्क की इंतहा। सब्लाईम..

जिस सिम्त भी देखूँ नज़र आता है कि तुम हो...

उसने फ़राज पढ़ा फिर कहा-

मैं सोचता हूँ कि तीन चार साल में काम से निजात पा लूँ। तुम जानते हो हमारा जो घर है, उस छोटे से नामालूम से शहर में, वहाँ आँगन-आँगन चलते चलो तो एकाध किलोमीटर चल लेते हो। एक खत्म हुआ कब दूसरा शुरू पता तक नहीं चलता। अब भी ऐसा ही है। सबके आँगन एक

दूसरे में समाये हुये, सबकी ज़िन्दगी भी ऐसी ही, खाला चाचा, आपा, बुआ.. सब परिवार हैं। सब आसपास। कब्रिस्तान भी। बुढ़ापे की जवानी वहीं बितानी है। शायद कुछ खरगोश पाल लूँ। और कबूतर। शायद फिर तब कुछ लिखूँ। प्रेम कहानी नहीं जीवन कहानी, क्यों? तब ब्रोदेल और स्तेंधाल पढ़ूँगा, शायद। जीवन पढ़ूँगा।

उसकी आवाज़ दूर चली गई थी पर शब्द साफ़ थे। उनका स्वाद साफ़ था। उसमें एक भयानक किस्म की 'यर्निंग' थी।

तुम जानते हो आजकल मैं अपने नशे में रहता हूँ। पीना छोड़ दिया है। तब हर शाम पीता था, याद है तुम्हें? क्या दिन थे! अब ख़ुद को पीता हूँ। रात निकल जाता हूँ सड़कों पर। बारिश से भीगी सड़कों पर स्ट्रीट लाईट्स की झिलमिल रौशनी में भागते शहर को तकता हूँ, लोगों के हकबक चेहरों को देखता हूँ–औरतों के उजाड़ चेहरे। रास्ता जोहते सस्ती कॉलगर्ल्स को देखता हूँ चटक मेकअप से पुते चेहरे, फूहड़ कपड़ों और उससे भी ज़्यादा फूहड़ तरीके से कूल्हे मटकाती फाहश इशारे करतीं। घरों के अन्दर उदास पीली रौशनी में नहाई खिड़की से जीवन का एक टुकड़ा देखता हुआ सोचता हूँ, जीवन ऐसा क्यों है? व्हाई? व्हाई इज़ लाईफ़ सच अ कैरीकेचर ऑल द टाईम? क्या कहते हो तुम?

फिर बिना मुझे सुने या मेरी जवाब का इंतज़ार किये वो हँसने लगा था। उसकी हँसी एक छोटे बच्चे के असमय बूढ़े हो जाने की हँसी थी। फिर हँसते-हँसते वो हिचकियाँ खाने लगा। मैंने घबराकर कहा, सुनो पानी पी लो, गिनकर सात घूँट। उसने कहा, मैं सात घूँट ख़ुद को पी लूँ? क्या कहते हो? मैंने सोचा इसकी आदत गई नहीं अब भी। हर बात में दूसरे की एंडॉर्समेंट क्यों चाहिये इसे।

हम चार साल बाद बात कर रहे थे। पूरे चार साल। इस दौरान हम एक-दूसरे के लिये इस दुनिया से गायब रहे। फिर अचानक किसी पुरानी डायरी में एक छोटे से पीले पुरजे में तीन बार इसका नाम लिखा दिखा और हर नाम के साथ एक दूसरा नम्बर। मैंने पहला नम्बर लगाया था जिस पर

किसी औरत आवाज़ ने सर्द सुर में यहाँ नहीं रहते कहकर फ़ोन काट दिया था। दूसरे नम्बर पर इसने उठाया था। और बिना हैरान हुये, बिना शिकायत, तंज किये हुये, बिना इस चार साल की चुप्पी की कैफ़ियत दिये हुये या पूछे, वो शुरू हो गया था। जैसे हमने पिछली बात कल की ही छोड़ी हुई तार के आगे शुरू किया हो।

तुम जानते हो जीवन मेरे लिये एक महंगी शराब और कीमती सिगरेट जैसी है। हर कश, हर घूँट... (फिर वो चुप हुआ, इतनी देर कि मुझे लगा फ़ोन कट गया है) *अच्छा हटाओ इस बात को, सुनो पिछली दफ़ा मैं गाँव गया था, शहर के और भीतर तकरीबन हफ़्ते भर रहा, बिना बिजली। रात को लालटेन की रौशनी में बैठे, किताब हाथ में थामे मैं उन जगहों की सोचता, जहाँ कभी गया नहीं। किसी सेब के बगान में दिनभर सेब तोड़ना और रात को रोटी खाकर सो रहना। ऐसा सहज जीवन हो जाये तो क्या फिर भी मन अकुलाता रहेगा? मन की खुराक आखिर कहाँ से मिलती है? किससे मिलती है? मन क्या हमेशा ऐसा ही भूखा नंगा बना रहेगा? गरीब का गरीब? जानते हो, दिन में मैं खेत पर चला जाता था। किसी पेड़ की छाँह में बैठकर खेत देखता था। किसानों से बातें करता। मिट्टी में पैर धँसाये मिट्टी का सुख लेता। पूरी छाती भर साँस लेता था, लम्बी गहरी साँस, हवा का सुख भी सुख है। लेकिन गाँव के लोग मुझे ऐसे देखते जैसे मैं किसी सनक की पिनक में हूँ। शायद मेरी पीठ पीछे हँसते भी हों। अच्छा बताओ सरल जीवन कहाँ मिलेगा? माने मटीरियली सरल भी और दिमाग़ी, जज़बाती सरल भी?*

फिर उसकी आवाज़ अचानक धीमी हो गई। जैसे ख़ुद को कोई सफाई दे रहा हो :

सुनो, रात के वक़्त किसी का शरीर आपके पास हो, सिर्फ़ पास, न भी छूओ लेकिन ये तसल्ली हो कि छूना चाहो तो है कोई जिसे प्यार से, सुकून से छूआ जा सके, जो आपके ज़िन्दा होने के अहसास को जिलाये रख सके...

वो चुप था। मैं भी साँस रोके चुप रहा।

निपट अकेली रातों में ख़ुद को छूकर, सहला कर, अपने भीतर गर्मी तलाशना, ज़िन्दगी तलाशना, कब्र में अकेले लेटना जैसा है। सब ठंडा और बेजान। कई बार मन होता है किसी औरत का शरीर खरीद लूँ सिर्फ़ उसके बगल लेट सकूँ इसके लिए। शायद तब नींद आ जाये। फिर एक खोखली हंसी की टेक पर जैसे अपनी कही हर बात को खारिज करते हुए बोला : *देखो, कैसी बहकी बातें कर रहा हूँ।*

फिर उसने एकदम से फ़ोन काट दिया था। यही इतनी ही बात हुई थी उस दिन उससे। किसी ने कभी बताया था कि उसकी बीवी उसे छोड़ गई है और अब वो बहुत शराब पीता है। और झूठ तो किस ठाट से बोलता है। निक्कमेपने का बेशर्म इश्तेहार है। किसी गिरे हुये नीच कमीने इंसान को देखना हो तो उसे देख लो, ऐसा कहते जिसने ये बातें कही थीं उसका मुँह विद्रूप में बिगड़ गया था।

उस पीले पुरजे से उसका नम्बर मैंने अपने मोबाईल पर सेव नहीं किया था। शायद मैं भी उससे मोहब्बत करता था, उसके अच्छे बुरे के बावजूद पर फिर भी मैं सूफ़ी नहीं था। मैं उसके जैसा इंसान तक नहीं था। अब कभी सिगरेट या शराब पीता हूँ पता नहीं कहाँ से उसकी याद चली आती है। उस पीले पुरजे की जगह डायरी में ऑबिटुअरी की वो कटिंग मैंने सहेज कर रखी है जिसे कभी-कभार नशे की बेशर्म बहक में निकाल कर देख लेता हूँ। उसका चेहरा ग्रेनी है मगर गौर से देखो तो आँखें मानो साफ़ सवाल करती दिखती हैं, व्हाई इज़ लाईफ सच अ कैरीकेचर ऑल द टाईम?

* * *

मेटिंग रिचुअल्स

शीशे के सामने खड़े होने में अब तकलीफ़ होती है। उजाड़ बालों का घोंसला, कुछ काला कुछ सफ़ेद। जब एकाध बाल सफ़ेद थे तब क्या फ़र्क पड़ता था। गिनती बढ़ी तो उखाड़ना शुरू किया, फिर रंगना। पर मांग के पास हफ़्ते दस दिन में सफ़ेदी एक महीन लाईन-सी लश्कारे मारती। तो सब छोड़ दिया। अब खिचड़ी बाल फहरते हैं इधर उधर। उम्र भी क्या शय है। ज़ालिम ज़ालिम। ज़रा झुक के आईने से सट कर चेहरे का मुआयना किया। झाँई का जाल गालों पर, आँखों के नीचे काले गड्ढे। रूखे सिगरेट पीये से होंठ। कौन देखेगा अब इधर जब गुलाब ही लाल न रहे। बदन का हल्का दोहरापन, भारी कमर, अरे पर कमर भारी क्यों हुये? सूखी सड़ी-सी ज़िन्दगी जैसे मुर्झाया हुआ बैंगन। फिर इस कमर को ही कमरा होना था, हे ईश्वर! आम चीज़ों में ईश्वर को यों नहीं बुलाया जाता पर कमर का कमरा होना ख़ास चीज़ थी सो हर बार ईश्वर का आवाहन होता।

मन मंझान। ढह गई वापस बिस्तर पर। बेचैन अतृप्त आत्मा। नींद आई होगी कभी और नींद में कोई मर्दाना हाथ यहाँ वहाँ कहाँ कहाँ छू रहा था। बस बिस्तर पर कभी छुईमुई कभी मछली बनी हिचकोले लेती रही। ये सारे खेल रात के ही थे। सखी कहती रात के ही क्यों? दिन के भी तो हो सकते हैं। सखी ये कह कर लजा नहीं जाती, बेशर्मी से आँख मार के हँस पड़ती, कमर में कुहनी का टहोका मार घुलट पड़ती। हँसते-हँसते गिर पड़ती। ऐसे समय में वो और सीधी सतर बैठ जाती। चेहरा भावहीन बनाये रखने का असफल और फूहड़ प्रयास करती, कोई धमाकेदार सनसनीखेज़ ज्ञान के मोती से सखी को अचंभित कर दें ऐसा कोई जवाहरात खोजती और

अंततः किसी देर रात पढ़ी गई रूमानी उपन्यास की नायिका-सी लाल पड़ जाती। कैसा अनर्थ था। यहाँ तो कोई चौड़ी बलिष्ठ रोंयेदार लोमश छाती भी न थी। सो ऐसा लाल पड़ना भी व्यर्थ ही जाता। उसके हर काम ऐसे ही व्यर्थ जाते।

सखी गूढ़ ज्ञान बाँटती। डेट्स सेट करती। पर्फ्यूम और प्रोवोकेटिव का मतलब समझाती। डियो और शेव्ड अंडर आर्म्स के फ़ायदे गिनाती। वैक्स वैक्स वैक्स, उसका मूल मंत्र रहता। लांज़री शॉप के चक्कर लगवाती। पेडिक्योर मैनिक्योर, फ़ेशियल वेशियल। सब पुड़िया में बाँध के तकिये के नीचे दबा जाती। पर कोई टोटका, कोई टोना, सब बेअसर। जीवन वही मुर्झाया सूखा निचुड़ा बैंगन।

ऊपर ऊपर से दिन रात छन्न छुन्न होता। तमक धमक और ठसक भरी चाल होती। नाक हवा में और मन तुनक मुनक करता। रेल गाड़ी धड़धड़ाती हुई धुआँ उगलती हुई चलती। लोग बाग आजू बाजू रास्ता छोड़ छोड़ चलते, बचते बचाते टेढ़े मेढ़े होते, बात बात पर हाथ खड़े करते। और इसी दर्प में मशगूल ये धमधमाती रहतीं। अरे हट तू क्या चीज़ है भला! अदा से फहराये बाल समेटती, सम्बलपुरी साड़ी का चौड़ा पाड़ कँधे पर दुरुस्त करती किसी पुरातन बैटल शिप की गरिमा से भरी इधर उधर होती। और अन्दर ही अन्दर क्या होता? दिल धुकमुक होता। कोई छुईमुई का पौधा अपनी पत्तियाँ बात बात पर क्षण-क्षण खोलता बन्द करता। और इस पौधे को पोसने की बजाय ये करतीं क्या? झट बालों को ज़रा और फहरा देतीं और नाक ज़रा और उठा देतीं।

अब इस अदा से तो कोई पुरुष फँसने से रहा। नहीं ही फँसा। आखिर चालीस की सरहद अब दिखती थी ज़रा ज़रा। किसी नो-मैंस लैंड की तारों वाली बाड़ जैसा। एक बार बाड़ा पार किया नहीं कि सरकंडों के जंगल में फँसे। सिर्फ़ काँटे ही काँटे। फूल एक भी नहीं। और एकाध और कदम इस झाड़ में बढ़ा दिये फिर तो ढलान शुरू। शरीर वैसे भी अब कसाव खोने-सा लगा था। ब्लाउज़ और पेटीकोट के बीच के हिस्से को उँगलियों

के बीच पकड़ने पर अंगुल भर माँस अपनी उपस्थिति दर्ज कराने को बेताब होने लगता।

तभी सखी कहती, थम! समय निकला जा रहा है। सखी की अपनी भरी-पूरी दुनिया थी। राग रंग थे, नशीले जोशीले खेल थे। चुहल कौतुहल थी। कौतुक प्रमाद था। रात के बाद सुबह की आलस भरी अंगड़ाई थी, चेहरे की दमक थी, कमर की गहराई थी। और इन सब सुखों के बीच सहेली की सूखी मरी दुनिया की बेचैन चिन्ता थी, पुण्य कार्य कर देने का तीव्र आग्रह था, धड़धड़ाती नदी का प्रबल आवेग था।

समय था कि निकला जाता था अंधाधुंध, बेलगाम बिदका घोड़ा। चेहरे की लुनाई उसी अनुपात फीकी पड़ती जाती थी। अक्षुण्ण कौमार्य की बिन्दी माथे दपदप चमकती। फीके चेहरे के मरियलपने को और और उजागर करते हुये। मुश्किल समय था और राह में कई दुश्वारियाँ। सखी की हिदायतें, सलाहें, तरकीबें भी अब मानो ऐसे लगतीं जैसे अचक्के अचाहे हजार चिटिंयाँ चलती हों बदन पर। एक-एक करके नाकामयाबी के लाल चकत्ते गर्दन, बाँह, छाती पर उभर जाते। फिर लपेटते रहो साड़ी का पल्लू इधर उधर। सबसे भयानक बात ये हुई कि कुछ सजीले छबीले नौजवान आँटी जैसे संबोधन से भी नवाज़ने लगे। आहत नज़रों से देखने के सिवा वे और क्या करतीं। बस बाल थोड़ा और फहरने लगे, झाँईयाँ कुछ और गहराने लगीं। आँखों की निराश मायूसी तो ख़ैर चौड़े चश्मे से ढक ही रही थी।

और इन्हीं मायूसियों के बंजर दौर में फूल खिल गया अचानक, बेसानगुमान। और ये सब सखी का करिश्मा नहीं था। भई दूर दूर तक नहीं था। शायद उसी तंग तंग ईश्वर का कमाल था जिसे इधर वो एक उग्र गुस्से और बेचैनी से अपनी कमियों खामियों का ज़िम्मेदार ठहराती थीं। आखिर न्यूसेंस वैल्यू भी कोई चीज़ होती है, भगवान के घर भी होती है। इसी बात को साबित कर देने के लिये महाशय का आगमन हुआ। लम्बे चौड़े छह फूटे महाशय जवानी में सजीले रहे होंगे। अब भी थे। कनपटी के सफ़ेद बालों ने सजीलेपन की व्याख्या थोड़ी बदल दी बस। आँखों पर चौड़े फ़्रेम का

चश्मा बौद्धिकता के इश्तहार का जीता जागता नमूना लगता। चश्मे के एक अनाम भाईचारे से भी महाशय को उनसे बाँध देता। स्पेंसर ट्रेसी और हम्फ्री बोगार्ट की पुरानी ब्लैक एंड व्हाईट फ़िल्मों की चमकीली रूमानियत से भर देता। महाशय, जब ज़रा झुक कर, तन्मय हो सिगरेट सुलगाते तो ये भी ज़रा सुलग उठतीं।

पर ये सुलगें न सुलगें, भला महाशय इनकी ओर क्यों देखने लगे। लेकिन जो हुआ अजूबा हुआ। होना ही था। सो महाशय ने देखा और फँसे, फँस गये। जवानी से ही चश्मे वाली पढ़ाकू किस्म की लड़कियों पर जान छिड़कते थे। पर पढ़ाकू लड़कियाँ हुई दब्बू लड़कियाँ। सो इनके दुस्साहसी प्रणय निवेदन पर घबड़ा कर और दब्बू हो जातीं। चश्मे का शीशा धुँधला जाता। तेज़-तर्रार सुन्दर लड़कियाँ, इन्हें आज़िज करतीं। ये उनसे दूर भागते और दुष्ट किस्मत की क्रूर नियति कि ये जिनके पीछे पड़ते वो हाथ और पल्ला झाड़, कुछ गड़बड़ है वाला अन्दाज़ अपनाये फुट लेतीं। इन्हीं चक्करों में महाशय भी अपने सजीलेपन के बावजूद उस मोड़ पर अकेले चल रहे थे जहाँ अमूमन लोग शादी की एक लम्बी पारी खेल चुकने की अंतहीन बोरियत से निकलने के लिये इधर-उधर कमसिन लड़कियों पर निगाह डालना शुरू करते हैं। लेकिन महाशय तो महाशय थे। कमसिन लड़कियों को क्यों ताकते भला। फँसे तो कहाँ फँसे। हाय, उसी चश्मे पे जाके फँसे।

अब मन बड़ा बेहाल रहता। दिनरात बेचैनी का आलम। सोते, जागते, उठते, बैठते मन कहीं अटका रहता। दिल में कोई कील फँसी थी। गजब टीस मारती। जैसे कोई सुराख करता हो और फिर उस सुराख में कोई फूल लगाता हो जिसकी महक उन्हें बावरी बनाती। सखी देखती थी ये बदलाव। पूछती थी, क्या हुआ? उनके कुछ नहीं के जवाब पर हँसती बेहया।

इन्हीं जलते होंठ और सूखी ज़ुबान की लड़ाई के दौरान, एक दिन महाशय ने फ़ोन कर दिया, घंटों बात कर ली। क्या बात कर ली न महाशय को पता न उनको ख़बर। और सखी को तो ख़बरदार, बिल्कुल ही नहीं। सब मामला अकेले दुकेले का। कोई तीसरा नहीं। कहानी फिर बढ़ने लगी। अब तफ़्सील क्या बताना। वही छेड़ छाड़, गिले शिकवे, रूठना मनाना, नाज़

नखरे, इतराना लड़ियाना। कुछ सुगंधित प्रेम पत्र, कुछ सूखे फूल, कुछ मेल मुलाकातें इधर उधर।

मन अब और बेचैन रहता। तन और ज़्यादा। कोई तार खिंचा था जो अब टूटना ही चाहता था। उँगलियाँ तड़तड़ाती थीं, कमर पिराता था। हाथ पैर टटाते थे। बस ऐसे जैसे बाँस की टहनी लचक गई हो, कमसिन पत्तियाँ फूट रही हों। शरीर पर भी पत्तियाँ ही पत्तियाँ। कौन हरियाली गंध थी जो पहुँचती थी उन तक भी। ये सोच-सोच वो मन ही मन नयी ब्याहता-सी लजा भी जातीं। उनके दोहरे बदन में कोई सुबुक पतली काया लोटपोट हो जाती। आगत मिलन की कोई छाया लहालोट कर डालती। होंठों के किनारे से रस चू जाता।

महाशय इन दिनों रिसर्च कर रहे थे टिड्डों की मेटिंग रिचुअल्स पर। पता नहीं कौन-सा सरफिरा काम था पर इस रूखे काम के बीच अचानक उन्होंने पाया कि किसी अनजानी टेलीपैथी से उनके बदन में भी एक भयानक ऐंठन ने घर बना लिया है। परिचित थे सो समझ गये। लेकिन समझने भर से क्या होता है। पुरानी कहानियों से कुछ सबक सीखा हो तब तो। टिड्डों से मन हटाकर दिल लगाया कि कैसे प्रोपोज़ किया जाये। साईंटिस्ट थे कवि नहीं सो अगली बार मिले तो बीयर के दो पेग के बाद और बहकने के ठीक पहले, पूरे होशोहवास में एलान किया,

'आई डिज़ायर यू!'

मोहतरमा के दिल में ये सुनते ही फूल नहीं खिले। बस धक् से कोई ज्वालामुखी फूट गई। इस चालीस साला ढलके जवानी को कोई डिज़ायर करे, ऐसा कोई कहे, ये तो सपना साकार हुआ। लाल गुलाल दहकते चेहरे और सूखी ज़ुबान पर जीभ फेरते आँखें महाशय की तरफ कीं। लॉबस्टर के पेट को दक्षता से चाकू से काटते, काँटे पर एक टुकड़ा उठाते तन्मय महाशय, अपने एक पल की हिम्मत का फल देखने से वंचित रह गये। टिड्डों के मेटिंग रिचुअल्स की लेटेस्ट फाईंड की कहानी का उपसंहार उम्दा डिनर की समाप्ति और उसके बाद की झागदार कॉफ़ी के अंतिम घूँट तक ही हो

पाया। मोहतरमा का इंतज़ार इंतज़ार ही रहा।

तीन दिन बाद, और तीन बेचैन रातों के बाद महाशय ने फ़ोन पर हिम्मत का दूसरा पल दिखाया। मनीला के कॉनफ़रेंस में उनके पढ़े जाने वाले पेपर की दीर्घ चर्चा के बीच में उनके मुँह से निकला, 'ओह हाउ आई मिस यू।'

'पर हम तो अभी बात कर रहे हैं। हाउ कैन यू मिस मी?' ऐसा भोला जवाब मोहतरमा का।

'आई मिस यू बिसाईड मी, इन माई बेड।' मोहतरमा फक्क। ऐसी बात का क्या जवाब। हथेलियाँ पसीज गई। छाती के बीच एक गरम गोला बना और फैल गया।

'मेरे साथ मनीला चलो, चलोगी?'

ओह माई गॉड, कैसे सम्भालूँ इस दिल को जो रेल की धड़धड़ाहट को मात दे रहा है। कानों में हवा सनसना रही है। ठीक सुना न मैंने, मोहतरमा ने छाती पर हाथ रखते सोचा। 'देन यू कैन रीड माई पेपर इन डीटेल ऐंड हीयर मी टू।' महाशय की हथेलियाँ भी पसीज रही थीं। कुछ ज़्यादा कह दिया।

तीन दिन मोहतरमा हाल बेहाल रहीं। न सोते रैन न जागते चैन। थक-हार कर सखी खोजा। सखी मैडम पम्पाडोर बनीं। फटाफट बेडसाईड टिप्स का पुलिन्दा तैयार किया, नाईटकेस पैक करवाया, लेस से लैस कपड़े तहवाये और काँपती लरज़ती मोहतरमा को शनेल फ़ाईव का एक अंतिम स्टिफ़ स्प्रे मार कर सिंगापुर ऐयरलाईंस के ऐयरक्राफ़्ट में लगभग धकियाते हुए महाशय के बगल वाली आईल सीट में स्थापित करवाया। महाशय अपनी दो पल की बहादुरी से इतना आक्रांत थे कि रास्ते भर पसीजे हाथों से सेमिनार में पढ़ने वाले अपने पेपर्स उलटते पुलटते रहे। मोहतरमा स्टिफ़बैक पूरे रास्ते निशब्द बैठी रहीं। पैसेज के लाल कार्पेट पर पता नहीं भावी जीवन के इस, 'आगे खतरनाक मोड़ है' के डेडली कर्व के संभावित रेकेज का जायज़ा लेती रहीं।

रात होटल के रेस्तराँ में कैवर्ने सूविन्यॉन का सिप लेते महाशय कुछ बोल्ड हुये। मोहतरमा की हथेलियों पर हौले से अपना हाथ रख दिया।

आगे की कथा दोस्तो ज़रा हृदय विदारक है। सोचा तो था कि ये कुछ नॉटी मज़ेदार कहानी लिखी जा रही है। इसमें ज़रा-सी कॉमेडी होगी, थोड़ा हल्कापन होगा, कुछ हँसा देने वाला रोमांस होगा। कुछ कुछ बासु चटर्जी की फ़िल्मों जैसा।

लेकिन रात जब बालकनी के स्लाईडिंग ग्लास डोर से झाँका तो देखा, मोहतरमा निढाल काँपती-सी कुर्सी पर बैठी हैं। लेस की नाईटी के बजाय गले तक ढका कमीज़ और पजामे वाला नाईट सूट पहनी हुई। महाशय ज़रा फक्क चेहरा लिये बिस्तर के एक कोने में चुपचाप चेहरा हथेलियों में थामे ध्यान मग्न हैं। टिड्डियों के मेटिंग रिचुअल्स की स्टडी करने के दौरान ऐसा कोई अनुभव ज्ञान उनके हाथ नहीं आया था जो उन्हें इस तरह के सिचुएशन के लिये तैयार करता। आखिर अपने काँपते कलेजे को दोनों हाथों में थामे, लम्बी डूब लगाने के पहली की गहरी साँस लेते कुछ कुछ जॉर्ज ऑफ द जंगल स्टाईल में महाशय कूदे और मोहतरमा को लिये दिये नीचे कार्पेट पर धराशाई हुये। आखिरकार मोहतरमा उनकी बाँहों में थी। शनेल फ़ाईव की महक अब तक अपने बचे खुचे मालेक्यूल्स के साथ डिसपर्शन के थ्योरी को सही साबित कर रही थी। कुछ कुछ बेमत्त उन्माद में महाशय ने मोहतरमा को चूमना शुरू किया। मोहतरमा के ज़रा से रूखड़े गाल महाशय के उँगलियों के तले धड़कने लगे थे। कई सदियों बाद या कुछ पल बाद महाशय ने नोटिस किया कि मोहतरमा काठ की तरह निस्पन्द पड़ी हैं। महाशय को और प्यार उमड़ा। ओह शी इज़ सो वर्जिनल, शाई, ऐंड शी इज़ ऑल माईन!

लेकिन द ऑल माईन गर्ल उनके फुसफुसाते स्नेह पगे अस्फुट डियर हार्ट की गुहार पर भी सुगबुगाये बिना काठ-सी पड़ी रहीं तो महाशय ठनके। ठनके उस बम साईज़ गूमड़ पर जो मोहतरमा के माथे पर तेज़ी से बढ़ रहा था। जूता सुँघाने की नौबत आये उसके पहले मोहतरमा ने पक्का फ़िल्मी अन्दाज़ में, मैं कहाँ हूँ, कहते हुए आँखें खोलीं और अपने चेहरे के ऊपर

महाशय का झुका चेहरा देखकर लाल पड़ गईं। फिर आँखें बन्द किये बुदबुदाईं, 'एक चिड़िया फड़फड़ाती है मेरे अन्दर, बहुत अन्दर ख़ासकर तब जब तुम होते हो मेरे सामने।'

महाशय परेशान बेचैन हुये। कनकशन लगता है तभी कुछ बेसिर पैर की बातें कह रही है। सारा रूमान हवा हुआ। मोहतरमा अगले दो दिन बिस्तर पर लिक्विड डायट पर रहीं। पानी जैसा सूप पी-पी कर बेमज़ा हुईं।

महाशय टिड्डों की स्लाईड्स दिखा-दिखा और साईंटिफ़िक फ्रेटरनिटी की प्रशंसा बटोरते, कमरे की काउच पर दो रातें बिता, मोहतरमा के गूमड़ के बैठने का इंतज़ार किये। अंतिम रात थी और महाशय सुनहरे समय को ज़ाया न होने देते। आखिर साईंटिस्ट आदमी थे, चीज़ें नाप तौल कर प्रिसिशन से करते थे। इस बार औचक कूद पड़ने का पिछला फल देखते हुये तकनीक में बदलाव किया। मोहतरमा ने पाया कि कुछ अजीबोगरीब आवाज़ निकालते हुये, कुछ कुछ बचपन में देखी बनमानुषों की भाव भंगिमा में मुट्ठियाँ छाती पर ठोकते महाशय प्रणयी हुये। मोहतरमा की बेतहाशा फूटती हँसी से ज़रा भी बिना घबड़ाये महाशय जारी रहे। मोहतरमा के मन में इस प्रणय भरी रात का साफ़ सच्चा स्क्रिप्ट था। सखी से सुनी रसीली बातें थीं, किताबों में पढ़ी रंगीन कहानियाँ थीं। हम्फ्री बोगार्ट टाईप साईलेंट स्ट्राँग माचो लवर था। यहाँ महाशय की कहानी कुछ और रास्ते पकड़ रही थी। रोमांटिक फ़िल्म में कॉमेडी अनायास घुसपैठ कर रही थी। उनकी आशा के विपरीत होंठों की बजाय महाशय ने उनके पैर के अँगूठे की अंतिम नोक पर धावा बोला। पाँवों को अपने चेहरे से सटाये महाशय प्यार के गीत गाने लगे। अब महाशय के गले में सरस्वती का वास तो नहीं ही था। हारमोनियम के फटे पर्दे का अलबत्ता ज़रूर घर था। मोहतरमा कितना भी पैर समेटें महाशय अपने बलिष्ठ भुजाओं में दुगने जोश से उन्हें भींच लें। इस कुश्ती भरी और पेट फोड़ू हँसी की रात आखिर मोहतरमा थक कर निढाल हुईं। महाशय उन्हें बाँहों में भींचे अपने प्रणय और टिड्डों के प्रणय के अद्भुत साम्य की व्याख्या करते रहे। रात बीती और सुबह तक गूमड़ समतल हुआ। अब ये गूमड़ का असर था या महाशय के सान्निध्य और प्रणय का कि मोहतरमा लौटीं तो सखी ने पाया

कि जिस फड़फड़ाती कड़ी छड़ी को विदा किया था उसकी जगह कोई छुईमुई छमक-छल्लों नाज़नीन लौटी है।

मोहतरमा ने पहला काम ये किया कि सब मर्दाने कपड़े अनाथाश्रम को दान किये और टिड्डिया हरे रंग के तीस साला कपड़ों का अंबार लगाया। सब तरफ हरियाली फैल गई। मन भी हरा भरा। पहली बार ऐसा ही होता है। फिर महाशय नाक आँख तक टिड्डों में डूबे हैं। आगे सब ठीक होगा के अतिशय उत्साह से ख़ुद को सँवारती रहीं। दिक्कत सिर्फ़ ये रही कि टिड्डों के बाद महाशय प्रोग्रेस कर गये मेंढकों पर। उत्साह से लार्वा टैडपोल कहते, मेंढकों की प्रजातियों की तुलना करते और मोहतरमा बैठे-बैठे, चेहरे को ठुड्डी में धरे इंतज़ार करतीं कि कब इन मुये मेंढकों के बीच फिर डियरेस्ट हार्ट और आई डिज़ायर यू जैसा मधुर संगीत सुनने को मिलेगा।

पाँच साल बीत चुके हैं। मोहतरमा पार्क में बैठीं इंतज़ार कर रही हैं। महाशय हाथ में दो कोन पकड़े एहतियातन चलते मोहतरमा की तरफ आ रहे हैं। कोन देखकर मोहतरमा चिड़चिड़ा जाती हैं। कहा था कुल्फ़ी खाऊँगी कोन नहीं!

आजकल मोहतरमा बेहद चिड़चिड़ी हो गई हैं। बात बात पर ज्वालामुखी फूटने को बेताब। वज़न कम गया है, अपच और ऐसीडिटी की शिकार हैं। महाशय अलबत्ता कुछ वज़न पेट और कमर पर बढ़ा चुके हैं। मगन रहते हैं। आजकल रिसर्च कर रहे हैं मछलियों पर। मोहतरमा चिड़चिड़ा कर सोचती हैं महाशय की शकल कुछ-कुछ उन्हीं गप्पी मछलियों जैसी नहीं हो गई है? ख़ासकर तब जब बेहद आंतरिक क्षणों में महाशय का अपने ऊपर झुका चेहरा कुछ-कुछ मछलियों के खुलते बन्द होते मुँह की तरह फकफक करता है। मोहतरमा चिड़चिड़ा कर सोचती हैं महाशय का प्रोग्रेस बहुत धीमा है। जाने कब रिसर्च आदमियों तक पहुँचेगा। तब तक कल्पना में हम्फ्री बोगार्ट चलेगा।

* * *

सूरजमुखी, पीला अँधेरा और गोल्डफिश

द रेन साँग

उसकी आवाज़ फुसफुसाती आ रही थी। मैंने पूछा था, *'क्या? फिर से बताना?'*

उसने दोहराकर बताया, *'रेन।'*

'रेन?'

फिर बच्चों को समझाते हैं जैसी आवाज़ में कहा, *'आर ए आई एन रेन।'*

'बारिश?'

उसने इंसिस्ट किया, *'नहीं रेन।'*

पर इस बार आवाज़ में एक छिपी हँसी थी।

अँधेरा था और बाहर बारिश गिर रही थी। और ये लड़की मुझे पागल कर रही थी। दुनिया के किस छोर में बैठी मुझे पागल कर रही थी।

'तुम हो?' उसकी आवाज़ तैरती आ रही थी नीले अँधेरे में। मुझे लगा छू लूँ उसकी आवाज़ को, हाथों से सहला लूँ फिर गप्प से मुँह में भर लूँ। उसकी आवाज़ फिर अन्दर गूँजे और हरेक टिम्बर में उसको पहचान लूँ।

मैं कुछ जवाब देता उसके पहले फ़ोन डिसकनेक्ट हो गया।

अँधेरे में अँधेरे को देखते हुए मैं सोचता हूँ क्या किसी का नाम रेन हो सकता है? बाहर अब भी बारिश हो रही है। अकेले में ये रॉन्ग नम्बर

नियति का फेंका हुआ कोई पासा है शायद। सिगरेट की जलती टोंटी से उठता धुआँ मेरी जीभ पर उसकी आवाज़ का धुआँ धुआँ स्वाद है।

उसकी आवाज़ टूटी टूटी-सी ख़राशदार है, जैसे टोबैको मेरी जीभ पर, जैसे बचपन में देखी व्यूमास्टर पर ज़ैंज़ीबार, और ज़ैंज़ीबार कहते ही मेरे शरीर में एक सिहरन होती है और मैं इस शब्द को बार-बार दोहराता हूँ। वहाँ का एक दृश्य गाँव का, उस आदमी का जो नीचे बिछी मिर्चों को (या फिर शायद कॉफ़ी बीन्स? अब याद नहीं) हाथ से फैलाता हुआ मगन है। पीछे घर के बगल में छाया में टिकी साइकिल जो शायद साइकिल थी भी नहीं, कल्पना में एक साइकिल की तस्वीर भर थी, ऐसी उसकी आवाज़ थी, शायद सिर्फ़ कल्पना में।

रात के अँधेरे में मैं पुकारता हूँ ज़ोर से, *'रेन! रेन!'* फिर अपनी आवाज़ को थामता हूँ और स्वाद लेकर कहता हूँ, *'रेन।'*

तीन बार और कहूँगा तो घंटी बजेगी और उसकी आवाज़ धीमे से फुसफुसा कर कहेगी, *'तुम हो?'*

तीन बार कहने पर भी फ़ोन नहीं बजता। मैं नींद में खर्राटे भरता सपने देखता हूँ–फिर बारिश। हड़बड़ा कर फिर आधी रात उठ बैठता हूँ। पता नहीं क्यों, पर मुझे फ़े वॉन्ग की याद आती है। शायद सब एक सपना है।

* * *

मैं किसी आवाज़ को थाम कर रेगिस्तान पार कर जाना चाहता हूँ। उस आवाज़ में माँ की आवाज़ की प्रतिध्वनि है। किसी मैदान में खेलते समय दूर से अचानक हवा में माँ की आवाज़ तिरती आती, धीमी बुलाती हुई, जिसमें घर की गर्मी होती थी, चूल्हे के पास ताज़ा सिंकती हुई रोटी पर गर्म चुपड़े घी की महक होती थी, माँ के पसीने और टैल्कम पाउडर की मिली-जुली प्यारी खुशबू होती थी। और कैसे मैं अचानक अधीर खेल बीच में छोड़ कर भागा हुआ आता। पीछे दोस्तों की सम्मिलित गुहार दरवाज़े तक मेरे साथ आती, साथ हाँफती-दौड़ती। दरवाज़े के अन्दर आते ही सब झटक

देता। अन्दर की पीली नहायी रौशनी में माँ मुड़कर देखतीं, मुस्कुरातीं, इशारा करतीं, हाथ मुँह धो आने को, फिर आँखें मून्द कर तानपुरा सम्भालतीं।

रात के अँधेरे में तानपुरे की टुनटुन सुनाई देती है। माँ को गये कितना अरसा हुआ। हल्के नीले छोटे फूलों वाले खोल से मढ़ा तानपुरा अब भी घर पर माँ के कमरे में सजा है। कई बार वहाँ होने पर, जब माँ की कमी महसूस होती है, मैं तानपुरे के तारों पर उँगलियाँ चलाता हूँ, जैसे बचपन में माँ रहम खा कर कभी मुझे गोद में बिठाकर तानपुरा बजवा लेतीं, या कभी सिलाई मशीन की हैंडल चलवा लेतीं। ज़ैंज़ीबार वाला व्यूमास्टर अगली बार जब घर जाउँगा, खोजूँगा पर तब तक कॉफ़ी बीन्स आदमी को मैं बख़ूबी देख सकता हूँ। उस फ़े वॉन्ग लड़की को भी जिसका नाम शर्तिया रेन नहीं है।

मैं अँधेरे को देखता फ़ोन की घंटी का इंतज़ार करता हूँ।

* * *

पीले अँधेरे में

बर्कोज़ में रौशनी धुएँ से भरी है, फुसफुसाती मादक नीली। दो वाले मेज़ पर बैठा मैं चुप सिगरेट पीता हूँ। कोई गोल्डफिश बोल में नहीं ला देता मेरे अकेलेपन को बाँटने के लिये। दूसरी तरफ कोने में बैठी लड़की की नीली कमीज़ का एक कोना दिखता है, उसकी कुहनी दिखती है और जी में आता है एक बार उँगली से उसकी कोहनी सहला लूँ। लड़की अचानक उठकर मेरी ओर आती है। एक मिनट की हकबकाहट के बाद समझ आता है कि मेरी मेज़ के बगल से वॉशरूम का रास्ता है। लड़की के बाल इतने सीधे चमकीले हैं, उसके गाल की हड्डियाँ इतनी चौड़ी, मुझे योको याद आती है। अलबम के कवर पर योको। उँगलियों से उस लड़की के कँधे और बाँह कैनवस पर पेंट करना याद आता है जिसका चेहरा किसी धुँध में घुल-मिल जाता है। सिर्फ़ सफ़ेद कोये वाली आँख याद रहती है। जैसे नीली रात में सूरजमुखी के फूलों का बगीचा।

वेटर सूप रख गया है। सूप की तरह ही मेज़ पर रौशनी पतली हल्की है। मेज़ की सतह पर पहुँचने के पहले ही खत्म होती हुई। मेरे होंठ धीमे से बुदबुदाते हैं –

I walked on the banks of the tincan banana dock and
sat down under the huge shade of a Southern
Pacific locomotive to look at the sunset over the
*box house hills and cry.**

लड़की अपने मेज़ की ओर लौटती हुई वहाँ पहुँचने तक मुझे देखती रहती है। उसके गाल की उभरी हड्डियों पर रौशनी खेलती है कोई ऐसा खेल कि मुझे लगता है मेरी तरफ देख कर मुस्कुरा रही है। मैं अपनी नज़रें हटा लेता हूँ। सामने काले ब्लाउज़ और काले स्लैक्स में बैठी लड़की सिगरेट पीती है और उठते धुएँ में आँखें मिचमिचाकर सामने देखती है। उसके साथ बैठा आदमी लगातार फ़ोन पर धीमी आवाज़ में बतिया रहा है। मेरी इच्छा होती है कि अगर होस्टेस गोल्डफिश लाये तो उठाकर उस काले ब्लाउज़ वाली लड़की के मेज़ पर रख दूँ, लो, तुम्हारे अकेलेपन को बाँटने की खातिर... और फिर उसे गिंज़बर्ग सुना दूँ, अपनी धीमी खरखराती आवाज़ में उसके अन्दर कोई रौशनी जगा दूँ...

...We're not our skin of grime, we're not our dread
bleak dusty imageless locomotive, we're all
*beautiful golden sunflowers inside,**

पीले अँधेरे में मेरे अन्दर एक सूरजमुखी खिलता है। अचानक एक बेचैन हरहराहट बाँध तोड़ती है। वेटर के ऑडर के लिये पूछने पर मुस्कुराता हूँ, 'बस और कुछ नहीं, बिल।'

'द सूप वॉज़ नॉट गुड?' के जवाब में सिर्फ़ एक बार और मुस्कुराता हूँ, *'मेरे अन्दर संगीत अच्छा नहीं था, तुम्हारा सूप ज़ायकेदार था, लेकिन अब बिल।'*

---

* (गिंज़बर्ग की सनफ्लावर सूत्रा से..)

अचानक ऐसी हड़बड़ी कुछ शब्द कुछ वाक्य एक बेचैन अफ़रातफ़री में कदमताल कर रहे हैं, कभी दे *ब्रेक इंटू अ जिग।* मैं समेटता हूँ सब, सेलफ़ोन, गिंजबर्ग की किताब, चाभी, वॉलेट, सारे के सारे शब्द और भाव, गले तक आते शब्द, कंठ में फँसते-अटकते...

देर रात किसी अनजाने बाउल गीत को सुनता हुए लिखता हूँ एक कहानी जो पहले कभी लिखी नहीं गई, किसी ने नहीं लिखी।

* * *

फ़ोन की घंटी रात के अँधेरे में किसी संगीत-सा बजती है। उसकी आवाज़ कम्बल में लिपटी शैतान आवाज़ है।

मैं कहता हूँ, *'रेन?'*

वो हँसती है। उसकी हँसी में दुनिया की हँसी का फैलाव है, दबे पाँव चलती बिल्ली-सा रहस्य है जो रह रह कर फुसफुसाता है, छुपता है दिखता है। मैं दोहराता हूँ, *'आर ए आई एन?'*

उसकी आवाज़ सिर्फ़ हँसती है। जाने दुनिया के किस छोर पर बैठी ये अनजान लड़की मुझे पागल कर रही है। मैं ज़ोर से बोलता हूँ, पागल पागल। फिर उस रॉन्ग नम्बर की खुशी में सुनता हूँ कोई स्पैनिश प्रेम गीत, पढ़ता हूँ कवितायें और लिखता हूँ अकेलेपन की हसीन उदास कहानियाँ।

बाहर जाने कब से बेतरह बारिश हो रही है।

* * *

रिफ़ंड

मेज़ पर चुमकी की पायल रखी है। जब वो साल भर की भी नहीं थी तब की। अब कलाई तक में न आये। दिन कैसे बीत जाता है। लगता है अभी कल ही तो था जब पैदा हुई थी। गुलाबी कचकड़े की गुड़िया। पहली बार गोद में लेते कैसे धक्क से लगा था। चुमकी के होने के पहले बच्चों की तरफ देखते तक न थे। उसके बाद रात उठ-उठ कर उसे सोता देखते, दिन में उसकी दूध-सी धुली आँखों में अंतरतम की सच्चाई दिखती।

पायल उठाकर उँगलियों से सहलाया। आजकल पाया है जब खाली होते हैं पायल के घुँघरुओं को उनकी उँगलियाँ दुलारती हैं। कई बार चौंक कर देखा है कि पायल हथेलियों में दाबे बाहर तक निकल आये हैं। क्या मोह है ये, कैसा। पायल छूना चुमकी के गदबद बच्चे पाँव को छूना है, उसी सुन्दर समय में लौट जाना है। टीस से छाती फटती है, एक बार, सिर्फ़ एक बार उस समय को फिर से जी लें।

आईने के सामने खड़े होते हैं तो जो आदमी दिखता है उसे पहचान नहीं पाते। जिस शरीर को अपने भीतर महसूस करते हैं वो अब भी सतर स्वस्थ है, चुस्त फुर्तीला सजीला। आईने में दिखता प्रौढ़ पुरुष लेकिन बहुत कुछ पिता के बुढ़ापे की तस्वीर जैसा है, थका, झुका हुआ, हारा निराश। बुझी आँखों में कोई उम्मीद कोई उत्कंठा नहीं है। अब लौटना कहाँ, अब लौटना कैसे? त्वचा से, शरीर से, मन से सब लचीलापन निकल गया। समय ख़ास किस्म की कातरता में गुज़रता है, जैसे मेले में गुम गया बच्चा अपना घर न खोज पाने से निराश हताश किसी कोने में सूखे आँसू और दबी हिचकियाँ

लिए फटी आँखों से देखता हुआ सोचे, बस सब खत्म।

* * *

कमरा गुम्म है। सब चीज़ें चेक कर ली हैं। हफ़्ते दस दिन से यही कर रहे थे। हफ़्ता दस दिन क्यों ये तैयारी तो और पहले की है। बैंक आकाउंट में नाम बदलना, नॉमिनी डालना, पेंशन ग्रच्यूटि के काग़ज़ातों पर, राशन कार्ड, वोटर आईडी, पैन कार्ड, एल आई सी की सारी पॉलिसियाँ, किसान विकास पत्र और एन एस-सी के सर्टिफिकेट्स, मकान की रजिस्टरी के पेपर्स, शेयर सर्टिफिकेट्स। सफर पर चलने के पहले कितना काम। सब एक मैथेमैटिकल प्रिसिशन से करते रहे। लिस्ट बनाई और हर काम खत्म होने के बाद टिक किया। अब बाकी रहे सिर्फ़ दस, पाँच, तीन दो एक। सब निपटाते समय जीवन भर की अकाउंटैंसी की नौकरी से उपजे कार्यकुशलता का तानाबाना हर कदम पर दिखता रहा। मन को उठा कर कोने वाली दुछत्ती पर डाल दिया था ये पहला अच्छा काम किया था। जयंती तक साथ होती तो भाँप नहीं पाती। जयंती जो उनकी रग रग पहचानती थी। जयंती जो उनको उनसे भी ज़्यादा जानती थी।

सिर्फ़ एक सबसे बड़ी चीज़ तय करने को रह गई है। सफर पर निकलें कब? चुमकी लौट जाये या उसके पहले। आई है महीने भर से पर अभी गई है हफ़्ते भर को अपनी ननद से मिलने।

दस दिन से सिर्फ़ इस कमरे उस कमरे डोल रहे हैं। स्मृतियों को टैग कर रहे हैं। ये कोने वाला स्टडी टेबल शादी के तुरन्त बाद खरीदा था, विपुल से उधार लेना पड़ा था। तब दो कमरे का घर कितना बड़ा दिखता था बिना सामान के। ज़मीन पर गद्दा डाल कर सोते थे कितने दिन। फिर जब चुमकी आने को हुई तब पलंग लिया, वो भी किश्तों पर। गैराज में सड़ रही फियेट जंग खाई, कितनी जद्दोजहद के बाद बैंक लोन से। बाद में ज़ेन आ गया था। फिर चुमकी के आग्रह पर एस्टीम। ज़ेन बिका था उस नुक्कड़ वाले किराना दुकान के मालिक को। फियेट अब भी धरी है, चूहों मूसों का घर।

दीवार पर हाथ फेरते याद करते हैं, किस बचकाने उत्साह से फ़र्श के टाईल्स, खिड़कियों के शीशे, बाथरूम के फिटिंग्स लाये थे। जयंती कैसा नाराज़ हो गयी थी, रसोई तो होगी ख़ूब बड़ी और बिलकुल जाने कब से सम्भाल कर रखी गई विमेन एंड होम वाला किचेन, रोज़वुड कबर्ड्स और फूलों से भरे छोटे पॉट्स। और गेट पर मालती लता का लतर। दरवाज़े पर पीतल के अक्षरों से नाम लिखा उनका और जयंती का। कैसा खुश हुई थी जयंती। हर बार कहीं बाहर से घर में घुसती तो हाथों से एक बार सहला लेती अपने नाम को। लेकिन अंत में बड़ा कष्ट झेला बेचारी ने। कैसे टुकुर-टुकुर याचना भरी नज़रों से खिड़की से बाहर ताकती। इतने चाव से बनाया घर अंत में उसकी दुनिया सिमट गई थी इसी एक कमरे में। पलंग तब खिड़की से सटा दिया था कि देखती रहे बाहर। नीबू का पेड़ और गुलगाउदी के पौधे, मालती लता और कोने में मिट्टी के बड़े घड़े और मूर्तियाँ और उनके पीछे फ़र्न और पाम। हरियाली हवा के साथ खिड़की से भीतर आ जाती। जयंती कमज़ोर आवाज़ में पूछती, 'पिछवाड़े वाले आम के पेड़ में बौर लगा?'

'आउट हाउस का दरवाज़ा ठीक कराना है, कार्पेंटर को इस इतवार बुला ही लो।'

'चुमकी को मेरी बीमारी का मत बताना, इम्तहान खत्म हो जायें तब।'

'सुनो! एक बार उसको छाती से लगाकर उसके बाल सहला लूँ... जब चुमकी का ब्याह होगा मेरे सब गहने उसे दे देना, मैं उसे देख नहीं पाऊँगी!'

फिर फूट फूट कर रोने लगती। उसके कमज़ोर शरीर को थामे दिलासे में कहते, सब देखोगी तुम, पर जानते होते कि सब झूठ है, ईश्वर कहीं नहीं। कि ये घर, ये रजगज, ये जीवन का साधारण पन, ये सुबह उठकर बरामदे में चाय पीना और चुमकी की चिट्ठी साथ-साथ पढ़ना, रात को, हरेक रात को मसहरी एक ख़ास तरीके से बाँधना और एक तरफ

तकिया रखकर सोना और सोने के पहले जयंती से बात करना, छोटे-छोटे अनगिनत काम और छोटी-छोटी बहसें और सब के पीछे अत्यंत स्नेह की नदी का बहना और उस अटूट आश्वस्ति का होना कि कोई साथ है, हर समय, इस सब का खत्म होना ज़िन्दगी खत्म होना है। कि जिस साधारणपने और रूटीन के खिलाफ़ मन बगावत करता उसी के नष्ट होने की आशंका मन में ऐसा हदस पैदा करेगी। जयंती से बिछुड़ना अपने आप से जुदा होना था।

* * *

इस पाँच कमरे वाले भभाड़ घर में, इस विशाल हाते में अकेले कितना भूत बने डोलें। सब काम कर लिया। चुमकी की पढ़ाई, नौकरी ब्याह सब। फत्तू जो सालों साल तक साथ रहा अब बुढ़ापे में गया गाँव। बेटा ले गया उसे, किस्मतवाला था। रामदीन माली भी साल भर पहले गुज़र गया। अब उसका बेटा महीने दो महीने में एक बार आता है। सब फूल खत्म हो गये। जंगली झाड़ फैल गयी है सब तरफ। अबकी दफ़े चुमकी आयी तो कितना गुस्सा हो रही थी। क्या हाल बना रखा है अपना और घर का पापा? अपने मैनीक्योर्ड लॉन और पिक्चर-पोस्टकार्ड घर की तस्वीरें दिखाती रही। नेब्रास्का। एक बार गये थे पर जी नहीं लगा था। उसकी दुनिया में अपनी दुनिया का कोई कोना तक नहीं दिखता था। कितनी दूर और कितनी अलग दुनिया है उसकी। यही मेरी बिट्टी चुमकी?

अब दिमाग़ में सिर्फ़ एक हथौड़ा बजता है, अकेले अकेले। रात बिरात क्यों दिन में भी कुछ हो जाये फिर? पिछले रो वाले बंगले में विश्वबंधु जी का क्या हुआ? तीन दिन तक किसी को पता तक नहीं चला। कैसे हदस से मन भर जाता है। घड़ी की टिक-टिक, पँखे का एक गोल धीमा चक्कर, नल की टोंटी का टपकना... सब बीतता है न बीतते हुये भी। मन चीथड़ा चीथड़ा फटता है। किस बात से डर लगता है मालूम नहीं। मृत्यु से? अकेलेपन से? समय से, जो खाली बड़ा ढोल है जिसके भीतर कैद हैं? क्या है जो मन को छीजता रहता है। अब सहन नहीं होता, अपने आप को

भी सहन करना सहन नहीं होता। जयंती होती तो मन की भाषा में समझाती। यहाँ तो सिर्फ़ हिसाब-किताब करने पर फ़ॉर्मूला का अंतिम इक्वेशन ही दिखता है। एक सरल उपाय।

* * *

रात गेट पर ताला लगाया। सब खिड़कियाँ दरवाज़े बन्द किये। छत वाले किवाड़ पर छोटा ताला लगाया। सारे बाथरूम के नल चेक किये। फिर साफ़ सुथरे बिस्तर पर लेट गये। धुले हुये कपड़े। सफ़ेद कुर्ता और पजामा। चप्पलों को करीने से बिस्तर के ठीक सामने रखा जैसे उठते ही पाँव में पहनना हो। फिर धक्क से ख्याल आया, बस ये अंतिम बार पहनना हुआ। चुमकी मेरा बेटा चुमकी, खुश रहो। नाराज़ होगी फिर भी यही सही था। एक अंतिम बार साईड टेबल पर रखा चुमकी को लिखा गया पत्र देख लिया। जयंती की तस्वीर पर आखिर बार नज़र डाली। उसकी मुस्कान को मन में भर आखें बन्द कर लीं। नींद की गोलियाँ गले में अटकी थीं ज़रूर। छाती पर हाथ बाँधते डर का एक भयानक आवेग झकझोर गया। कूद कर गड्ढे के पार सुरक्षित पहुँच जाने की मर्मांतक टीस! बस एक मौका और? शरीर से कुछ निकल बहा हो। उँगलियाँ पायल पर ऐसे कसीं जैसे बस यही अंतिम सहारा हो, इस पार से उस पार जाने के लिये बच्चे ने हाथ थामा हो। लौट आयें लौट आयें, ऐसी छटपटाहट? लेकिन तब तक अँधेरा गिर चुका था, एक अंतिम नींद में।

* * *

हफ़्ते भर बाद चुमकी पापा के लिये लाया ऐयर टिकट थमाती है ज़फ़र को, 'देखिये कुछ हो सकता है? रिफंड? फिर फफक कर रोने लगती है।'

* * *

स्वप्न गीत

किसी छोटी-सी बात का सिरा कहाँ तक जाता है। उसने सिर्फ़ ये कहा था *लगता नहीं है जी मेरा उजड़े दयार में।* उसकी आवाज़ में उदासी का बेहोश आलम था। जैसे अफ़ीम के पिनक में कोई नशेड़ी। मैं पूछना चाहता था, कौन-सा दयार था जो उजड़ गया? लेकिन पूछा नहीं था। कविताओं की एक पतली किताब थी उठा कर उसे पढ़ना शुरू किया था। वो लगातर खिड़की से बाहर देखती रही। मैं हर तीन पंक्ति के बाद निगाह उठाकर उसे देख लेता। उसका थ्री फ़ोर्थ चेहरा। आम के फांक-सा चेहरा। बचपन में किताबों के मार्जिन पर ठीक ऐसा ही आम के फांक-सा चेहरा बनाता था, ख़ूब घनी बरौनियों वाली आँखें और झुकती हुई लटों वाले बाल। वो सब टेढ़े मेढ़े प्रपोर्शन वाली औरतें, सब जीवित होंगी अब भी कहीं उन किताबों के मार्जिंस में। या किसी कबाड़ी के दुकान के तहखाने में। ऐसे ही किसी कबाड़ी की दुकान से मैंने कौड़ियों के मोल ली थी, या शायद मुफ़्त, हेमिंग्वे की *द मूवेबल फीस्ट।* किसी दोपहरी में सुगबुगाती खुशी से पन्नों को सूँघ कर शुरू किया था। कविता पढ़ना रोक कर बताना चाहता हूँ उसे ये सब। लेकिन वो आम फांक चेहरे से अब भी बाहर देख रही है। मैं चुपचाप उठ कर निकल जाता हूँ। वो मुझे रोकती नहीं है।

मेरे पैरों की नीचे पत्तियाँ चुरमुराती हैं। एक औचक बवंडर का गोला उठता है, सड़कों को पागलपने में बुहारता। सूखे जंगियाये पत्तों को एक उन्मादी पल भर के जुनून में ऊपर और ऊपर गोल-गोल उठाता फिर धीरे से छोड़ देता है। मेरे हाथों में किताबें भारी हैं। वो किताबें जिन्हें मैं पहली बार नहीं पढ़ूँगा। वो किताबें जिन्हें मैं कई-कई बार पढ़ चुका हूँ। मेरे सबसे

आत्मीय, मेरे सबसे अंतरंग। इन किताबों से मैं और जीवन जी लेता हूँ, वो सारे जो स्थिति शरीर के अवरोधों के गुलाम नहीं हैं। मैं समय और स्थान के परे हो जाता हूँ। मैं भाव और बोध के ऐसे स्तर पर पहुँच जाता हूँ जो मेरी वास्तविक परिस्थितियों से भिन्न हैं। मैं बेहतर मनुष्य हो जाना चाहता हूँ, हो जाता हूँ। मैं उस सब ज्ञान, प्रज्ञा, विवेक का अधिकारी हो जाता हूँ जो मनुष्य ने आज तक अर्जित किया है। वह पात्र हो जाता हूँ जहाँ सभ्यता अपनी अंजुरी से जीवन अनुभव भरती है। एक मानव हो जाता हूँ, सबसे अलग, सबसे उच्च। पर सबके साथ। मैं ठीक उसी वक़्त पूरी मानवजाति का प्रतिनिधि हो जाता हूँ। संपूर्ण। एक साथ मैं अपने अन्दर उतने जीवन इकट्ठा कर लेता हूँ, जितनी किताबें मैंने पढ़ी हैं। मैं किताबों से बेइंतहा प्यार करता हूँ। मैं एक साथ सौ लोग होता हूँ, सैकड़ों लोग होता हूँ। स्त्री होता हूँ, बच्चा होता हूँ, पुरुष होता हूँ। मैं कभी अफ़्रीकी मसाई और कभी मोरक्कन बरबर होता हूँ, कभी ऑस्ट्रेलियाई अरुंता, कभी रेड इंडियन नवाज़ो लड़ाका। रेगिस्तान में प्यासा दौड़ता हूँ, कभी समन्दर के थपेड़ों से नमक कटे गालों को थामता हूँ। मैं सूली पर मरता हूँ, भाले की नोक पर जीता हूँ। कितनी बार जिया और कितनी बार मरा।

मैं ये सब उसे बताना चाहता हूँ।

मैं बताना चाहता हूँ कोई दयार नहीं उजड़ता। मन में इतने लोग एक साथ वास करते हैं। फिर उजाड़पना कैसा। मैं उँगली पर रंग लगाकर शीशे रंगना चाहता हूँ और उसके चेहरे से उदासी पोंछ देना चाहता हूँ। मैं जीवन से टूटकर मोहब्बत करता हूँ। मैं रात-दिन चलता हूँ। जंगलों के बीच, पानी पर, रेत पर, दलदल के पार। मेरे घुटने छिले हैं, मेरे पैर कड़े हैं। मेरे कँधे दर्द से झुके हैं, मेरे अँगूठे चोटिल ठेस खाये हुये हैं। फिर भी मैं चलता हूँ इसलिये कि जीता हूँ।

ये सब वो आमफांक चेहरा नहीं समझता। सिर्फ़ दर्द में डूबा रहता है। अपने छोटे से दर्द के पिंजरे में। मैं अपनी ऊँचाई में सिहरता हूँ फिर एक बार भी पीछे मुड़कर नहीं देखता।

वो अब भी खिड़की के बाहर देख रही है। उसकी उदासी धीरे-धीरे निथर जाती है। जैसे पानी से थकान धो दिया गया हो। वो चीज़ों को रचाती बसाती है। फूल उगाती है और सूरज के निकलने पर अपनी आत्मा धो-पोछ कर चमकाती है। कहती है, मैं वो औरत नहीं।

* * *

उस दिन अपने कमरे के अकेलेपन में सोचता हूँ निकल जाऊँ बस इसी वक़्त दूर। जहाँ एक भी प्राणी न हो। उसका फ़ोन आता है। कुछ भी नहीं बोलती। उसका कुछ भी नहीं बोलना मेरे अन्दर अपराध बोध भर देता है। मैं चिल्लाता हूँ ज़ोर से, 'तुम्हारे कुछ न बोलने से कुछ बदल जायेगा क्या?'

वो चुपचाप फ़ोन रख देती है। फ़ोन रख देने की आवाज़ में एक फ़ाइनैलिटी है।

मुझे रिलीव्ड होना चाहिये था लेकिन अचानक लगा कि थक गया हूँ। कहीं निकल जाने का इरादा भी थका देने वाले बचकाने उत्साह से भरा लगा। उसकी उम्मीदें मुझसे बहुत हैं और मैं उन उम्मीदों के परे एक दुनिया चाहता हूँ। मेरे अन्दर एक मीठी नदी बहती है और उसके लगातार के प्यार के आश्वासन की चाहतें सब खारा कर देती हैं।

मुझे फ़रहत याद आती है। फ़रहत फ़रज़ाना बानो। जब मैंने उससे कहा था कि मैं उसे प्यार नहीं करता उसने मेरी कमीज़ फाड़ डाली थी, मेरा चेहरा खरोंच डाला था। जंगली बिल्ली की तरह वो मेरे ऊपर झपट पड़ी थी। और मैंने उसे बलपूर्वक अलग नहीं किया था। बस उसके चेहरे को कस कर हाथों से थाम कर उसके होंठों पर अपने होंठ रख दिये थे। उसे चूमते हुये लगातार कहता रहा था, 'फ़रहत फ़रज़ाना बेगम, मैं तुम्हें प्यार नहीं करता।'

या फिर वो जर्मन लड़की जो मेरे साथ बनारस घूमी थी। दानियेला, जिसके बाल एकदम लाल थे और आँखें हरी। और जो प्यार करते वक़्त *इश लिब डीख* बोलती थी और बाकी समय हँसती थी। और लौट जाने के बाद मुझे अपनी टूटी अंग्रेज़ी में मेल्स भेजती रही थी। और जिसकी एक तस्वीर

गंगा में नाव में बैठे मैंने खींची थी, जो अब भी मेरे कम्प्यूटर पर पड़ी थी।

या फिर मेरी माँ श्रीमती शैल कुमारी वर्मा, जो बालों की काकुलपत्ती सजाये तस्वीरों में सौम्य सल्लज मुस्कुराती दिखती थीं लेकिन असल ज़िन्दगी में स्कूल की हेडमास्टरी घर में भी चलाती, किसी डिक्टेटर की तरह। जो अपने बच्चों से प्यार लूट कर लेती थीं, न देना चाहो तब भी।

शायद तभी से, प्यार शब्द मुझे जबरिया लगने लगा। जैसे बच्चे को खींचकर दबोच लो, फिर अपना गाल बढ़ाओ और कहो, मुन्ना पप्पू, पप्पी लो बेटा! एक अबूझ वितृष्णा से मेरा मन भिन्ना गया। रामदुलारी, जाओ तुम। रहो अपने कोपभवन। मैं तुम्हें प्यार नहीं करता।

* * *

वेंकटेश के साथ उस दिन समन्दर के किनारे बियर पीते हुए और सूखी मच्छी खाते हुए मैंने सोचा था, आह यही जीवन है। रामचन्द्र गुहा से लेकर नोम चोम्स्की, थिरुवल्लूवर से ले कर मंसूर, हमने क्या बात नहीं की होगी। वेंकट मुझे थिरुकुराल समझाता रहा। 'कुराल मतलब,' उसने माथा खुजाया था, फिर हँस कर कहा था, 'कपलेट्स। एक सौ तैंतीस अध्याय और हर अध्याय में दस कुराल।'

मैंने घूँट भरते कहा था, 'इसका मतलब एक हज़ार तीन सौ तीस।'

'फिर जानते हो सीर क्या? एक या अधिक तमिल शब्दों के कॉम्बिनेशन को सीर कहते हैं। मतलब ये कि हर कुराल में पहली पंक्ति चार सीर की और दूसरी तीन की, फिर थिरुकुराल तीन भाग में है, पहला अराम जो उन कर्मों के बारे में है जो हम दूसरे कम भाग्यवान लोगों के लिये करते हैं, अपनी अंतरात्मा और विवेक से, दूसरा पोरुल जो जीवन की सच्चाई के बारे में है और तीसरा इंबम जो औरत और मर्द के आपसी सुख के बारे में है।'

फिर, 'ये है जीवन और तुम साले सिर्फ़ तीसरे अध्याय को सब बना लिये हो। औरत के सिवाय और कुछ है तुम्हारे जीवन में?' वेंकटेश नशे में बहक रहा था।

मैं हँसने लगा था। रेत की नमी गर्दन और पीठ पर भली लग रही थी।

ओ थिरुवलूवर! तुमने एक हज़ार तीन सौ तैंतीस कुराल लिख लिये और मैं एक उपन्यास तक न लिख सका। फिर मैं हँसने लगा।

इवॉन भरतनाट्यम सीख रही है, कलाक्षेत्र में, वेंकटेश बताता रहा, फिर कलाक्षेत्र से रुकमिनी देवी अरुंडेल और वहाँ से थियोसोफ़िकल सोसायटी पर पहुँच गया।

मैं अभी तक कुराल पर अटका था। याद आया कि इवॉन पिछली बार मेरी नाटकों वाली किताब ले गई थी। अचानक मुझे घासीराम कोतवाल पढ़ने की इच्छा होने लगी।

'सुनो वेंकट तुम्हारी दोस्त मेरी किताब कब लौटायेगी?'

'तुम इवॉन से पूछो,' उसने चिढ़ कर कहा।

'क्यों तुम उससे नहीं मिलते आजकल?'

'मेरी दिलचस्पी उसमें खत्म हो गई है। आजकल मैं एक नेपाली लड़की के साथ हूँ। वो कुमारी पूजा पर रिसर्च कर रही है। अगले हफ़्ते हम काठमाँडू जा रहे हैं।'

इवॉन ने हँस कर उस दिन कहा था, 'तुम्हारी किताब मैं महाबलीपुरम में लौटाऊँगी। आज से ठीक पाँचवे दिन पहुँचना वहाँ, किसी भी समय, *निमपॉर्ते कांपॉन तालेज़ूर।* मैंने कैलेंडर पर ठीक पाँचवे दिन पर एक लाल घेरा बनाया था और फिर इवॉन को भूल भी गया था। दानियेला के बाद फ़िरंगी लड़कियों में मेरी दिलचस्पी नहीं रही थी। मैं सिर्फ़ अपनी किताब वापस चाहता था।

वेंकटेश काठमाँडू जाने के पहले एक बार आया था मेरे डीवीडी लौटाने, इटैलियन जर्मन और ऋत्विक घटक की फ़िल्में। फिर किसी ऐनीमेशन फ़िल्म के बारे में लहक कर बोलता रहा था। मेज़ पर बिखरी स्केचेज़ देखकर हँसा था, 'ग्राफ़िक नोवेल्ला? कौन पढ़ेगा?'

मैंने सिगरेट सुलगाते हुये शांति से कहा था, 'फ़क ऑफ वेंकट।'

'क्यों? कौन पढ़ेगा मुझे बताओ तो, तुम्हारे अर्थव्यवस्था के बारे में ऑरिजिनल विचार और मॉल कल्चर पर तुम्हारे डिग्स? और आजकल की शिक्षा प्रणाली पर तुम्हारे रियेक्शंस? हू वॉन्ट्स टू रीड देम? तुम किस दुनिया में हो?'

'इसी तुम्हारी दुनिया में,' मैं अब भी सयंत था।

'तुम्हारे बच्चा होता तो तुम भी इन्हीं किन्हीं स्कूल में अपने बच्चे को पढ़ा रहे होते।'

'मेरा बच्चा होता तो मैं उसे ऐसे किसी भी कंवेंशनल स्कूल में नहीं डालता जहाँ पढ़ाई और ज्ञान का सब सुख किसी बाई रोट लर्निंग में होम किया जाता हो।'

'तुम अलग नहीं हो।'

'मैं भीड़ का हिस्सा नहीं।'

'तुम्हारी किताब न बिके फिर लिखने का फ़ायदा क्या?'

'मेरी किताब इस बिखरते समय का दस्तावेज़ है, इसकी यही सार्थकता है।'

'तुम पागल हो।'

'मैं सनकी अवधूता हूँ और हाँ परसों तुम्हारी मित्र से मिलने जा रहा हूँ।'

'कौन? इवॉन?' उसकी आवाज़ लापरवाह थी, 'और मैं काठमाँडू, सुनीता गुरुँग के साथ।'

* * *

रात के तीन बज रहे थे। नींद नहीं आ रही थी। सबॉल्टर्न हिस्टरी पढ़ रहा था। बीच में अचानक बेगम समरू पर जाने कैसे दिमग अटका कि नेट पर

जाकर विकीपीडिया पर तलाशने लगा। सामने कप सिगरेट की टोंटियों से अट गया था।

उसने बेगम समरू पर कोई किताब पढ़ी थी जिसके बारे में हम घंटों बहस में अटके थे।

'सोचो क्या औरत रही होगी और एक तुम हो।' उसकी बात को बीच में काटते मैंने हँसी में कहा था। उसका चेहरा अचानक निस्तेज हो गया था। जैसे गुब्बारे से हवा निकल गई हो। उसका बचकाना उत्साह अचानक गायब हो गया था। उसने धीरे से अपना सामान समेटा था, बैग, झोला, फ़ोन। मैं एकदम हताश हो गया था पर बेपरवाही और नासमझी दिखाते हुये कहा था, 'क्या हुआ? अचानक कहाँ चल दीं?'

उसने बिना कुछ कहे मुझे उदास आँखों से देखा था और निकल गई थी। फ़रहत फ़रजाना बेगम की तरह नहीं जो ऐसी बातों पर ढिठाई से हँस देती और ऐसे बेवकूफ़ी से बहस करती कि मैं ही उसे ठेल ठाल कर घर से निकाल देता, कि अब उसे और झेलने की मुझमें ताकत नहीं।

फ़रहत फ़रजाना कहाँ हो तुम अब? मैं ज़ोर से चिल्लाया फिर अपनी ही गूँजती आवाज़ की बेवकूफ़ी पर शर्मिंदा हो गया। मैं अब भी बच्चा ही था। मैंने जब उसे फ़रहत के बारे में बताया था तब उसने ज़रा चकित हो कर कहा था, 'पर वो तुमसे प्यार करती थी न?'

मैंने ढिठाई से कहा था, 'ये उसकी कहानी है। मैंने तो उसे कभी प्यार नहीं किया।'

उसने ठहर कर कहा था, 'फिर भी?'

'क्या फिर भी? रिश्तों की कुछ भी समझ है तुम्हें?' मैं फिर चीख रहा था और वो हँस रही थी।

* * *

महाबलीपुरम में समुद्र के किनारे देर रात तक हम चुप बैठे रहे थे। मैं उसे

समूचे दिन और रात भर अपने बारे में बताता रहा था। वो सुनती रही थी। रात मैंने उसके कूल्हे की नाज़ुक हड्डी को सहलाया था, उसके शंख से कान चूमे थे और उसे कहा था, 'तुम प्यारी बच्ची हो।' चाँदनी रात में उसका चेहरा, उसका पीला चेहरा आम के फाँक-सा प्यारा मीठा चेहरा था।

लौट कर आये फिर कई दिन बीत गये। मैं काम में उलझ गया था। दिन और रात का होश नहीं। ज़रा-सी फुरसत मिलती तब ऐंथ्रोपॉलोजी की किताबों में डूब जाता। जाने क्या चीज़ों को जानने की हुमस मुझे बेचैन किये रहती। कितना पढ़ना, कितना जानना अभी बाकी है। पूरा जीवन कितना छोटा है, कितना-कितना छोटा। कभी खानों और मसालों के उपयोग और खोज की झक सवार होती, कभी संगीत के भिन्न आयाम और मनुष्य के जीवन में सुर का स्थान, कभी किसी स्थान विशेष के इतिहास, भूगोल, समाजशास्त्र का समग्र भाव से ज्ञान जान लेना पागल करता। फिर मैं पागलपन की हद तक किताबें खंगालता, लाईब्रेरीज़ में बैठता, दूर दराज़ के दोस्तों से इसरार करता, मदद करो, इस किताब को जुगाड़ने में मदद करो, इस संगीत को खोजने समझने में मदद करो। रात-रात भर किसी वायलिन के दर्दीले सुर की लहक पर, सिगरेट का धुआँ पीते, मैं आँखें मून्दे समय और काल के परे, नीम अँधेरे में, नितांत अकेलेपन को भोगता, बेचैन पर उसी बेचैनी में अपना सुर खोजता पहचानता सुखी होता। मेरा सुख यही था। ऐसी हदबदाहट को महसूस कर पाना ही जीवन था, मेरे तरीके का जीवन, मेरा जीवन रस। मैं चील था, आसमान में ऊँचा और ऊँचा उड़ता, मैं पानी में तेज़ तैरती व्हेल मछली था, मैं विशाल कछुआ था, मैं जंगल में विचरता हाथी था, मैं पानी था, मिट्टी था, मैं बेचैन आत्मा था लेकिन मुझसे ज़्यादा संतोषी प्राणी कोई नहीं था। इसलिये कि मैं अकेला था, मुझे किसी से कोई आकाँक्षा नहीं, किसी से कोई उम्मीद नहीं। मैं सम्पूर्ण था, एक समूची इकाई। मैं सुखी था।

उस रात, शायद एक डेढ़ बजे अचानक मुझे जाने किस बात से, शायद किसी महक से, या किसी अचानक स्मरण हुए स्पर्श की स्मृति से इवॉन याद आई। और याद ऐसे आई कि छाती में दर्द की गहरी धमक। कान में जैसे नगाड़े बज गये हों और चेहरा गर्म हो गया हो। महाबलीपुरम के बाद

उस लड़की ने मुझे याद तक न किया। मैं चोट खाया बच्चा हो गया।

इवॉन सच बताओ तुमने मुझे एक बार भी याद नहीं किया? मैं बच्चे की तरह लड़िया रहा था। वो छोटी बच्ची मुझपर माँ की तरह हँस रही थी। वो सचमुच छोटी-सी थी, *पेती।*

'मुझे फ़्रेंच सिखाओ।'

'मैं हिन्दी सीख रही हूँ।'

'इसलिये तो, फिर मैं तुम्हें फ़्रेंच में कहूँगा, *ज़तेम।* तुम हिन्दी में कहना, मैं तुमसे प्यार करती हूँ।'

'तुम्हारे लिये प्यार इतना आसान शब्द है?'

'प्यार आसान ही होना चाहिये जब जीवन इतना मुश्किल हो,' मैं दार्शनिक था। 'प्यार तहदार होता है, बढ़ता घटता चाँद होता है, समुद्र का ज्वार भाटा होता है, नम मिट्टी में उगता हुआ पुदीने का बेल होता है। प्यार, मेरी प्यारी बच्ची, सिर्फ़ यह होता है,' मैंने उसका चेहरा अपने हाथों में थाम कर हलके से उसके होंठों को चूमते हुये कहा। 'और यह भी,' इस बार मेरे चूमने में उन्माद था, उग्रता थी।

उसने मेरे चुम्बन का बराबर जवाब दिया फिर चेहरा मोड़ते हुये कहा, 'प्यार, तुमसे नफ़रत करते हुये भी प्यार करना होता है, तुम्हें न चाहते हुये भी चूमना होता है।'

मैं ठठाकर हँस दिया था, 'मेरे लिये इतना काफ़ी है।'

उसने जवाब नहीं दिया था। सिर्फ़ अगले दिन अपना सामान लाकर उसने मेरे घर में अपनी जगह बना ली थी।

वेंकट लौटा था, वाईन की एक बोतल और कुछ किताबें लेकर। फिर मुझे कँधे घेरता कहा था, 'इवॉन अच्छी लड़की है। इसबार कोई गलती मत करना।'

मैंने बेपरवाही से पूछा था, 'तुमने भी उससे कभी प्यार किया?'

'मैं उससे आकर्षित ज़रूर हुआ था, पर उसकी बातें मैं ठीक-ठीक समझ नहीं पाया, उसने मुझे सिर्फ़ दोस्त समझा और फिर अपनी बेवकूफ़ी भरे इंफैचूएशन के बाद मैंने भी।'

फिर सिगरेट का कश भरते हुए उसने जिज्ञासा से पूछा, 'आर यू जेलस?'

'आर यू नट्स? मुझे इवॉन से अतिशय स्नेह है लेकिन मुझसे पहले उसके जो भी रिश्ते रहे, वो पुरानी कहानियाँ हैं।'

इवॉन मेरे लिये छोटी छोटी चीज़ें करती, बिना जताये बिना बताये। उसके साथ मैं छोटा जिद्दी बच्चा होता, उसके साथ मैं बददिमाग़ चिड़चिड़ा पुरुष होता, उसके साथ मैं उद्दाम प्रणयी होता, उसके साथ मैं उसका सखा होता, उसका बन्धु पिता भाई दोस्त, सब। मैं उसके बाल धो देता, उसके तलुये मालिश कर देता, उसके घर लौट आने तक उसका प्रिय भोजन तैयार रखता, फिर उसके अनमने भाव से खाने पर नाराज़ हो जाता। वो मेरे बाल सहला देती, मेरे छाती के बाल दुलरा देती, मेरी बेचैन चिड़चिड़ाहट को मुस्कुरा कर सह लेती, मुझे डाँट देती, मेरी सिगरेट छुपा देती, मेरे जुनून को सँवार देती, मुझे नींद न आने पर सुला देती और सुबह सुबह मुझे जगा देती।

* * *

'मुझसे शादी कब करोगे?' एक दिन उसने अचानक पूछा था।

'ये शादी नहीं है क्या? ये हमारा इस तरह साथ होना, क्या लगता है तुम्हें? हम इस तरह साथ हैं फिर अगर शादी हो या नहीं क्या फ़र्क पड़ता है? तुम मुझ पर यकीन नहीं करती हो?'

'ये यकीन की बात नहीं, मेरी खुशी की बात है।'

'सिर्फ़ शादी भर से तुम सुखी हो जाओगी?'

'हाँ।'

'तो इसका मतलब अब सुखी नहीं हो?'

'हूँ, अभी भी हूँ।'

'फिर शादी इसमें क्या और जोड़ देगी?' मैं गुस्से में चिल्ला रहा था।

'तुम इस तरह मुझ पर चिल्ला नहीं सकते।'

'तुम बेवकूफ़ी की बात करोगी तो मैं इससे भी ज़ोर से चिल्लाऊँगा।'

मैं बाहर निकल गया था। फिर दिन भर भटकता रहा था। देर रात को लौटा था। इवॉन घर में नहीं थी। दो दिन बाद लौटी। मैंने तकलीफ़ और ऐंठ में नहीं पूछा। उसने एक गंभीर चुप्पी ओढ़े मुझे कुछ नहीं बताया। हम दो अजनबियों की तरह एक दूसरे से औपचारिक व्यवहार करते रहे, मसलन मैं कहता, तुम्हारे लिये खाना बना दिया है, मैं बाहर जा रहा हूँ। लौट कर आता तो देखता वो सो चुकी है। मेज़ पर एक नोट होता कल मैं दिनभर बाहर रहूँगी, प्लम्बर बाथरूम का नल ठीक करने आयेगा तुम सम्भाल लेना। हम ज़रा नमक पास करना और चाय का कप बिना कहे खिसका देना जैसी बातें कर रहे थे। हमें साथ सोये कई दिन बीत गये थे। फिर एक रात मैंने उसे खींच कर सटा लिया था अपनी छाती में। वो धीमे धीमे सुबक रही थी। मैं उसके बाल सहलाता हुआ जाने कब सो गया था।

वेंकट मिला था उस दिन। 'इवॉन से शादी क्यों नहीं कर लेते?'

'तुम उसके पैरोकार बनोगे? उसने तुम्हें हमारी निजी बातें बताईं?' मैं गुस्से में काँप रहा था।

वेंकट सफाई देता रहा, मैं अनसुना करते हुये उठ गया था। उस रात मेरी और इवॉन की भयंकर लड़ाई हुई थी।

'तुम इस तरह मुझे बाँधना चाहती हो? मेरे दोस्तों को अपनी ओर करना चाहती हो? बस यही है तुम्हारा विश्वास। प्यार आसमान होता है, उड़ने की कूवत देता है, तुम इसे मिट्टी बना रही हो, मिट्टी।' इवॉन ने कुछ नहीं कहा था। कोई सफाई नहीं दी थी। उसका चेहरा दर्द से सर्द था। अगले दिन उसने अपना सामान समेटा था और निकल गई थी।

मैंने परवाह नहीं की थी। उसे रोका नहीं था। तलाशा भी नहीं बाद

में। मैं अपने में सिमट गया था। हफ़्ते भर के लिये निकल गया था। इवॉन से इतना नाराज़ था। उससे इतना प्यार जो था। लौट कर आया था तब वेंकट से पूछा था। उसने उसका पता फ़ोन पर लिखाया था फिर और कुछ कहे बिना फ़ोन रख दिया था। हफ़्ते भर बाद जब ख़ुद को रोक नहीं पाया था तब पहुँचा था उसके घर।

'ये तुम छोड़ आईं थी,' मैंने उसके घुँघरू उसको पकड़ाते हुये कहा था। उसका चेहरा नर्म और शांत था। उसने कहा, 'आज छुट्टी है खाना खाकर जाना।'

हम बातें करते रहे। मतलब मैं कहता रहा वो सुनती रही। मैं उसे हफ़्ते भर के बाहर प्रवास की बातें सुनाता रहा, उस जगह की गरीबी, वहाँ के लोगों से बातचीत, खेत, सड़क, बिजली विकास, कोई पाँच सौ साल पुराना मंदिर, कुछ अवशेष, अपनी बेचैनी, मच्छरों का प्रकोप, जाने क्या क्या। मैं खाना खाकर लौट आया। हमने अपनी कोई बात नहीं की।

फिर मैं उसके एक कमरे वाले घर जाता रहा। उसका चेहरा एक उदास खामोशी में दमकता रहता। उसका घर एक सादगी भरे खालीपन की विशिष्टता से चमकता रहता। कभी-कभी उसकी आँखों में तकलीफ़ की ऐसी गहरी परछाईं दिखती कि मैं हुमस कर बोल देना चाहता, मुझसे शादी कर लो इवॉन। मैं उसकी कमी अपने नसों में धड़कता हुआ महसूस करता। लेकिन फिर मैं किसी किताब, किसी काम में मगन होता, ऐसा डूबता कि किसी बात का होश न रहता। जब इनसे छूटता तब धम्म से इवॉन की याद आती। उस पर गुस्सा आता, मुझे क्यों नहीं समझा मेरी प्यारी बच्ची, कि मैं तुमसे अपने तरीके से बेहद बेहद प्यार करता हूँ।

हमारे अलग हुये तीन महीने हो चुके थे जब उसने बताया कि वो लौट रही है।

'रुक जाओ।'

उसने मेरा चेहरा अपने हाथों में भरकर एक बार मेरे होंठों पर अपने होंठ रखे और कहा, 'अपना ख्याल रखना।'

* * *

इन पाँच सालों में मैंने एक सोशल हिस्टरी की किताब लिखी थी जो बुद्धिजीवियों के बीच कुछ हलचल मचा सकी थी और एक पाँच सौ अदद पन्नों का रूमानी इतिहास लिखा था जो मुझे भी हैरान करता हुआ हिट हो गया था। मैं अब भोजपुरी इम्मीग्रेंट्स पर एक मोटा उपन्यास लिख रहा था, फ़िजी, गुयाना मौरिशस जाने वाले लोग। कुछ महीने दिल्ली में रहकर शोध किया था, कुछ महीने फ़िजी, कुछ महीने बिहार। अब कुल्लू के पास एक छोटे से कॉटेज में एकांतवास कर रहा था। सोच रहा था कि मनुष्य भी आक के बीज जैसे होते हैं, हवा मिट्टी पानी से डिस्पर्सल। हमेशा नई ज़मीन तलाशते हुए, नये खाद पानी की खोज में। मैं भी कहाँ-कहाँ नहीं भटका। चेन्नई के बाद देहरादून फिर दिल्ली। अब इस पहाड़ी कस्बे में। मैं सिर्फ़ वर्तमान हूँ। मैंने कोई भविष्य नहीं जोड़ा। मनुष्यता के इस लम्बे लिंक में मेरी कड़ी यहीं मुझ तक समाप्त होगी। मैं अकेला हूँ, मैं सब में हूँ। नीचे पहाड़ी के गाँव वाले मुझे मौनी बाबा पुकारते हैं। इसलिये कि कई बार मैं चुप चुप तेज़ पहाड़ी चढ़ता हूँ और उनके कुछ पूछने पर हँस कर इशारा करता हूँ कि आज मेरे बोलने का दिन नहीं। हफ़्ते में तीन दिन ढलान वाले स्कूल में बच्चों को अंग्रेज़ी पढ़ा देता हूँ और एक दिन बैठाकर अपनी कहानियाँ। बच्चे मुझे पसन्द करते हैं और तब मैं ख़ुद को।

वेंकट का फ़ोन आया था उस दिन। पीछे बहुत शोर गुल। वो चिल्लाकर कह रहा था, कोई पैकेट आया था उसके पते पर, मेरे लिये जो उसने कूरियर किया है। मैं भी चीख रहा था, हँस रहा था, ज़ोर से बोलो, कहाँ हो? ऐयरपोर्ट, मैं चीन जा रहा हूँ एक डाक्यूमेंटरी का काम है। लौटता हूँ तो तुम तक पहुँचता हूँ। बैठ कर पुराने दिन ताज़ा करेंगे।

तीन दिन बाद कूरियर आता है। मैं उत्सुकता और हैरानी से पैकेट खोलता हूँ। मेरे हाथ काँप जाते हैं। ये वही नाटकोंवाली किताब है। किताब बीच से खुल जाती है। वहाँ तीन फोटो चिड़िया के बच्चे की तरह दुबके पड़े हैं। मेरी छाती पर से रेल गुज़रती है। पहला फ़ोटो एक पाँचेक साल की

भारतीय बच्ची का है जो भरतनाट्यम के पोशाक में कैमेरे की तरफ मुँह चियारे हँस रही है। दूसरे फ़ोटो में इवॉन किसी भूरी दाढ़ी वाले पुरुष के साथ किसी पार्क के बेंच पर बैठी है। तीसरी फ़ोटो में इवॉन और उस पुरुष के बीच वो बच्ची सफ़ेद स्टॉकिंग्स और चेक फ्रॉक में संजीदा चेहरा बनाये बैठी है। बच्ची की अकेली फ़ोटो के पीछे एक वाक्य लिखा था, 'मुझे लगा कि तुम्हें बता देना चाहिये था, बस!'

मैंने धीमे से बच्ची का चेहरा सहलाया। उसके नन्हे आमफाँक चेहरे को सहलाया। फिर एक नज़र कमरे में दौड़ाई। इन किताबों और उनके ज्ञान के बीच अपने को पहली बार एकदम अकेला पाया, एकदम। फिर चेहरा बाँहों पर टिकाकर अरसे बाद फूट फूटकर रोया। इस रोने में कितना दुख था और कितनी खुशी ये सिर्फ़ मैं ही जानता था, मैं ही।

* * *

मुझे आज समझ आया कि इवॉन मुझसे क्या चाहती थी। विवाह सिर्फ़ एक शब्द था। सिर्फ़ एक रिचुअल। शादी पर्यायवाची था इस बात का कि मैं उससे अबूझ प्यार करता हूँ, कि उसके बिना एक पल नहीं रह सकता। शायद मैं उससे कहता हाँ चलो हम शादी कर लेते हैं, वो हँस कर कहती, ये शादी ही तो है, तुम मानो न मानो। और मैं कहता इवॉन तुम मेरे भीतर हो जैसे मैं तुम्हारे। हम एक दूसरे के अन्दर वास करते हैं। दो लोगों के बीच इससे ज़्यादा और कुछ नहीं हो सकता। इवॉन तुम सही थी मैं गलत था और मैंने तुम दोनों को खो दिया।

फिर मैंने उस फ़ोटो पर नज़र डाली जिसमें इवॉन उस पुरुष के साथ थी। उसके चेहरे पर हल्की-सी मुस्कुराहट थी। मैंने उसके चेहरे को टटोला। शायद वो सुखी दिख रही थी। मैंने मेज़ पर नज़र दौड़ाई। मेरी किताबें पसरी हुईं थीं। मैंने अपनी हथेली फैलाई, उनको देखा परखा। इवॉन के बिना भी मैं ज़िन्दा था। मैं अचानक हँसने लगा। ठठाकर हँसने लगा, नहीं इवॉन तुम गलत थीं, मैं ही सही था। देखो तुम मेरे बिना सुखी हो, मेरे प्यार के बिना

सुखी हो और मैं भी एक तरह से सुखी हूँ। दुख का भी एक सुख होता है। फिर मैंने बच्ची की तस्वीर उठाई और धीमे से फुसफुसाया, 'मेरा स्वप्नगीत, सिर्फ़ मेरा।'

पानी का गीत

कछुये की पीठ-सा फैला था चट्टान
रात जब सोये थे
जाने किधर कैसे
बाहर से आकर
छाती पर जम गया

अब इंतज़ार है
कब पिघलेगा ग्लेशियर
बेलगाम बेकहल बेइंतहा
दौड़ जाता है
बर्फ़ के पिघलने का उमगता इंतज़ार
इस जनम उस जनम
सदियों तक
पानी का
मात्र एक सिम्पल केमिकल इक्वेशन

पोटली में चावल, गन पाउडर और दो आलू बाँधे निकल पड़ते थे कुमरन नायर। सफ़ेद कमीज़ और सफ़ेद मुँडु, पैरों में रबड़ की चप्पल। अब दूर-दराज़ गाँवों तक नाम फैल गया था। पानी खोज लेते थे। कैसी भी ऊसर बंजर धरती हो, नदी नाले से दूर, फिर भी जाने कैसे कौन-सी छठी सातवीं इन्द्रीय से पा लेते थे पानी का आभास। जाने पिछले कौन से कितने जनमों

में पानी की प्यास लिये भटके थे कुमरन नायर। इतना भटके, इतने जनमों में कि ख़ून से आत्मा तक में प्यास का बुलबुला दौड़ता, जैसे शरीर तो शरीर, आत्मा तक सिर्फ़ एक प्यास का बिलखता आदिम गीत हो। सपना आता था बिला नागा कई बार कि छाले-पत्ते पहने नंगे पाँव भटकते हैं जंगल जंगल.. पत्तों पर से पीते है ओस की एक बून्द, हरहराती पहाड़ी नदियों में जानवर की तरह पेटकुनिये लेटे मुँह डाल देते हैं हर-हर उबलते झागदार पानी में और फिर महसूसते हैं एक-एक पोर में पानी का भरना, तृप्त होना।

जब-जब ये सपना आता है, कुमरन नायर पानी का पता खोज लेते हैं। घर से दो सौ मील तक के घेरे में पूछो, बच्चा-बच्चा कुमरन नायर का पता बता दे। अच्छा! कौन? किसे ढूँढते हैं? सिद्धान्ती जी को? कुआँ खोदना है? पानी चाहिये? फिर ज्ञानबुद्धि से सर डुलाकर कहते, मिलेगा अगर सिद्धांती जी को पकड़ पाये। निकले हैं अभी पानी के खोज में। मिलेगा आपको भी।

कुमरन नायर की दोमुँही छड़ी का जादू है। चलते चलेंगे चलते चलेंगे और फिर यकबयक छड़ी का सिरा नीचे झटके से मुड़ जायेगा। लोगों ने सिर मुड़ाये शर्त बदी क्या-क्या नहीं किया... पर हर बार बिला नागा खोदते खोदते पहले गीली पीली मिट्टी, फिर गीली काली मिट्टी, फिर रिसता मटमैला पानी। अंत में मीठा मीठा पानी! आत्मा तृप्त हो जाए, ऐसा मीठा ठंडा पानी! ओक भर कर मुँह से ठुड्डी गला छाती, पैर की अंतिम कानी उँगली का मुड़ा-तुड़ा खुर्राट कड़ा नाख़ून तक तर हो जाए, ऐसा शीतल पानी।

खाली एक बार हारे हैं कुमरन नायर। वो भी अपनी ज़मीन पर। तीन बार खोदा। पानी निकला पर हर बार खारा। इसी दुख में बिस्तर से लगे। पानी से मुँह मोड़ लिया। अस्सी के हुये, झुरझुर हुये। आँख से आँसू बहते, चुप गुमसुम पड़े रहते। पानी का कारोबार खत्म हुआ। मान चले कि जितना लिखवा कर लाये थे उतना पानी तलाश दिया। शरीर सिकुड़ गया, पानी रिस गया, पंछी उड़ गया।

बरगद के पेड़ के नीचे चट सूखी धरती में दरारों की अनगिनत रेखा है। काले गूची सनग्लासेज़ पहने, लीवाईज़ जींस के पॉकेट में हाथ डाले सिगरेट का धुआँदार छल्ला उड़ाते हुए कुमरन नायर का परपोता सोचता है वाटर हार्वेस्टिंग के जो टेकनीक्स योरप से सीख आया है यहाँ कारगर होगा कि नहीं?

* * *

पहर दोपहर ठुमरी

पारो :

कोई ताला था जिसकी चाभी बस मेरे पास थी। नीम अँधेरी रातों में अपने भीतर की गर्माहट में उतर कर मैंने देखा था ठंड से सिहरती एक अनजान लड़की को। बाँहों में भरकर उसे ताप दिया था और फिर पाया था, अरे इसकी शकल तो हू-ब-हू मेरी है। उसके चेहरे को हथेलियों में भरकर कितने प्यार से उसके भौंहों को चूमा था। उस हमशकल की आँखें कैसी मुन्द गई थीं सुख से। उसके नीले पड़े होंठ पर जमी बर्फ़ पिघल रही थी। किसी ने कहा था कभी कि ऑर्किड के फूल पास रखो तो उम्र बढ़ती है। बस ऐसे ही उसके नीले ऑर्किड होंठ अपने पास, अपने होंठों पर रखने हैं। अचानक ख़ूब लम्बी उम्र हो ऐसी इच्छा का ताप मन में चढ़ता है।

पीछे से कोई अपनी उँगलियों से गर्दन सहलाता है। ठीक बाल के नीचे का हिस्सा। अहसास के रोंये हवा में लहराते झूमते हैं। फिर ऐसी गहरी नींद आती है कि बस...

* * *

वे :

आजकल उसने पाया है हर रात सपने आते हैं। जब से उससे मिली है तबसे। उससे मिलना भी क्या मिलना था। किसी बिज़ी ट्राफ़िक सिग्नल पर अगल बगल दो गाड़ियों के चालक, शीशे के आरपार एक दूसरे को पलभर नाप लें। काले चश्मे और सॉल्ट-पेपर दाढ़ी में अटकी आँख एक बार फिर देख

ले। उसके चेहरे पर कोई भाव नहीं था। क्षण भर को अपना चेहरा मुस्कान में खिंचता हुआ सर्द हो जाता है इस भावहीनता पर। रात वॉशबेसिन पर दिनभर की गर्द धोते हुए शीशे में नज़र जाती है। उसकी आँखों से देखती हैं होंठों की बुनावट जब मुस्कान इतनी फिर इतनी फिर इतनी-सी होती है। क्या दिखा होगा या कि उसने कुछ नहीं देखा, कुछ भी नहीं देखा।

उसने कुछ अस्फुट मंत्र बुदबुदाये थे। अब मैं तुम्हारे सपने में मिलूँगी। उन नीली कुहासे ढँकी पहाड़ियों की तराई में, नीले हाथियों के झुंड के पीछे किसी पत्तों भरी टहनी से ज़मीन बुहारते तुम्हारे पदचिन्ह खोज लूँगी।

* * *

जय :

गाड़ी के शीशे के पार गीयर न्यूट्रल करते हुए बेपरवाही से मुड़ा था। उसका साफ़ शफ़्फाक चेहरा अचानक एक मुस्कुराहट से भीग गया था। जबतक उसकी मुस्कान को मैं छू पाता, गाड़ी आगे बढ़ गई थी। मेरी बाँह के रोंये अचानक खड़े हो गये थे। स्टीरियो पर लेनार्ड कोहेन, *डांस मी टू द एन्ड ऑफ़ लव*, गा रहा था।

मेरे पिछले चार सालों का अकेलापन हरे हाथी घास की तरह एक बेतरतीब बाढ़ में बढ़ आया। देर रात अकेला बैठा जार्मुश की *कॉफ़ी ऐंड सिगरेट* देखता सिगरेट का धुआँ पीता रहा, ब्लू वोदका कटग्लास के भीतर छलकता रहा। अल्फ़्रेड मोलिना का चेहरा मुझे खींच रहा था। बार बार रिवाईंड करके, 'कजंस' वाला हिस्सा देखने लगता।

बड़े दिनों बाद ***के*** की तस्वीर देखने की इच्छा हुई। खोजता रहा। आखिर गिंज़बर्ग के पीछे और निकी जोवान्नी के आगे धूल से अटा मिला। किसी नशे की बहक में फ़्रेम को झाड़ पोछ कर सामने रखा। जार्मुश की ब्लैक ऐंड व्हाईट फ़्रेमों की सफाई, उनका लय, क्लियर बोल्ड स्ट्रोक्स। मन उसी सुर पर घूम रहा था। उस रात कई दिनों बाद ***के*** मेरे साथ थी। अपने देह के साथ मेरे साथ थी। उसके जंगली घुँघराले बालों की महक और

उनका कड़ा स्पर्श मेरे हाथों में था। उसका शरीर मेरे शरीर से लिपटा था। नीले अँधेरे में उसके नाभि के फूल पर मेरे होंठ गीत गा रहे थे। एल्ला फ़िटज़ेराल्ड की, *आई गॉट अ फ़ीलिंग आ ऐम फॉलिन।*

उसके बदन की रेखायें लम्बी और नाज़ुक थीं, मेरे पोरों के नीचे दहकती हुई। उसका अनावृत शरीर सहज नैसर्गिक था जैसे मेरा प्रेम, मेरा उसको बाँहों में जकड़ लेना, किसी पागल उन्माद के हवाले ख़ुद को कर देना। उस धीमे नृत्य का किसी छाती धौंकते कगार से उन्मत्त गिरने का विराट विशाल खेल। जार्मुश के फ़िल्म की तरह ब्लैक ऐंड व्हाईट में कोई सांगीतिक चित्रकारी।

इन चार सालों के बाद अब भी **के** मेरे साथ थी। मेरे मुँह में सुबह हैंगओवर का खट्टा बासी स्वाद था।

*   *   *

पारो :

दिन में बड़ी मेज़ पर पोस्टर्स और काग़ज़ फैलाये मैं धूप पीती हूँ। बारीक महीन इलस्ट्रेशंज़। मेरे पास दो महीने का समय है। उसके मैन्यूस्क्रिप्ट के शब्दों को मैं अपनी जीभ पर घुलते महसूस करती हूँ। हर शब्द के अर्थ तीन चार। तलाशती हूँ गुप्त संकेत। शब्दों और वाक्यों के ऊपरी मायने के भीतर बहती नदी जो सिर्फ़ मेरे लिये कही गई है। उन अर्थों के सन्दर्भ खोजती हूँ।

उस दिन मैंने कहा था, जाना चाहती हूँ कहीं अज़रबैजान, या पेरू या फिर काहिरा की किन्हीं तंग गलियों में।

उस दिन उसने लिखा था उस लड़की की कहानी जो कहीं नहीं जाती, जो पूरा जीवन सिर्फ़ एक जगह बिताती है।

फिर कहा था मैंने, छिटकी हुई धूप में उदास रंग और उदास क्यों लगते हैं?

उस दिन उसने लिखा था रंग रंग होते हैं। वॉन गॉग के उस कमरे

की बात की थी जहाँ रंग चटक धूप से खिलते थे किसी ख्वाब में।

फिर उसने कहा था, सुनो मैं **के** से ज़रा ज़रा नफ़रत करता हूँ।

और मैंने सुना था, सुनो मैं **के** को अब भी नहीं भूल पाया हूँ।

फिर उसने कहा था, ये इलस्ट्रेशंज़ अगर सही न बने मैं इन्हें फेंक दूँगा।

मैंने कहा था, जहन्नुम में जाओ!

शाम को उसने फ़ोन किया था।

मैंने पूछा था, कहाँ?

उसने कहा था, वहीं जहाँ तुमने मुझे भेजा था–जहन्नुम में।

उसकी आवाज़ की हँसी मुझे लहका गई थी। उसने फ़ोन रख दिया था। मैंने फ़ोन बहुत देर तक नहीं रखा था। उस दिन मैंने ढेर सारे स्केचेज़ बनाये थे। हैरान भौंचक लड़के की, एक कतार में तालाब के किनारे चलते बत्तखों की, जंगल के छोर पर एक अकेले घर की, मूड़ी निकाले कछुये की, दौड़ते चूहों की और अंत में दो आँखें बस। मेरी उँगलियाँ तड़क रही थीं। रात के बारह बजते थे। मैंने उसे फ़ोन किया था, सुनो, आ जाओ।

उसने कहा, क्यों?

मैंने कहा, इसलिये कि मेरी गर्दन दुखती है, मेरी पीठ अकड़ती है, आ जाओ।

मेरी आवाज़ की अकड़ खत्म हो गई थी। उसने फ़ोन रख दिया था। मैं सो गई थी थकी नींद में।

* * *

वे :

दिन में वो पाँच बार मिलते थे। गिनकर पाँच बार। और पता नहीं कितनी बार फ़ोन करते थे। वो बयालीस साल का नामचीन होने की राह का लेखक

था, ये नामचीन होने की राह पर अड़तीस साल की इलस्ट्रेटर थी, पेंटर थी। कवितायें लिखती थी, अंग्रेज़ी की, महीन, पैशनेट, दिल तोड़ देने वाली, जंगली आग-सी कवितायें। वो पढ़ाता था, थियेटर करता था। कभी पेंट किया करता था, मिनिमलस्टिक, सफ़ेद और काले। अब सारी पेंटिंग्स कहीं ऐटिक में धूल खाती हैं। ये पीछे दो टूटे सम्बन्ध छोड़ आई थी। वो एक पत्नी और जाने कितने दिल छोड़ आया था।

* * *

पारो :

जब उसने पूछा था उससे, बस ऐसे ही, सो ओ गी मेरे साथ?

मैंने क्यों उसे उसी वक़्त थप्पड़ नहीं मार दिया? क्यों उसी वक़्त उसका मैन्यूस्क्रिप्ट उसके मुँह पर नहीं फेंक दिया? क्यों नहीं दुनिया को सर पर उठा लिया? क्यों चुपचाप सारे काग़ज़ फ़ोल्डर में समेट कर उठ आई? क्यों इंतज़ार किया कि वो फिर से ऐसी बात कहे? क्यों रात को सालों साल बाद किसी के शरीर को अपने शरीर के साथ सोचकर रोमाँच हुआ? क्यों उसका चेहरा अपने चेहरे पर झुका हो सोचते ही शिद्दत से तलब हुई कि बस अभी, अभी अभी अभी ऐसा हो जाये?

* * *

जय :

मैं उसके साथ सोना तक नहीं चाहता था। मैं सिर्फ़ **के** के साथ सोना चाहता था, अब भी। मैं सिर्फ़ उसकी शकल देखना चाहता था उसे ऐसा सुनते हुये। मैं सिर्फ़ **के** को देखना चाहता था। मैं **के** को बिलकुल बिलकुल नहीं देखना चाहता था। मैं उसे देख रहा था। मुझे लगा था कि अब वो तमक कर मेरे चेहरे पर सारे स्केचेज़ फेंक मारेगी। मैंने सिगरेट हथेलियों की ओट लेकर सुलगाया और कहा, तीन दिन बाद, तीन दिन हाँ, और मुझे पहले लॉट वाले स्केचेज़ चाहिये।

मैं उसे जाते देख रहा था। और मुझे उसे ऐसे ठंडे प्रतिक्रिया विहीन जाते देखकर उससे नफ़रत हुई थी। उस दिन ढेरों काम थे, भागा दौड़ी थी, कमसे कम सौ किलोमीटर ड्राईव किया था, दफ़्तरों के चक्कर काटे थे, किसी से उलझा था। इन सब के बीच उस नफ़रत को मुट्ठी में दबाये घूमा था सारे दिन। शाम को पुराने दोस्त पलाश का फ़ोन आया। तुम्हें पता है? **के** इज़ इन टाउन।

अच्छा! गुड। अपनी ठंडी आवाज़ पर मुझे हैरानी हुई थी।

* * *

पारो :

उसने बताया **के** शहर में है। मैंने उसके चेहरे को टटोलने की कोशिश की। उसकी आवाज़ को पकड़ने की कोशिश की।

मिलने जाओगे? मेरी आवाज़ संयत थी। कसे तार जैसी।

देखेंगे।

उसकी आवाज़ में लापरवाही थी। मुझे चौकन्नापन दिखा, लापरवाही की कोशिश।

* * *

जय :

के बहुत बदल गई थी। बहुत। उसका चेहरा दमक रहा था। उसने अपने बाल एकदम छोटे करा रखे थे। पिक्सी लुक। सिगरेट पीते उसकी दुबली कलाईयों की हड्डी इतनी नाज़ुक और सुबुक लग रही थी। जाने कितनी बार उसकी इन कलाईयों को अपनी हथेलियों की गोलाई में जकड़ा था। अब छू भी नहीं सकता। अजीब। **के** क्या उन अंतरग क्षणों को सोच रही होगी? क्या मेरा शरीर उसे याद होगा? मैंने एक ठंडी जिज्ञासा से सोचा।

* * *

केतकी :

अब तक इस पर कुछ नहीं बीता। मैं थी साथ, मैं न थी, इतने साल बाद हम फिर साथ बैठे हैं लेकिन इसके चेहरे पर कुछ नहीं, कुछ भी नहीं। अपने काले चश्मे और साफ़ माथे में अपनी भूरी सफ़ेद दाढ़ी में, ओह! ही इज़ स्टिल... हार्टलेस ऐंड हैंडसम! उसकी छाती के बाल हवा में ज़रा-सा हिलते हैं। मैं अगर अपनी उँगलियाँ बढ़ाकर सहला लूँ एक बार...

मैं बैग से सेल फ़ोन निकालती हूँ। किसी का फ़ोन आया है। जय मुझे बात करते देखता है। उसके चेहरे पर एक मुस्कान है। कुछ कुछ उस तरह की मुस्कान जैसी वो किसी चहेते एडिटर या पब्लिशर को देता जो उसकी कहानी, किताब छाप रहा हो।

जय के साथ रहकर हमेशा ऐसा ही महसूस किया। जैसे मेरी रौशनी पर उसका अँधेरा भारी पड़ता हो।

मैं उसे अपनी किताब दिखाती हूँ। बच्चों के लिये लिखी किताब। मेरी तीसरी किताब। किताब के कवर पर बकटूथ खरगोश किसी छिले घुटनों वाले, गिरे बालों वाले छोकरे की पीठ पर सवार। छोकरे के सिर पर एक लम्बी चोंचवाला तोता और कमीज़ की पॉकिट से शैतान गिलहरी झाँकती। महीन बारीक रेखाओं की डीटेल्स वाला ख़ूबसूरत स्केच।

* * *

जय :

उसकी किताब मोहक थी। बढ़िया कवर, चमकदार काग़ज़, सुन्दर छपाई। मैंने किताब हाथ में ली। किताब का कवर इलस्ट्रेशन उम्दा था, बेहद। इन रेखाओं को मैं पहचानता था। उनके एक एक पेंसिल स्ट्रोक और ब्लैक पेन की शेडिंग मेरी अपनी थी। मेरी छाती में एक दुख सवार हो गया।

केतकी हँस रही थी। आईरिश कॉफ़ी के घूंट भरती अपने पब्लिशर के सनकपने के किस्से सुना रही थी। बगल की मेज़ का लड़का उसे ताक

रहा था। केतकी इस बात से लापरवाह थी। इसी लापरवाही में उसकी ख़ूबसूरती छुपी थी। पुराने दिनों हम कहीं जाते और लोग उसको देखते, मुझे अच्छा लगता। अब भी कहीं अच्छा ही लग रहा था। उसपर अचानक एक उद्दात्त प्यार उमड़ा।

'**के**, तुम बिलकुल नहीं बदली।'

'लेकिन तुम बदल गये,' उसकी आवाज़ अचानक कोई सीक्रेट शेयर करने वाली फुसफुसाहट में बदल गई।

'अच्छा!' मैंने भी फुसफुसाकर जवाब दिया।

फिर मुझे याद आया पलाश ने कहा था, **के** आजकल किसी रिकार्दो अयेर्ज़ा नाम के लातिन अमरीकी के साथ है। कुछ बिज़नेस है उसका, पब्लिशिंग हाउस चलाता है, पैसे वाला है। **के** को हमेशा ख़ूब पैसे चाहिये होते थे।

उसकी नाज़ुक उँगलियों में हीरे जगमगा रहे हैं। केतकी वाज़ आल्वेज़ वेरी अम्बिशियस। अम्बिशियस तो मैं भी था। अब भी हूँ।

अफ़सोस बदले में मैं तुम्हें अपनी किताब नहीं दे सकता। मैं कुछ घटिया मज़ाक करना चाहता था, अमेज़िंग विट का कोई नगीना पेश करना चाहता था।

'मैंने तुम्हारी किताब के रिव्यूज़ पढ़े थे। यू हैव ज्वायन्ड द लीग।' केतकी की आवाज़ में एक नकली उत्साह था।

'शायद। लेकिन **के**, अब मैं निकलता हूँ, फिर मिलते हैं।' उसकी किताब मैं काँख में दबाये निकल आया था।

* * *

पारो :

तीन बार उसका फ़ोन आया और मैंने तीनों बार नहीं उठाया। आज कई दिन बाद माया मिली थी।

'क्या करती रही हो इन दिनों?' उसने पूछा था। 'एक किताब का कवर और अन्दर के स्केचेज़ बना रही हूँ।'

'किसकी?'

मैंने भरसक आवाज़ को सपाट बनाते हुये जय का नाम लिया।

'यू बी केयरफ़ुल हाँ?'

'मतलब?' मेरी आवाज़ अब भी सपाट बनी रही। 'तुम्हें पता है उसकी बीवी ने उसकी पहली किताब में उसकी बहुत मदद की थी।'

'क्या? **के** ने?' माया की भौंह ऊपर उठी थी, 'अच्छा वो उसे **के** बुलाता है। पर **के** तो कोई...' मैं चुप हो गई थी। सच मुझे तो बिलकुल नहीं पता था कि **के** कौन थी क्या करती थी। फिर मैंने ये कैसे सोच लिया था कि वो कोई सनकी पागल फितूरी लड़की थी जिसने जय को छोड़ दिया था। अच्छा कभी जय ने ऐसा खोल कर कुछ कहा भी नहीं था। लेकिन वो शब्दों का जादूगर था। कुछेक शब्दों की ज़मीन पर पूरी कहानी पूरा दृश्य रच लेने की उसकी क्षमता से क्या मैं वाकिफ़ नहीं थी।

मेरा ख़ून दौड़ना बन्द हो रहा था। मैं सर्द हो रही थी।

'किताब जब लगभग पूरी हुई तुम्हारे जय ने अपनी बीवी को छोड़ दिया। उसे लोगों का इस्तेमाल बख़ूबी करना आता है।'

रिफ़्लेक्स ऐक्शन में मैं अपनी बाँहें और हथेलियाँ गरमाने के लिये रगड़ रही थी।

देर रात नींद में ही बजते फ़ोन को उठाया तो जय की आवाज़ किसी गुस्से के तीखे भाले पर सवार मुझे बींध रही थी। उसकी आवाज़ तेज़ थी लगभग चिल्ला रहा था। 'फ़ोन क्यों उठा नहीं रही थी? क्या तमाशा है तुम्हारा?' मत चीखो मुझ पर, मैं घबड़ाये गुस्से में काँपने लगी थी।

'दो मिनट में दरवाज़ा खोलो मैं नीचे हूँ।'

अन्दर घुसते ही उसने दरवाज़ा बन्द किया। सिगरेट सुलगाते उसके

हाथ काँप रहे थे। दो मिनट की चुप्पी के बाद उसने संयत आवाज़ में कहा, 'तुमने कभी बताया क्यों नहीं कि केतकी के किताब का कवर तुमने बनाया है?'

मैं जैसे आसमान से गिरी। केतकी? **के**?

'मुझे कहाँ पता था कि तुम्हारी **के** केतकी रैना है। तुमने कभी बताया?'

'मुझे लगा तुम जानती होगी। सब जानते हैं,' उसकी आवाज़ थकी थकी सी थी। उसने बालों को माथे के पीछे उँगलियों से समेटा, फिर अपनी दाढ़ी के बाल उँगलियों से सँवारे। मैं किसी सम्मोहित जानवर की तरह उसकी तरफ देखती रही।

'पारो, मैं बहुत थका हुआ हूँ। बहुत...' धीरे से वो सोफ़े पर पसर गया। 'मुझे एक कॉफ़ी पिला सकती हो? फिर मैं निकलूँगा।'

कॉफ़ी लेकर जब मैं आई वो बच्चों-की-सी मासूमियत चेहरे पर ओढ़े सोफे पर अधलेटा सो रहा था। उँगलियाँ निकोटीन से पीली थीं। कान के लव लाल थे, सफ़ेद भूरे बालों के पीछे उसकी कनपटी साफ़ स्वच्छ थी, उसकी कुहनी सख़्त नहीं थी। मुझे सख़्त कुहनी वाले और सख़्त पैर वाले लोग बेहद नापसन्द थे। नीश के पैर सख़्त थे, कड़े खुरदुरे और मोटी चमड़ी वाले। मिलने के दौरान मैंने उसके पैर नहीं देखे थे। जब हम साथ रहने लगे थे तब हर रात मैं उसे क्रीम की शीशी पकड़ाती थी। रात को मेरा पैर उसके सख़्त चमड़े वाले घड़ियाली पैर पर पड़ता तो मैं किसी गिजगिजाहट से भर जाती। फिर भी मुझे उससे स्नेह था। एक बच्चे की मासूमियत भरा स्नेह। मैं उसे खुश करना चाहती थी, हर वक़्त। वो मुझसे खुशी लेना जान गया था। देने की सीखने की उसने ज़रूरत कभी नहीं समझी। दो साल साथ रहने के बाद एक दिन बस ऐसे ही किसी बेचैनी में उसने कहा था–

'मैं निकल जाऊँगा एक दिन, पारो...'

मेरे चुप रहने पर उसने झुँझलाहट भरी आवाज़ में कहा था, 'तुम

समझोगी नहीं, इस दुनिया में क्या हम सिर्फ़ औरत और मर्द बने रहने आये हैं? कुछ और चीज़ें हैं जिन्हें करनी है और यहाँ रहकर वो चीज़ें नहीं हो सकतीं। और भी मकसद हैं जीवन के...'

मैंने कहा था, 'ओके। तुम्हें रोकूँगी नहीं।'

उसके चेहरे पर रिलीफ़ और दुख का एक अद्भुत मिश्रण था। छूट जाने का, छोड़ जाने का।

जय को सोता छोड़ मैं अपने कमरे में आ गई थी। सुबह नींद में लगा कि कोई बगल में लेट रहा है। किसी के साथ सोने की आदत कितने वर्षों से नहीं रही थी। कुछ अनग्वार जैसा लगा था।

* * *

वे :

उनका शरीर एक दूसरे में बैठ गया था, जैसे ऐसा ही होने को बना था। उनकी साँस एक सुकून में, एक गर्माहट में एक साथ चलती थी। जैसे बस यही घर था। जैसे पँछी शाम को नीड़ में लौटता हो, जैसे खेलता बच्चा माँ की गोद में ढुलक कर निढाल शांत सो जाता हो ऐसे सुकून में उनका शरीर एक दूसरे में लिपट गया था। उनकी त्वचा ऐसे टकराती थी जैसे अपनी ही त्वचा हो, वे दोनों एक थे, ऐसे एक थे जैसे साँस भी एक होकर निकलती थी, कि जो हवा उनके बीच थी वो भी उनकी बाँटी हुई थी, कि उनका शरीर, उनके अंग प्रत्यंग सब साझे अंग थे। जीभ के कोर पर जो अनुभूति थी, उँगलियों के नाख़ून पर जो स्पर्श था, नाक के नुकीले कोने पर जो थरथराहट थी वो दोनों से होकर गुज़रती थी। जो एक महसूस करता था वही दूसरा भी और इस महसूस करने में वो एक थे। उन्हें शब्दों की ज़रूरत नहीं थी। उनके बीच किसी पुल की ज़रूरत नहीं थी। ये कोई आवेग नहीं था। बस था उनका यों इस तरह एक होना।

* * *

जय :

पारो के साँवले बदन पर मेरे आँसू कैसे फैल गये थे। मेरी उँगलियों के नीचे उसकी कोमल हड्डियाँ पिघलती थीं। मैं और वो नदी की तरह बह रहे थे। अगर इस वक़्त वो कुछ भी पूछती या कहती मैं टूट कर बिखर जाता। अपने पौरुष में टूट जाता। उसे मैं कैसे बताता कि बस यही एकमात्र सच है। कैसे बताता कि मेरे सब शब्द बेकार हैं, कि सिर्फ़ वो है, सिर्फ़ वो। उसकी छाती पर मैंने अपनी उँगली से अपना नाम लिखा है, कैसे बताता।

* * *

पारो :

उसके बदन में सिमटी मैं हिलग रही थी। मेरी आँखों के कोने से प्यार बह रहा था। अपनी उँगलियों से उसकी छाती पर मैं उसका नाम लिख रही थी। उसे कुछ नहीं पता, कुछ भी तो नहीं।

* * *

पारो :

आज उसने मेरे आधे स्केचेज़ लौटा दिये।

'नहीं ये उस मूड से बिलकुल अलहदा है जैसे मैं चाहता था।'

मैं बहस कर रही थी। वो मान नहीं रहा था। मैं गुस्से में निकल आई थी।

बहुत देर तक सड़क पर निष्प्रयोजन चलती रही। शाम उतर रही थी। सड़क के दोनों ओर बत्तियाँ जगमगाने लगीं थीं। मुझे एक दूसरा असाईनमेंट मिला था जिसे छोड़ना नहीं चाहती थी। जय की किताब का काम खत्म होता तो इस पर शुरू करती लेकिन जय की किताब खत्म होती दिखायी नहीं दे रही थी।

अभी तक जय ने कभी मेरी तारीफ़ नहीं की। बुरा नहीं है ये हाँ,

इससे ज़्यादा कभी कुछ कहा नहीं। और मैं जो इसकी आदी थी कि लोग सुपरलेटिव्स इस्तेमाल करते मेरे इलस्ट्रेशंज़ के लिए, मैं जय से, व्हाई शुड आई टेक दिस शिट फ़्रॉम हिम? व्हाई?

डॉक्टर सूस की *ग्रीन एग्स ऐंड हैम* याद करो, मे विल्सन प्रेस्टन के स्केचेज़ याद करो.. चार्ल्स डाना गिब्सन कुछ देखा है तुमने? सीखो सीखो पारो। अपने को अलग हटा कर देखो। कीप यॉर आईज़ ओपेन, वाईडेन यॉर सेन्सिबिलिटीज़।

'जॉन शेली के ब्लैक व्हाईट चिलरेंस इलस्ट्रेशन देखे? ये देखो,' किसी दराज़ से तुरन्त कोई फ़ोलियो निकाल कर जय मेरी तरफ बढ़ाता, 'ये देखो,' उसकी उँगलियाँ किसी दो चोटी वाली डस्टबिन उठाये हैरान लड़की, किसी गोल चश्मे वाले लड़के या किसी औरत के पीछे कटखन्ने कुत्ते पर प्यार से फिरतीं।

'देखो ज़रा-सी उठी भौं, ये देखो ये गोल होंठ? एक्सप्रेशंज़ देखो एक पेन स्ट्रोक से। बस एक पेन स्ट्रोक!'

जय की आवाज़ किसी अव्यक्त पैशन से गहरी हो जाती। मैं गुस्से से निकल कर उसकी आवाज़ की रौ इंटेंसिटी पर सवार ऐसी दुनिया में पहुँच जाती जहाँ अपनी सीमायें पार की जा सकती थीं।

'अपने में विश्वास रखो *पी*। किसी के भी कहने पर मत जाओ।'

'तुम्हारे भी?'

'हाँ, मेरे भी।' उसका चेहरा संयत और आवाज़ शांत होती।

पार्क के बेंच पर बैठी मैं कुछ भी नहीं सोच रही थी। कल रात देखी वॉन्ग कार वाई की *चुंगकिंग एक्सप्रेस* के बारे में सोच रही थी। फे वॉन्ग की विस्फरित आँखों से झलकते प्यार की सोच रही थी। उस पुलिस वाले की सोच रही थी जिसकी दोस्त उसे छोड़ जाती है और वो अनगिनत टिन्ड पाईन ऐप्ल्स खाता फिरता दीवानगी जीता है। पाईन ऐपल टिन के एक्सपायरी डेट की तरह उसका प्यार भी एक्सपायरी डेट के साथ आया था।

मैं सोचती हूँ केतकी ने क्यों छोड़ दिया जय को, या जय ने उसे? केतकी का दिलकश चेहरा याद आता है। कैसे कोई उसे छोड़ सकता है, कैसे? मैं याद करना चाहती हूँ एक-एक बात जो जय ने बताया था केतकी के बारे में। बुनना चाहती हूँ उन शब्दों और वाक्यों से कोई ऐसी चादर जिसे बिछाकर मैं देख लूँ कि उस पर लेटे दोनों कैसे लगते हैं, क्या बातें करते हैं? उनके बीच क्या दिखता है? प्यार जो खत्म हुआ? प्यार जो स्वार्थ में बदल गया? क्या?

या जैसे मैंने नीश को जाने दिया बिना तकलीफ़ के। सिर्फ़ ये जान लिया था कि ऐसा ही सही है। और इस जानने में सिर्फ़ एक आदत का छूटना है बस, कि अब साँस छोटी लेनी है अब लम्बी गहरी। नीश और उसके बाद सुजोय। पर सुजोय के साथ तो कोई बँधन नहीं था। कोई कमिटमेंट भी नहीं। हम सिर्फ़ तूफ़ान में बहते दो समुद्री जहाज़ थे, कुछ देर के लिये साथ चले थे, अपनी रौशनी की गर्माहट का सुकून दिया था, इस बात का सुकून दिया था कि और कोई भी है, बस।

ओह! जय बताओ मुझे। कुछ भी...

घर लौटते हुए मैं अकेली थी। एकदम अकेली।

* * *

जय :

उसका चेहरा उसके भावों को दर्शाता है। केतकी जैसे नहीं कि पता ही न चले कि क्या महसूस कर रही है। प्यार के अंतरंग पलों के चरम पर भी भावहीन।

पारो तुम्हारे आँसू का खारापन अब भी ज़ुबान की नोक पर चरपराता है। जब तुम नाराज़ होती हो, तुम्हारा साँवला चेहरा दहकता है। जब उदास होती हो, होंठों के कोने गिर जाते हैं। पारो, मैं तुम्हें नाराज़ देख सकता हूँ, उदास नहीं।

तुम किसी चोट खाये हिरण की तरह इधर उधर भागती हो, मैं सब्र

से तुम्हारा इंतज़ार करता हूँ, तुम आती नहीं मेरे पास।

किताबों की सफ़ाई करता हूँ। एक एक किताब प्यार से पोछता हूँ। ये स्टाईनबेक, केतकी ने दिया था। ये कल्विनो मैंने उसे दिया था जो वो छोड़ गई। ये ब्रोदेल हमने साथ-साथ खरीदा था। कुछ ग्राफ़िक नॉवेल्स हैं जिनके तर्ज़ पर कुछ बनाने की सोची थी कभी। केतकी ने तंज किया था, 'तुम सिर्फ़ हवाई उपन्यास लिखो, सच में लिखना, ग्राफ़िक्स बनाना तुम्हारे बस का नहीं।' मैंने गुस्से में उसके हाथ से क्रैग थॉमसन छीना था, किताब के साथ उसकी पतली वॉयल की कमीज़ भी फटकर मेरे हाथ में आ गई थी। मेरे अन्दर एक दूसरा उन्माद पनपा था। मैंने खींचा था उसे अपनी तरफ। ऐसे वहशी प्यार में उसे मज़ा मिलता था। ऐसे वहशी प्यार के बाद मुझे शर्मिंदगी महसूस होती थी।

मेरे अन्दर का आदमी ज़रा ज़रा मर जाता था। केतकी के साथ रहना अपने अन्दर के आदमी को शनैः शनैः मरते देखना था। मैं मरना नहीं चाहता था, मैं अपनी पूरी आदमियत में जीना चाहता था।

पारो मुझे फ़ोन करो। मैं इंतज़ार कर रहा हूँ। मैं पहल कर तुम्हें दूर कर दूँगा क्या? मैं तुम्हें पोज़ेस करके मारना नहीं चाहता, मैं तुम्हें उड़ते देखना चाहता हूँ।

रात तीन बजे तक जगा रहा। किसी सेमिनार की तैयारी करनी थी, नहीं की। पिछले दराज़ से स्टेडलर लुमोग्राफ़ पेंसिलें निकालीं, चारकोल निकाला, कुछ पीले पड़े हैंडमेड काग़ज़ निकाले। आड़ी तिरछी लकीरें खींचता हाथ साधता रहा। लेटी हुई औरत के बदन की तस्वीर बनाई, पीछे से उसके रीढ़ की हड्डियों की लम्बी गहरी लाईन खींची, उसके नितम्ब के मादक कर्व को एक बहती हुई रेखा में खींचते हुए रुक गया।

नीना सिमोन आई *वॉन्ट सम शुगर इन माई बोल* गा रही थी। उसकी आवाज़ की थरथराहट मुझे अन्दर से भिगा रही थी। ब्लू ब्लूज़!

इस माया का अंत कहाँ है आखिर?

* * *

पारो :

तीन दिन हुये। उसने फ़ोन नहीं किया, न मिलने आया। मैं हवा में टँगी हूँ।

अन्दर ही अन्दर कुछ रिसता है, छाती के अन्दर, शिराओं में, नब्ज़ के भीतर, त्वचा के भीतरी सतह पर। बारिश होती है लगातार। मैं काम में जी लगाना चाहती हूँ। सब स्केचेज़ आड़े तिरछे बनते हैं। बालों में ख़ूब सारा तेल लगाकर पीछे समेट कर बाँध लेती हूँ। अपने आप को भी कस कर समेट लेना चाहती हूँ। नहीं मैं फ़ोन नहीं करूँगी। अगले ही पल हाथ फ़ोन पर जाता है। सोचती हूँ ऐसी बेकार छलना का, ऐसे वाहियात इगो का क्या करना? क्या करना जब इतना जीवन निकल गया? और भी ऐसे ही क्यों निकालना? सोचा था कि उम्र बढ़ती है तो साथ साथ मन बढ़ता है। अब पाती हूँ कि उम्र बढ़ती है मन घटता है। मान मनौव्वल में समय ज़ाया करना बेवक़ूफ़ी है।

मुझे पता नहीं उसकी खोज मेरे लिये है या नहीं। मैं एकबार उससे पूछना चाहती हूँ, मुझे खोजोगे?

मेरे पूछने में और उसके खोजने में इतना फ़ासला क्यों है? काग़ज़ निकालकर पेन से कुछ लाईनें घसीटती हूँ..

मैं चिलकती धूप में और तड़तड़ाते माईग्रेन के नशे में तुम्हारी कमीज़ के पॉकिट में ख़ुद को नहीं भर पाने की स्थिति में कुछ और भर रही थी, ख़ुद को झुठला रही थी, फिर भी बार-बार फरेब खा रही थी। तुम किसी गुस्से के झोंक में औंधाये पड़े थे, आईने में ख़ुद को देखते खड़े थे। तुम्हें मनाना नहीं था लेकिन हर बार की तरह थकहार कर मैं मना रही थी, लाचारी में ख़ुद को गला रही थी, अपनी तकलीफ़ का हार बना रही थी। तुम्हारे तने रहने में कहीं ख़ुद को छोटा बना रही थी। भीड़ का हिस्सा होते हुये भी भीड़ से अलग खड़ी थी, देखती थी तुम्हें धीरे-धीरे भीड़ में गुम होते और तुम इतना तक नहीं देखते कि मैं अब भी भीड़ से अलग तुम्हें देखते खड़ी हूँ...

मैं चाहती हूँ गुम हो जाऊँ, आसमान ज़मीन में खो जाऊँ, सोचती

हूँ कहूँ हद है ऐसी नाराजगी। फ़ोन उठाऊँ और तुम्हारी नाराज़गी पर नाराज़ होऊँ, फिर याद आता है, कुछ याद आता है और बढ़ा हाथ खिंच जाता है। मैं चाहती हूँ ऐसे गुम हो जाऊँ कि तुम खोजो फिर खोजते रहो। मैं चाहती हूँ तुम्हारी खोज तक गुम रहूँ। पर तुम्हारी खोज कब शुरू होगी ये पूछना चाहती हूँ। मैं चाहती हूँ कितना कुछ तो चाहती हूँ। फिर मैं फ़ोन उठाती हूँ गुमने और खोजने के अंतराल में अब भी बहुत फ़ासला दिखता है

किसी वक़्त रात के नशे में कोई आवाज़ बोलती है। कहीं बारिश होती है। यहाँ सिर्फ़ गरम हवा चलती है। जब बारिश होती है तब भी कुछ भीगता नहीं क्योंकि गरम हवा चलती है। रात में भी धूप चिलकती है। किसी दरवाज़े के बाहर कोई कब तक रहे, कब तक?

*　*　*

वे :

कल पढ़ा था साईनाथ का एक चौप्टर, एक पामुक के *इस्ताम्बुल* का और ब्रोदेल के कुछ पन्ने। किसी से चर्चा की थी पन्द्रहवीं से अठारवीं सदी में योरप पर और उसने कहा था आठवीं सदी का भारत, और चर्चा की थी रोमिला थापर और कुछ देर योग-साधना की, फिर रात में देखी एक्स्ट्रा टेरेस्ट्रियल्स पर एक फ़िल्म एम नाईट श्यामलन की और खोजते रहे थे कोई इंडियन कनेक्शन। और इन सब के पीछे घूमती रही थी सिर्फ़ एक बात : आखिर इस दिन का, इन दिनों का अर्थ क्या है? ठंडी पड़ी कॉफ़ी के प्याले को परे सरकाते अब भी वो सोचते हैं इतना क्यों सोचते हैं। पर बाहर अब भी चिलकती धूप ही है कोई समन्दर क्यों नहीं है?

*　*　*

पारो :

पब्लिशर का फ़ोन आया था। उसने बताया कि कवर फाईनल हो गया है। मैं हैरान। कौन वाला? मैंने तो ***जे*** को तीन दिये थे। उसने मुझे बताने की

ज़रूरत भी नहीं समझी। मेरा मूड उखड़ गया।

'कल आ जाईये, चार बजे?'

ठीक छे दिन हुये हैं। मैं याद करने की कोशिश करती हूँ किस बात पर बात बन्द हुई थी। कुछ याद नहीं। सिर्फ़ इतना याद है कि छे दिन हो गये हैं हमारी एक दूसरे से बात हुये।

शायद माया सही कहती थी। किताब का कवर हुआ, अब उसे मेरी ज़रूरत नहीं। अचानक मुझे लगता है मैं सदियों से बीमार हूँ।

* * *

जय :

मुझे लगता है मैं सदियों से बीमार हूँ। उसने कोई फ़ोन नहीं किया। पब्लिशर पीछे पड़ा था कवर फाईनल करो। मैंने कहा, 'कोई भी कर लो।'

उसने कहा, 'हद है जय, कहाँ तो तुम इतने पर्टिकुलर थे। अब..'

मैंने ठंडे स्वर में कहा, बिना सोचे, 'दूसरा वाला सही रहेगा।'

'फ़ाईन फ़ाईन।'

* * *

वे :

जय ने पारो को फ़ोन किया। गाड़ी तेज़ चल रही थी। बाहर बेहद बारिश, एकदम टूटकर। घंटी बज रही थी।

जय कहना चाहता है पारो क्या हम अलग भाषा बोलते हैं?

पारो कहती है, तुम कोई भी भाषा बोलो मगर बोलो, मुझसे ही बोलो, किसी और से मत बोलो। हम अलग अलग भाषा में बोलते बोलते आखिर एक दूसरे की भाषा सीख लेंगे।

जय कहता है, इतना वक़्त हमारे पास है?

पारो कहती है, है। इसलिये है। सुनो।

पारो की आवाज़ फ़ोन पर झरती है किसी संगीत में।

तो उस रात के बाद जैसे सुबह नहीं हुई। अँधेरा झरता रहा अन्दर बाहर। उसने कहा था चित्त लेटो सब शांत हो जायेगा पर रात की रीतती रुलाई लगातार गोल घूमती रही, जाने कौन से चक्रव्यूह बनाती, भेदती। कुछ खो गया था। और चाभी उस सन्दूक की मिलती न थी। हरबार आँख बन्द करते हथेलियों में उसका ठंडा स्पर्श और आँख खोलते गायब। *खो गया, क्या अब कभी नहीं मिलेगा?* की हूक उठती थी। कोई पतली लकीर नहीं थी, रेशे में खरोंचा निशान नहीं था। बस विध्वंस था। सब चुक जाने का प्रलयकारी विलाप।

फूल लेकिन अब भी गमक रहे थे। लतरों पर कनबलियाँ लटकी थीं, हवा में नाचते घुँघरू। और शीशे पर मातम मनाती एक तितली। अँधेरे में काली। दिन में रही होगी सफ़ेद। मैं अब देखती क्या थी? उस रात में जिस रात के बाद जैसे सुबह नहीं हुई।

बाहर कोई बजाता था धुन कोई बहका हुआ, सुरों के बाहर डोलता लड़खड़ाता हुआ, जीवन से चूर, खुशी से भरपूर, जैसे अंतिम संगीत हो। ऐसी तोड़ देने वाली बहक कि बदन अपने आप झूम उठे, जैसे ये नृत्य भी अंतिम था, ये बात भी अंतिम थी, इसके बाद कोई आवाज़ नहीं। तो, उस अंतिम रात के बाद जैसे सुबह नहीं हुई।

उसका खो जाना भी उतना ही नियत था जितना मिल जाना। फिर इस दुनिया की भीड़ में, इस शहर की भीड़ में, इस गली मोहल्ले की भीड़ में, अपने अन्दर की भीड़ में अभी था, अभी नहीं। बढ़े हाथ की सबसे लम्बी उँगली के अंतिम छोर पर स्पर्श टिका था अब भी जैसे नब्ज़ धड़कती थी अब भी। बावजूद इसके कि उस रात के बाद जैसे सुबह नहीं हुई।

सपना अब भी सुबह तक याद नहीं रहता। किसी वक़्त पूरे डीटेल में रहता था। अब नहीं। अब, गनीमत कि कुछ देखा था का भास रहता है। और बहुत बातें याद रहती हैं। जो नहीं रहनी चाहिये वही याद रहती हैं।

अपने सम्पूर्ण बेवकूफियों में याद रहती हैं। कोई कील दिमाग़ में लटका छोड़ी है जहाँ इन फ़िज़ूल बेकार बातों को टाँग कर भूल जाते हैं। हम भूल जाते हैं पर कील पर टँगी बात हमें नहीं भूलती। और जो जो इतना जितना नहीं भूलना था उसे फिर उस रात याद किया जिस रात के बाद जैसे सुबह नहीं हुई।

फिर रात लम्बी होती गई। इसलिये कि उसके बाद सुबह की कोई गुंजाइश नहीं थी। इसलिये कि पता था कि अब सुबह नहीं होनी। इसलिये कि जान लेना ही सब कुछ था। इसलिये कि जितना खोना सच था उतना ही पाना। फिर उस रात के बाद कभी सुबह नहीं हुई। फिर उस बात के बाद कोई बात नहीं।

गाड़ी सड़क के किनारे लगाकर, टूटती बारिश में जय सुनता है पारो की आवाज़, देखता है शीशे के पार रंगीन छाते के नीचे भीगे चेहरे। उसकी इच्छा होती है अभी इसी वक़्त शीशे के पार उस धुँधलायी छतरी के नीचे भीगे चेहरे की एक फोटो खींच ले।

जय कहता है तुम्हारे पास कोई कैमरा है क्या? दरवाज़ा खोल कर रखो मैं दो मिनट में पहुँचता हूँ।

* * *

जय :

क्यों पारो की आवाज़ से मुझे एक आश्वस्ति मिलती है? इस बयालिस साल की उम्र में मैं क्या खोजता हूँ? मुझे पता नहीं क्या पर जो पता तक नहीं वो उस तक पहुँच कर पूरा हो जाता है, कैसे-क्यों, नहीं मालूम।

* * *

पारो :

उसके बालों पर बारिश के कण जगमगा रहे थे। दाढ़ी में मोतियाँ जड़ी थीं। हम कुछ पल हकबकाये खड़े थे, फिर उसने एक हाथ मेरी ओर बढ़ाया था।

मैं बाढ़ में धसकती मिट्टी थी, हरहरा कर बह गई, उसने थाम लिया। उसके चूमने में पागलपन था। मैं उसके धुआँ होठों का स्वाद भर रही थी कि उसने हँस कर कहा था, 'पी, तुम्हें चूमना जैसे फ़ालसा खाना है।'

उसकी आवाज़ से हँसी बिछलकर कमरे में बह गई थी।

मैंने कहा था, 'पर मुझे चूमना नहीं आता। अब तक।'

उसने कहा था, 'बस इसीलिये तो...'

फिर हम कैमरा तलाशने लगे थे, इस दराज़ उस दराज़, फिर थक कर बैठ गये थे। उसने कहा था, तुमसे कोई काम कहना अमेज़न नदी पार करना है। मैंने कहा था फिर मुझे कोई काम मत दिया करो।

उस रात मैंने कितनी मेहनत की। हर रेखा सही लग रही थी। समुद्र और उमड़ते बादल के बीच उड़ते सीगल्स, लाईटहाउस पर आदमी, बनारस की तंग गलियों के बीच साड़ी घुटनों तक समेटे मुड़ कर देखती औरत, हँसता हुआ लामा, चीन की दीवार पर साइकिल सवार लड़की, अकेली नाचती हुई कोई जिप्सी लड़की, पानीदार सूप पीते दाढ़ी वाले बुज़ुर्गवार, मकड़जाल झुर्री वाली हँसती औरत, उसके आँख की चमक सब। सभी पेंसिलें छील कर दोबारा नोकदार बनाया। चारकोल का टुकड़ा, अंतिम बचा छोटा टुकड़ा फिर भी एहतियात से केस में रखा। कभी दूर कभी पास से सारे स्केचेज़ देखे, फिर कैमरा जो इस मेज़ की दराज़ में था और चारकोल निकालते वक़्त दिखा था, उससे सारे स्केचेज़ की तस्वीर ली। कम्प्यूटर में डाला और रात के तीन बजे जय को मेल किया।

* * *

पारो :

मुझे हफ़्ते दस दिन के लिये बाहर जाना था। जय ने छेड़ते हुये कहा था, मैं कैसे रहूँगा?

मैंने कहा था, वैसे जैसे अब तक रहते आये हो।

उसने कहा था, स्नेह की बस इतनी ही छिछली नदी तुम बहाती हो मेरी तरफ?

मैंने कहा था, तुम्हें इतने से भी स्नेह की ज़रूरत कब? तुम अपने आप में एक मुक्कम्मल इंसान हो। एक टापू हो जहाँ कभी कभी कुछ इमोशनल रसद कोई नाव से पहुँचाता रहे।

उसने कहा था, इतना जीवन ज्ञान तुम्हें कहाँ से मिलता रहता है?

फिर उसकी आवाज़ उदास हो गई थी : शायद तुम सही हो।

उसका रियेक्शन सुनकर मैं उदास हो गई थी, बेतरह। बहुत बहुत। लेकिन बाद में उसके 'मैं कैसे रहूँगा' की छेड़ भरी आवाज़ को मैंने अपने ब्लाउज़ के अन्दर रख लिया था। उन दिनों के अकेलेपन में उसे निकालकर कई बार निरीक्षण करती।

उसने अब तक प्यार जैसा कुछ मुझसे नहीं कहा था।

* * *

जय :

वो गई थी हफ़्ते दस दिन के लिये। और उसके जाते वक़्त मैंने प्यार जैसा कुछ नहीं कहा था। जबकि लग यही रहा था मानो मेरी छाती निचुड़ रही हो। प्यार जैसी चीज़ कही नहीं जाती। मेरा शरीर रात उसके बदन के साथ सोया था। मेरी आत्मा उसकी आत्मा को तलाश रही थी।

* * *

पारो :

मुझे उससे हजारों लाखों बात करनी थी। उसके सामने बैठकर झगड़ना था। उससे वो सब कहलवाना था जो मैं सुनना चाहती थी और जो कहने से वो हमेशा अलग हो जाता था।

उस दिन किन्हीं पुरानी गलियों में एक किताब की दुकान में कार्तिये

ब्रेसों की किताब इमेजेस *अ ला सोवेत* (द डिसाईसिव मोमेंट) मिल गई थी। किताब का कवर मातीज़ का बनाया हुआ।

मैं फ़ोन पर उमग रही थी, पता है वो लाईका ३५ एमएम रेंजफाईंडर कैमरे से फोटो खींचता था। वो कभी फ़्लैश का इस्तेमाल नहीं करता था, कहता फ़्लैश इस्तेमाल करना ऐसा है जैसे किसी कन्सर्ट में पिस्तौल ले कर घुसना। उसके श्वेत-श्याम तस्वीर की कम्पोज़िंग हमेशा व्यू फाईंडर में होती थी, डार्करूम में नहीं।

सब्र से सुनते जय ने कहा था द *वेल्वेट हैंड, द हॉक्स आई।* उसकी आवाज़ में हँसी का समन्दर लहरा रहा था। मैं चिढ़ गई थी।

मुझे रोका क्यों नहीं?

इसलिये कि तुममें एक बच्चे-सा उत्साह है पारो। थोड़ा मुझे दे दो।

मैं चुप थी। सन्नाटे में एक जादू उगा था अचानक। अचानक मुझे इसका इल्म हुआ था कि क्यों उसे मेरी ज़रूरत है।

* * *

जय :

मैं चुपचाप एक ज़रूरत का संसार बुन रहा था। केतकी के बाद इतने साल बाद। मुझमें फिर से जड़ फूट रही थी। मुझे थोड़ी-सी ज़मीन चाहिये थी। पारो में मुझे वो ज़मीन दिखती थी। मैंने अगली किताब पर काम शुरू कर दिया था। छोटे-छोटे नोट्स। एक भोले मिठास भरे उत्साह से मैं जुटा हुआ था। हर छोटी चीज़ पारो से डिसकस करने की इच्छा होती। लगता जैसे ये किताब मेरे अन्दर घुमड़ती सारी कहानी को समेट लेने का मौका बनेगी। कमरे में इज़ेल पर मैंने कुछ रंग डाले थे। उस दिन पारो का जन्मदिन था। मैंने कहा था, 'यहाँ आ जाओ तुम्हें गिफ़्ट दिखाऊँ।'

कमरे में इज़ेल देखकर वो हँस पड़ी थी। 'ये तो ख़ुद के लिये किया है। मेरा गिफ़्ट कहाँ?'

मैंने कहा, 'तुम्हारे जन्मदिन पर मुझे गिफ़्ट मिलेगा और मेरे पर तुम्हें।'

लौटेगी तो कहूँगा, 'अपना गिफ़्ट लो। आ जाओ यहाँ मेरे साथ। *तुम मेरे साथ रहो।*' नैयारा नूर धीमी आवाज़ में गा रही थी।

*   *   *

पारो :

मैंने कार्तिये ब्रेसों की किताब भूरे लिफ़ाफ़े में पैक कराई थी। उसका जन्मदिन था और कायदे से तोहफ़ा मुझे मिलना था। हफ़्ते भर से बात नहीं हुई थी। कहा था उसे कि अब बात नहीं, लौट कर ही। शायद अपने आप को टेस्ट करना चाहती थी। बहुत सारी तसवीरें खींची थीं मैंने। उसके कहे अनुसार टाईट क्लोज़-अप्स, चेहरे और चेहरे, हँसते चेहरे, उदास, घबड़ाये, बेचैन, निर्विकार चेहरे। ब्लैक ऐंड व्हाईट फ़ोटोग्राफ़्स–शार्प, ग्रेनी, सैचुरेटेड। मैं जैसे पेंसिल स्केच बना रही थी इनसे। एक-एक डीटेल साफ़ ख़ुदा हुआ।

शहर पहुँचते ही बिना फ़ोन किये धमक जाने का सुख लेना चाहती थी। दरवाज़ा उसने खोला था। मेरी नज़र अन्दर गई थी।

सोफ़े पर कुछ चोगे-सा पहने बैठी थी। उसके गले की हड्डी के सुबुक उभार और पतली स्लेंडर गर्दन पर मस्सा।

जय ने कुछ परिचय जैसा कराना चाहा।

'हलो पारो,' केतकी की आवाज़ में प्रश्न था।

'पारो ने मेरी किताब इलस्ट्रेट की है।' जय खड़ा था हमारे बीच।

'व्हाट ऐन अमेज़िंग कोईनसिडेंस,' केतकी हँस रही थी। बेतहाशा। उसके गले की नस रस्सी की तरह उभर गई थी। उसका पतला सुबुक गला अचानक उभरी नसों का जाल बन गया था। उसके चेहरे पर एक विकृत हँसी पछाड़ खा रही थी।

फिर वह हँसते-हँसते खाँसने लगी थी।

'जय मैं सोने जाती हूँ। बाय पारो, ऑवर फैमिली इलस्ट्रेटर।' उसकी हँसी फिर रुक नहीं पा रही थी।

मैंने लिफ़ाफ़ा जय को पकड़ाया था, 'तुम्हारे लिये लाई थी।'

* * *

पारो और जय :

केतकी के नर्वस ब्रेकडाउन के बारे में माया ने बताया। शायद ख़ुदकुशी करना चाहती थी।

और वो लातिन अमरीकी?

छोड़ गया। योर जय इज़ नॉट अ बैड गाई। मैंने उसे गलत समझा था।

मतलब?

इतना सब होने के बाद भी वही ख्याल रख रहा है न उसका।

शायद वो उससे बहुत प्यार करता है। मैंने बात खत्म की थी, और मन ही मन सोचा था और मैं उससे बहुत प्यार करती हूँ। और शायद वो मुझसे भी एक तरीके का प्यार करता है। केतकी से अलग तरीके का लेकिन प्यार मुझसे भी करता है। शायद वैसे ही जैसे मैं नीश को उदार स्नेह से याद करती हूँ। शायद वैसे ही उदार स्नेह से जय केतकी को प्यार करता है।

फिर सोचा कि इंसानी रिश्ते ऐसे क्यों होते हैं? प्यार हमेशा बराबर के लेनदेन का क्यों नहीं होता? जितना देते हैं उतना ही लेने की कामना क्यों होती है। फिर मैं सोचती हूँ जय इतना उदार क्यों है? क्यों नहीं वो थोड़ा पेटी हुआ?

फिर सोचती हूँ उसने तो कभी मुझे नहीं कहा प्यार जैसा कोई शब्द। फिर आज मैं कैसे ये जान गई कि वो मुझसे प्यार करता है? फिर मुझे लगा कि प्यार कोई मन में टँगा कील है, तालाब में उलटी तैरती मरी हुई मछली नहीं, जिसे पानी से निकाल कर फेंक दिया जाय।

फिर मैं सोचती हूँ जय मुझे फ़ोन करो, नहीं करोगे तो फिर मैं तो करूँगी ही।

जय सोचता है पारो से बात करनी है, बहुत-सी बातें। केतकी ज़रा सम्भल जाये, बस फिर एक नई शुरुआत। फिर एक अजीब हैरानी भरी आश्वस्ति से सोचता है पारो से केतकी के बारे में कुछ क्लियर करने की ज़रूरत नहीं। वो समझ रही है सब।

* * *

पारो :

मैं टेड ह्यूज़ को पढ़ती हूँ धीरे धीरे। फिर सोचती हूँ उसने सिल्विया प्लाथ को क्यों छोड़ दिया? फिर सोचती हूँ सब धीरे धीरे बदलता है। शायद मेरे और जय के बीच भी किसी दिन कुछ बदल जायेगा? फिर लगता है बाहर वसंत है। मेरी आँखें अन्दर देखती हैं, देखती हैं एक ठहरी हुई औरत को जो वसंत से नहाई हुई है। किसी दिन कुछ हुआ, किसी और दिन और कुछ होगा...क्या पता? लेकिन आज वसंत है।

* * *

जय :

I want to do with you what spring does with the cherry trees,* आज वसंत है।

* * *

पारो :

पिछले हफ़्ते भर में जय से टुकड़ों में बात हुई है। हर बार पीछे से केतकी की इंसिस्टेंट आवाज़ सुनाई देती रही है। जय का बीच-बीच में, बोलते-बोलते केतकी की किसी नामालूम-सी बात का जवाब देना। मुझे लगता है

---

* नेरूदा की कविता की पंक्तियाँ।

हर बार वो मुझसे और उससे, दोनों के साथ बात कर रहा है। मैं समझदारी से पेश आना चाहती हूँ। फिर उसे एस०एम०एस० करती हूँ, आई कांट बी अंडरस्टैंडिंग ऑल द टाईम। फिर सेंड बटन दबाने के पहले ही डिलीट कर देती हूँ। मेरी उसके संग क्या अंडरस्टैंडिंग है, मुझे साफ़-साफ़ तौर पर कहाँ पता है। मेरे दिन उदास और अकेले हैं। घनघोर काम के बीच निचाट अकेलापन। अकेलापन पेंडुलम वाली घड़ी है जो हर मिनट टिकटिक करता है। मैं कुछ बेहद उदासी वाला गाना क्रून करना चाहती हूँ, नशे में डूब जाना चाहती हूँ। *माई ब्लूबेरी नाईट्स।* नीम रौशन कमरों की गीली हँसी में फुसफुसाते शब्दों को छू लेना चाहती हूँ, उस धड़कते नब्ज़ को छू कर दुलरा लेना चाहती हूँ। गले तक कुछ भर आता है उसे छेड़ना नहीं चाहती, बस रुक जाना चाहती हूँ एक बार, तुम्हारे साथ।

चलते-चलते धुँध में खो जाना चाहती हूँ एक बार। और एक बार उस मीठे कुएँ का पानी चख लेना चाहती हूँ। एक बार तुमसे बात करना चाहती हूँ बिना गुस्सा हुये और एक बार प्यार, सिर्फ़ एक बार। फिर एक बार नफ़रत। सही तरीके से नफ़रत, न एक आउंस कम न एक इंच ज़्यादा, भरपूर, पूरी ताकत से। और उसके बाद तुम्हें भूल जाना चाहती हूँ। और चाहती हूँ कि तुम मेरे पीछे पागल हो जाओ, मेरे बिना मर जाओ सिर्फ़ एक बार!

अगली ज़िन्दगी अगली बार देखी जायेगी... फिर एक बार!

* * *

जय :

मैं किसी कुएँ में दिन बिता रहा हूँ। अँधेरापन मुझे लील रहा है। रात को केतकी मुझे जकड़ लेती है। उसके नाख़ून मेरी पीठ पर गहरे ख़राश बनाते हैं। उसके उन्मादी होंठ मेरे होंठ को ज़ख्मी कर डालते हैं। अपने कड़े घुँघराले बाल मेरे चेहरे पर छितरा कर मुझे प्यार करती है। तीखा उत्तेजक प्यार। लहुलुहान कर देने वाला प्यार। जंगली बिल्ली-सा प्यार। मैं उसके

सुबुक जिस्म को थाम कर एहतियात से परे करना चाहता हूँ। वो मुझसे चिपक-चिपक जाती है। आहत बड़ी आँखों से पूछती है, 'यू डोंट वांट मी एनीमोर?'

मैं उसे बच्चे-सा गोद में समेट लेता हूँ। मेरा जिस्म पत्थर है जैसे। मेरे अन्दर अब कोई उफ़ान नहीं उठता। केतकी के लिये नहीं उठता। मुझे उससे स्नेह है। लेकिन आई एम नो मोर हर लवर।

मैं पारो को ऐसे मिस करता हूँ जैसे अपने शरीर का कोई हिस्सा। फ़ैंटम लेग सिंड्रोम। मैं उसे कहना चाहता हूँ कि मैं तुम्हारे भीतर हूँ पारो, तुम्हारे शरीर का हिस्सा, मैं तुम हूँ, तुमसे ज़्यादा तुम हूँ। अब उसके फ़ोन नहीं आते। मैं उससे टुकड़ों में बात करना नहीं चाहता। मेरे अन्दर कोई ज़ख्म है जो पकता है लगातार।

केतकी को सुलाकर मैं किताब पर काम करता हूँ, गंभीरता से। ऐसे जैसे कोई बच्चा होमवर्क करता हो। रात भर लिखता हूँ, सोचता हूँ, सिगरेट धूँकता हूँ। इन पिछले दिनों में मेरी लिखाई में एक तीखापन सा आ गया है, एक तुर्शी है, एक डिटैचमेंट है। मेरा दिमाग़ आजकल साफ़ है। एक क्लैरिटी है। अच्छा है। धुँध के पार का शफ़्फाक आसमान।

* * *

पारो :

सब चीज़ें एक्स्पायरी डेट के साथ आती हैं। प्यार, स्नेह, भरोसा, अंतरंगता, भोला सहज विश्वास, सब। उम्र तक! मैं कहती हूँ।

तुम कहते हो, *चुंगकिंग एक्स्प्रेस* का डायलॉग बोल रही हो?

मैं लेकिन पाईनऐप्पल खाते नहीं मर सकती, मैं हँसती हूँ। मैं दुख में कुछ भी नहीं खाती।

पाईनऐप्पल के सारे टिन जो मैं कल खरीद लाई थी उसका क्या करूँ अब? ये अब हँसने वाली बात कहाँ रही। लेकिन सचमुच दुख में मैं

कुछ भी नहीं खाती। फिर बिना एक्स्पायरी डेट जाँचे, मैं सारे टिन गटर में फेंक देती हूँ। सड़क पर चलती औरत ठिठक कर देखती है : खराब है? पूछती है।

मेरे लिये, हाँ, मैं बुदबुदाती हूँ। बाहर बारिश झूमती है। गाड़ी के अन्दर स्टिरियो पर बेगम अख़्तर टूट कर गाती हैं

हम तो समझे थे कि बरसात में बरसेगी शराब

आयी बरसात तो बरसात ने दिल तोड़ दिया...

मैं बेतहाशा हँसती हूँ। इसलिये कि मुझे रोना नहीं आता। शीशे के पार सब धुँधला है। सड़क नहीं दिखती, गटर नहीं दिखता, वो दुकान नहीं दिखती जहाँ से टिन खरीदा था, तुम भी नहीं दिखते और शायद उससे ज़रूरी, तुम मुझे नहीं देखते, वैसे जैसे मैं तुम्हें दिखना चाहती हूँ।

तुम कुछ कहते हो लेकिन अब मैं नहीं सुनती।
तुम कहते हो तुम्हें विदा गीत तक लिखना नहीं आता
मैं कहती हूँ मैं अजनबियों से बात नहीं करती
तुम कहते हो मेरी छतरी बहुत बड़ी है
मैं कहती हूँ बारिश में मैं फिर भी भीग जाती हूँ
तुम कहते हो मेरे पास आसमान है
मैं कहती हूँ ज़मीन किधर है
तुम कहते हो सपने नहीं देखती तुम
मैं कहती हूँ मैं सच देखती हूँ, सपने के पार का सच।

बारिश थम गई है। तमाम लिखाई के बावजूद सच मुझे विदागीत लिखना नहीं आता। उसमें ग्रेस और डिग्निटी नहीं आती, उसमें निस्पृहता नहीं आती। मैं अब तक सड़क पर ठिठक कर देखती फिर आगे बढ़ जाती औरत नहीं बन पाई। मैं अब भी छोटी बच्ची हूँ जो बड़ों की दुनिया में ज़बरदस्ती घुस आई है।

* * *

जय :

किताब का अंतिम पन्ना लिखकर खत्म किया। एक आखरी बार पढ़ता हूँ।

मेरा मन ऐसा क्यों हुआ? जैसे दरवाज़े पर लटका कोई भारी ताला?

और तुम्हारी संगत के दिन? ऐसे थे क्या कि धूप अब खत्म हुई सदा के लिये। मेरे दिन क्या ऐसे ही लाचार बेचारे थे? अपाहिज, जो तुम्हारी संगत के बिना एक पल धूप और रौशनी की तरफ चल न पायें? उन दिनों का रंग माना चटक था, फिज़ाओं में खुशबू ऐसे घुली थी जैसे ज़ुबान पर हमेशा प्लम वाईन का स्वाद। मन में कोई जंगल पत्ते खोलता था, फुनगियाँ आसमान छूती-सी थीं, सही है वो दिन वैसे ही थे। फिर उनकी परछाई इतनी लम्बी क्यों पड़ी कि आज तक के दिन ठंडे, अँधेरे, बिना किसी ताप के हुये। किसी अच्छी चीज़ का बुरा कसैला आफ़्टरटेस्ट?

न! मैंने स्वाद चखा और अब बस। बस। फिर इसके आगे दिन कुछ और होंगे। जीवन बहुत बड़ा है और तुम्हारा दुख? दुख है लेकिन ऐसा तीखा नहीं कि पहाड़ों पर छाया सर्द हो गई हो। तुम्हारे साथ के दिन वो चाभी नहीं जो इस ताले को खोल दें। वो चाभी उस अल्बम में भी नहीं जिसके फोटो पीले पड़ गये हैं, उस पीलेपन में उन दिनों की रौशनी और खुशी कैद है। न चाभी उन यादों में है जिन्हें याद कर मैं हँसता तो हूँ पर छाती हुमहुम कर जाती है। पर ये हँसी भी उस तार की तरह है जिसके खिंचने पर अजीब ऐंठी हुई-सी खुशी तड़क जाती है। किसी दोपहर में फ़र्श पर लेटे छत ताकते हुए, किसी पुराने दोस्त से बतियाने जैसा सुख। ऐसा है तुम्हें याद करना, सिर्फ़ ऐसा। न उससे ज़्यादा न उससे कम।

मेरे मन में तुमने खिड़की खोली थी, किसी और प्यारी दुनिया की झलक दिखाई थी, जो जब तक थी सुहानी थी। उसका सुहानापन, दिनों के किनारे पर जड़ी किरणें और सितारे थे। उसकी चमक अब भी है मेरे अन्दर चमकती हुई लेकिन मैं सिर्फ़ तुम्हारे साथ के दिनों से ख़ुद को सीमित कैसे कर लूँ? दुनिया बड़ी है, बहुत बड़ी और जीवन नियामत है, एक बार मिली हुई नियामत। और हज़ार चीज़ें करनी हैं इस एक जनम में। तुमसे मोहब्बत

की, टूट कर इश्क किया, मेरी आत्मा में नये रंग भरे। उन रंगों का वास्ता, अब मुझे कुछ और करना है। सामने हरा मैदान फैला है, सड़क कहीं दूर जाती है, कोई अपहचाना छोर कूल किनारा दिखता है। मैं यायावर होना चाहता हूँ, उस नीले आसमान की चमक मुझे खींचती है। मैं तुमसे प्यार करता हूँ, अब भी। इसलिये तुम्हारे बिना जीना चाहता हूँ। दुख तकलीफ़ में नहीं। खुशी से जीना चाहता हूँ। जैसे कोई बच्चा सुबह उठते ही किलकारी से नये भोर को बाँहें फैला कर गले लगाता है वैसे। तुम कहती थीं मेरे बिना तुम टूट जाओगे न। मेरा टूट जाना मेरे प्यार को साबित करता था? तुम्हारे लिये?

मैं हैरान हूँ। मैं जीता हूँ, साबुत हूँ। इसलिये कि एक समय मैंने प्यार किया, बेहद किया। इसलिये, अब तक जुड़ा हूँ। अब शायद तुमसे प्यार नहीं करता। शायद बहुत करता भी होऊँगा, अब भी। प्यार, तुमसे। या प्यार से। प्यार। शायद पागल हूँ कि सफ़ेद कैनवस को रंगना चाहता हूँ उँगलियों से, रीम के रीम काग़ज़ भरना चाहता हूँ शब्दों से, कैनवस के जूते पहन तंग गलियों में लोगों के चेहरे देखता, घरों की खिड़कियों से भीतर झाँकता, चलना चाहता हूँ, दुनिया के हर कोने का खाना चखना चाहता हूँ, धूप में बैठकर अपने पसन्द के लोगों से जी भरकर बात करना चाहता हूँ। मैं अपने मन का ताला अपनी चाभी से खोलना चाहता हूँ। मैं जीना चाहता हूँ, तुम्हारे बिना भी खुशी से उमगना चाहता हूँ। एक समय मैंने प्यार किया था इसलिये। इसलिये भी कि उस पार जाने के लिये दरवाज़ा मेरे ही अन्दर है अगर मैं उसे देख सकूँ, अगर उसे खोल सकूँ। मेरी यात्रा शुरू होती है अब।

मैं चाहता हूँ सबसे पहले इसे पारो को दिखाऊँ। एक हुमस उठती है छाती में। उसकी हँसी की आभा वाली ज़रा-सी टूटती आवाज़ सुनने की हरहराहट होती है। लगता है साँस रुक जायेगी। पाओलो कोंते अपनी ख़राशदार आवाज़ में *ल'मोरे* के गा रहा है। मेरी साँस सचमुच रुक जायेगी।

* * *

वे :

तुमने कहा था मैं तुम्हारे लिये गुमनाम सड़कों पर बसों से उतरता अकॉर्डियन बजाता रहता हूँ, ढेर सारी सूखी पत्तियाँ फिर भी झरती रहतीं हैं। बचपन में देखे पोस्टकार्ड्स में पीले और सुर्ख़ पत्तों से भरे बाग़ के नीचे एक अकेला बेंच। कुछ कुछ उस फेल्ट लगाये दढ़ियल बूढ़े की हल्के नशे में बेहद नरम उदासी से बार-बार मेर्सी कहना, किसी फ़िल्म का अटका कोई दृश्य। मुझे कई बार लगता है मैं कोई सोख़्ता हूँ और सब अहसास एक एक करके मुझमें जज़्ब होते रहते हैं। मोटी किताबों की कहानियाँ जो भीतरी तह तक रिस कर कहीं लुकछिप बैठी रहती हैं और त्वचा से साँस लेती ज़िन्दा रहती हैं और कभी भी, 'जानते हो,' के साथ बाहर उचक कर आ जाती हैं।

मैं तुम्हें कहानी सुनाना चाहती हूँ, तमाम कहानियाँ जो मैंने अब तक देखी पढ़ी हैं, और सारे नये शब्द जो मेरी ज़ुबान पर आकर चिपक जाते हैं, जैसे कल मैंने पढ़ा नदामत यानी शर्मिंदगी। और याद करती रही कि इस शब्द को और कब कब बिना अर्थ जाने पढ़ा है और कितनी बार तुम्हें नहीं बताया है या फिर कितनी बार ये कहकर, सुनो तुम्हें एक बात बतानी थी पर अब भूल गई हूँ कह कर सचमुच भूल गई हूँ।

या ये कि मैं बकलावा बनाना सीखना चाहती हूँ और क्या तुम मुझे मोरक्को ले चलोगे? अकॉर्डियन की धुन वहीं सुन लेंगे और वहीं से निकल पड़ेंगे किसी और देश। या फिर ये कि आज नहीं करनी कोई राजनीतिक बहस या आर्थिक मन्दी पर माथापच्ची। ये सब मैंने औरों के साथ कर लिया है, और ये कि परसों, मैं दिनभर किसी कम्पनी के बैलेंस शीट को ऐनालाईज़ करती रही और अब दुखते कंधे और भारी सर लिये कहीं शब्दों की यात्रा पर निकल पड़ना चाहती हूँ, कि कल मैं सारा दोपहर ऐनी आपा को पढ़ती रही और उदास होती रही कि उनसे मैं कभी मिली क्यों नहीं। क्या इसलिये कि मेरी भीतरी औरत उनके बाहरी और भीतरी औरत जैसी है। हू-ब-हू वैसी और इस नाते मैं उनसे जुड़ी हूँ, समय, उम्र के परे, मौत के भी परे। कि उनके शब्द मेरे अन्दर एक दुनिया रच देते हैं शायद। बिलकुल वैसी दुनिया

जैसी उन्होंने देखी थी और मैं देखती हूँ उनके शब्दों से। या उसके परे भी जैसे हर साँस के बाद एक और साँस ज़्यादा भीतर आये, जैसे मैंने बिना देखे भी देख लिया और बिना छूये भी छू लिया। या ये कि, जानते हो कल मैं एक उदास-सुखी कर देने वाले सफ़र पर थी–पाकिस्तान, सिंध, कोलंबो... और उससे भी ज़्यादा किसी के भीतर की यात्रा, उसे उसके शब्दों के ज़रिये जानने के दिल तोड़ देने वाले अनुभव, कि देखो अब तक जैसे कुछ जाना ही न था, जैसे परदा अचानक उठ गया हो और धूप खिल गई हो। ख़ूब ख़ूब उदास चेहरे पर हँसी की आभा देखी है? रक्त माँस मज्जा के भीतर छू कर देखा है तुमने? किसी की दुनिया कितनी वाईब्रेंट हो सकती है इसका अन्दाज़ा है?

मैं भी बजाना चाहती हूँ अकॉर्डियन या फिर कोई-सा भी साज़। डूब जाना चाहती हूँ फिर हँसना भी चाहती हूँ। तुम भी जानते हो न कैसी बेचैनियों भरी उदासी में भी कैसे कोई गहरा कुआँ खिल जाता है, मीठे पानी का सोता फूट पड़ता है। उसी उदासी के साये में कैसी अमीर खुशी कौंध पड़ती है। आई फ़ील रिच! ऐसी अमीरी जानते हो न तुम?

मैं कहता हूँ संजीदगी से, 'मैं तुम्हारे लिये गुमनाम सड़कों पर बसों से उतरता अकॉर्डियन बजाता रहता हूँ।'

* * *

एक वृक्ष उगता है। उसके उगने की रफ़्तार धीमी है। लेकिन उगता है। उसकी शाखों पर चिड़िया बैठती है। उसकी फुनगी को धूप छूती है। पारो और जय के भीतर यही पेड़ उगता है एक साथ। गहरा घना, सायादार। किताबें लिखी जाती हैं। जीवन जिया जाता है। दिन उगता है बीतता है। उनके भीतर एक मीठी नदी बहती है। उनके चारों ओर ज़मीन है, जगह है, आसमान है। जय कहता है मैं तुम्हें उड़ने को आकाश देना चाहता हूँ। पारो कहती है मैं तुम्हें पाँव जमाने को ज़मीन। जय कहता है तुम मेरे सब शब्द हो। पारो कहती है तुम मेरी पेंसिल की रेखायें, मेरा सुबह उठा चेहरा, मेरे मुचड़े कपड़े, मेरी

लड़ाईयाँ, मेरे अकेलेपन की जद्दोजहद। जय कहता है तुम मेरी रुखड़ी दाढ़ी, मेरे बेचैनियाँ, मेरे भीतर के कुछ कर डालने का जुनून, मेरा दीवानापन, सब–मेरी दाल चावल, मेरा शैम्पेन कवियार, मेरी शाम का ठंडा बीयर। पारो कहती है हम दो इंसान हैं। हम साथ उड़ना चाहते हैं। हम एक हैं। तुम मैं हो और मैं तुम।

जय हँसता है, कहता है चलो हिमाँचल, वहाँ सेब के बगीचे में दिनभर सेब तोड़ेंगे और रात को रिल्के पढ़ेंगे और प्यार करेंगे। पारो कहती है हाँ और बुढ़ापे में तुम किसी पहाड़ी गाँव में बच्चों को पढ़ाना, मैं तस्वीरें बनाउँगी, ख़ूब पैदल चलूँगी और खुश रहूँगी।

ऊपर कोई आसमानी फ़रिश्ताा हँसता है, कहता है, एक था आदम एक थी हव्वा।

* * *

इसी किस दुनिया में

तुमी बाजना बाजाओ ना कैनो

अनुराज रामदूथ पुराने मंदिर के चबूतरे पर सूखे पत्ते हटाता, जीर्ण खंभे से पीठ टिकाता बैठ जाता है। चेहरे पर धूप बरसती है। कपड़े के जूते धूल से अटे हैं। इस बियाबान सुनसान में छूटा लूटा भक्ति स्थल, साँप की बाँबी और फ़र्श फोड़ते तने का बवंडर। कोई राहगीर दूर से आता दिखता है। पास आता है। चुग्गी बकरा दाढ़ी और गिरी हुई मूछें। अपने कद से लम्बी लाठी को टेढ़ा करता हुआ उस पर अपनी हथेली टिकाता और हथेली पर ठुड्डी टिकाता ताकता है। चेहरे पर भोली पर एकदम जानकार मुस्कान।

'नी हाउ।'

राहगीर मुस्कुराता है, उसकी मुस्कान मीठी है, आँखें शरारत से हँसती हैं। रामदूथ अकबका कर बोलता है, सात भाषायें जिनको जानता है। राहगीर अपने चमड़े के चप्पल उतारकर चबूतरे का कोना पकड़ लेता है। चप्पल पर उसकी उँगलियों के निशान खुन गये हैं।

मैं गलत आ गया इस बार, फिर धूप से बदरंग पड़े थैले से नक्शा निकालता है। देखो, यहाँ से चला था, यही रास्ता था। मार्कस औरेलियस को कोट करता है, '*इतिहास की अपनी सांत्वनायें होती हैं,*' नहीं? हमेशा। गलत रास्तों की तो और भी...'*रेगिस्तान में गर्म हवा और दुष्ट शैतान होते हैं और राहगीर उनका सामना होने पर खत्म हो जाते हैं।*' उसकी आवाज़ साफ़ और स्थिर है, जैसे ख़ुद से पाठ कर रहा हो। 'सही मार्ग चुनने का सिर्फ़ एक तरीका है, रास्ते भर मृत लोगों की सूखी हड्डियों के संकेत खोज लेना...*मिला*

था मुझे एक, चौदह सौ अठासी का केप ऑफ गुड होप से होता हुआ बार्थोलोमियो डियाज़ का नक्शा, कोई नाविक था तीन सौ निनानवे ईस्वी में, ताओ चिंग का परिचित। रात भर सर्द हवा से बचते हम उसके समुद्री संगीत को सुनते रहे थे। तब हम तुन हवांग से शेनशेन ही पहुँचे थे। हमारा पूरा सफर हमारे आगे था, फिर कियेह चा में हमें ऐसे ही मिल गया था। उसकी दाढ़ी में कुछ और सफ़ेदी आ गई थी और उसने कुछ और नई धुनें सीख ली थीं। गोबी मरुभूमि में रात को अलाव के घेरे में बैठे हम खोतान और पामीर की बात कर रहे थे और वही धुन रबाब पर बजाता कोई मूर अँधेरे में अस्पष्ट दिखा था। कॉर्दोबा से आया था। आरागॉन के फर्दिनांद और कास्तील की इज़ाबेल्ला के विवाह के बाद मुसलमानों और यहूदियों की नृशंस हत्या के दास्तान सुना रहा था।

अल अन्दलूस, कंस्तुंतुनिया, कतालोनिया, रामदूथ बुदबुदाता है। फिर अकबका कर सोचता है, गाज़ीपुर आरा और हज़ारीबाग। मैं तो अपने पुरखे खोजने आया, गन्ने के खेत में काम करने वाले अनुबंधित गुलाम रामदूत और रामनगीना, अप्रवासी संख्या तीन एक दो चार एक शून्य और तीन एक दो चार एक एक। आरा से पोर्ट लुई तक का सफ़र। और अब क्वात्र बोर्ने से फिर बिहार बंगाल।

राहगीर नक्शा थैले में समेटता उठ खड़ा होता है। 'कुछ सौ साल गलत आ गया हूँ, बस,' एक मीठी मुस्कान के साथ कहता है, 'खैर कोई बड़ी बात नहीं। सांतरागाछि का रेलवे स्टेशन गजरमगर है। दक्खिन को जाने वाली गाड़ी पकड़ूँगा फिर मुर्शिदाबाद, बैन्डेल, चन्दननगर, फिर नादिया, बारासात, तामलुक। सोलह सौ साठ में गोमेज डी सोतो ने बैन्डेल में चर्च बनाया था, कुछ समय वहाँ फिर आगे। शांदेमागोर में जोसेफ़्ह फ्रांसुआ दूप्लेक्स। कोल्याण हाल्दार ने यही पता बताया था।' एक मुड़ा तुड़ा पुरजा निकाल कर पता देखता है।

'कितना समय हुआ?'

रामदूथ घड़ी देखता है : 'अभी सिर्फ़ बारह बजे हैं।' राहगीर च्च-

च्च की आवाज़ निकालता न में सर हिलाता है, 'नहीं नहीं ईस्वी कौन सी?'

रामदूथ कलाई पर बंधे क्रोनोग्राफ़ में साल देखता है, चाँद समय देखता है। राहगीर की कलाई पर कोई घड़ी नहीं सिर्फ़ एक गोदना है, देवनागरी में या शायद कैथी में... फ़ाहियान। तीन सौ निनानवे ईसा पूर्व और वो स्पैनिश इंक्विज़िशन तो पंद्रहवीं सदी में और सत्रह सौ तीस में व्यापार के लिये ट्रेडिंग पोस्ट, हुगली नदी के दायें तट पर फ़्रांसीसियों ने बंगाल के नवाब इब्राहीम खान से व्यापार करने का करार नामा लिया... समय का ऐसा फेर?

राहगीर धूल भरी सड़क पर ओझल होता छोटी आकृति मात्र है। 'रुको रुको, मुझे उस पन्द्रह सौ दो वाले नक्शे का पता तो बताते जाओ और उस जहाज़ का जिसमें मेरे पुरखे अपनी धरती छोड़ किस अजाने देश निकल पड़े थे।'

'लो पानी पीयो।' मैं हिमालया मिनरल वॉटर की बोतल रामदूथ की तरफ बढ़ाता हूँ। तमतमाये चेहरे की बेचैन हड़बड़ाहट से उसकी नींद खुलती है। 'सुनो, अभी फाहियान को देखा। यहीं था, मुझसे सदी पूछता था।'

'धूप ने तुम्हारा दिमाग़ पगला दिया है। चलो गाड़ी का टायर बदल गया है। निकलें?'

'आपनार की कॉथा बोलेछिलाम? बाबू ऐई रोकोम चोलबे ना,' बेनीमाधव घोषाल ड्राईवर से बहस कर रहे हैं। गाड़ी की पिछली सीट पर हमने सामान पटक दिया है। रामदूथ लौटता है, चबूतरे पर छूटी किताब उठाने। सूखे पत्तों के बीच नरम मिट्टी में दो पाँव के और एक लाठी के टेक का निशान और उसके बगल में धूल में कुछ आड़ी तिरछी लाईनें पड़ी हुई हैं। बज्जिका में लिखा है आरीवे देस कूलीज़ आनीनेम, सिर्का अठारह सौ साठ। अठारह सौ साठ में कुलियों का आगमन।

'तुमी बाजना बाजाओ न कैनो?' सड़क पर रुकी बस में बैठी औरत बच्चे के हाथ में दस पैसे वाला इकतारा देख उससे रार कर रही है, 'कैनो?'

सबसे बड़ा ग्लोब

हमारे घर एक बैरोमीटर, एक लैक्टोमीटर और एक ग्लोब था। एक थर्मामीटर भी था जो टूट गया था और जिसका पारा हमने एक छोटे पारदर्शी डब्बे में इकट्ठा कर रखा था। लैक्टोमीटर से हम दूध की शुद्धता नापते थे। उन दिनों हमारे घर में फ़्रिज नहीं था और माँ दिन में चार बार दूध गरम करती थीं कि खराब न हो। हम स्टील के कटोरे में दूध डालकर जाँचते थे। उसमें पानी डाल-डाल कर देखते कि लैक्टोमीटर सही बता रहा है कि नहीं। हर बार सही माप हमें भौंचक करता और हम एक दूसरे को देख विजयी भाव से हँसते थे जैसे कि ये कोई जादू का खेल हो जिसे हमने ही अंजाम दिया था।

गर्मी की चट दोपहरियों में माँ साड़ी का आँचल एक तरफ फेंक कर पँखे के नीचे फ़र्श पर चित्त सो जाया करती थी तब हम चुपके दबे पाँव बैरोमीटर लेकर बाहर निकल जाया करते। पुटुस की झाड़ियों की ठंडी छाँह में भुरभुरी मिट्टी में तलवे धँसाये बैरोमीटर पढ़ते। उसका माप हमारे समझ के बाहर था। फिर भी उसको हाथ में थाम कर उसके बढ़ते घटते रीडिंग को देखना हमें अन्वेषणकर्ता बना देता था। ग्लोब पढ़ना अलबत्ता अकेले का खेल था। ग्लोब नीले रंग का था और उस पर दर्शाये ज़मीन के टुकड़े भूरे हरे रंग के। उसका ऐक्सिस हल्के पीले रंग का था। हम उसे धीमे धीमे घुमाते और आँखें बन्द कर कहीं उँगली रख देते। कुछ पल में ही एशिया से योरप या दक्षिण अमरीका पहुँच जाते। लीमा, पेरू, इस्तामबुल से बढ़ते हुये हम बुरकिना फास्सो, उलन बटूर, ऊरुग्वे, समोआ, तिमोर, इस्तोनिया, किरीबाटी, सान मरीनो तक पहुँच जाते। फिर हमने ऐटलस पढ़ना शुरू किया। ज़मीन पर ऐटलस फैलाये हम मूड़ी जोड़े महीन अक्षरों को उँगलियों से पढ़ते। फिर हमने पुरानी दराज़ों को खँगालते हुये मैग्नीफाईंग ग्लास का अन्वेषण किया था। उससे न सिर्फ़ अक्षर बड़े हो जाते थे बल्कि हथेलियों की रेखायें और उँगलियों के पोरों के महीन घुमाव से लेकर त्वचा के रोमछिद्र तक विशाल दिखाई देते। पकड़ी हुई मक्खी का शरीर और चम्मच पर रखे शक्कर का दाना भी। और सबसे मज़े की चीज़ कि सूरज की किरण

को फ़ोकस कर नीचे रखे अख़बार का एक कोना भी जलाया जा सकता था।

पर ये सब दूसरे दर्जे के खेल थे। असली मज़ा ऐटलस और ग्लोब पढ़ने में ही था। टुंड्रा और सवाना और पम्पास समझने में। पहाड़ों पर उगते मॉस लिचेंस और रोडोडेंड्रॉन जानने में। ऐटलस को छाती से सटाये चित्त लेटकर छत देखने में। छत देखते हुए उन दूरदराज़ जगहों की गलियों में भटकने में था। मोरोक्कन जेल्लाबा, अरब हिजाब, काहिरा की गलियाँ, स्पैनिश क्रूसेड्स बोलने में था। दिन में सपने देखने का मज़ा कुछ और था। जबकि स्कूल में भूगोल मेरा प्रिय विषय नहीं था। इसमें गलती सरासर सिस्टर रोज़लिन की थी। सिस्टर रोज़लिन हमें भूगोल पढ़ाती थीं। उनके टखने नाज़ुक थे और पाँव सुडौल। वो पतले काले फीते वाले सैंडल पहनती थीं और उनके सफ़ेद हैबिट के नीचे उनके टखने और पाँव नाज़ुक सुडौल दिखते। जब वो टेम्परेट और मेडिटरेनियन क्लाईमेट पढ़ातीं थीं, मैं उनके पाँव, पतली कलाई और लम्बी उँगलियाँ देखती।

माँ सुबह रोटियाँ बेलते वक़्त गाने गातीं थीं। बँगला गीत, *चाँदेर हाशी* या फिर भोजपुरी लोकगीत, *कुसुम रंग चुनरी* या फिर फ़िल्मी गाने, *रहते थे कभी जिनके दिल में।* माँ काम करते वक़्त गाने गाती थीं। चूँकि दिनभर काम करती थीं, हम दिन भर माँ के गाने सुनते थे। उनकी आवाज़ में एक खनक थी। उनकी आवाज़ तहदार थी और पाटदार। मुझे लगता था उनकी आवाज़ पतली क्यों नहीं। मैं कई बार रात को प्रार्थना करती, सुबह उठूँ तो उनकी आवाज़ पतली हो जाये या फिर मैं अपने कश्मीरी दोस्त की तरह गोरी हो जाऊँ। बहुत बरस बीतने पर मेरी समझ में आना था कि माँ की आवाज़ बेहद ख़ूबसूरत थी, उसका एक अपना कैरेक्टर था, अपना वज़न और जो कहीं भी अपनी अलग पहचान करवा सकता था। उस आवाज़ में एक ख़राश भरी लय थी, लोच था जो लम्बी तान में चक्करघिन्नियाँ खा सकता था, बिना टूटे, बिना बिखरे, जो कहीं दूर वादियों से उदास झुटपुटे की महक ला सकता था, जिसमें दिल मरोड़ देने वाली चाहत की प्रतिध्वनि थी। मेरे पिता माँ की उस आवाज़ पर कैसे फ़िदा हुये होंगे ये समझना बेहद आसान था। पर ये सब भविष्य की बातें थीं।

माँ दिन में एक घंटा सोतीं थीं। तब हम दूसरे कमरे में होते जहाँ किताबें ही किताबें थीं। चौकोर भूरे दस लकड़ी के बक्से जिनको हम कभी पिरामिड की तरह सजाते, कभी एक के ऊपर एक रखते। चार नीचे फिर उनके ऊपर तीन फिर उनके ऊपर दो और सबसे ऊपर एक। सबमें किताबें सजी होतीं। बालज़ाक, प्रूस्त, ज़ोला, फ़्लॉबेयर, इलिया कज़ान, लौरेंस। इनके साथ साथ महादेवी, रेणु, निराला, प्रेमचन्द। बरसात के दिनों में गीले कपड़ों की महक इन किताबों में बस जाती। आज भी बरसात की महक से उन किताबों की महक आती है। पेट के बल लेट कर किताब पढ़ते थक कर सो जाते फिर माँ के गाने की आवाज़ से नींद खुलती। माँ शाम के खाने की तैयारी में लगीं होतीं। बाहर धुआँ होता या फिर शायद रात घिरने को आती। लैम्पपोस्टस पर बल्ब के चारों ओर लहराते फतिंगो का गोला होता और झिंगुरों की हम हम होती। हमारे सब साथी छुट्टियों में गाँव गये होते और अचानक शाम घिरते हम मायूस उदासी में डूब जाते। बैरोमीटर, टूटे थर्मामीटर का पारा, ग्लोब, सब आलमारी पर असहाय अकेले रखे होते। बिना संगी के, सिर्फ़ एक दूसरे के साथ से हम अचानक ऊब से भर उठते। माँ के गाने में भयानक उदासी होती। हम चुप खिड़की के शीशे से नाक सटाये अँधेरे में आँखें फाड़े देखते, शायद पिता, जो महीने भर के लिये बाहर थे, आज आ जायें। आज ही आ जायें।

माँ दूध में रोटी डालकर पका देतीं। दूध ज़रा-सा किनारों पर जल जाता और रोटी भीगकर मुलायम हो जाती। घर में सोंधी खुशबू फैल जाती। खिड़की के बाहर अमरूद के पेड़ की डाली शीशे से टकराती। माँ कहतीं जल्दी खाना खा लो फिर हम बाहर बैठेंगे। रात की हवा गर्मी भगा देती और हम खटिया पर चित्त तारों को देखते। माँ धीमे धीमे गुनगुनातीं। फिर कहतीं, बस अब बीस दिन और। फिर कहतीं, गर्मी अब कम है। हम दोनों माँ को देखते फिर चुपके से हँसते। पिता ने वादा किया था कि इस बार बड़ा ग्लोब लायेंगे, जिसमें छोटे शहर और नदियाँ और पहाड़ भी दिखेंगे। हम चाँद को देखते और हमारी आँखों में नींद भर जाती। रात किसी वक़्त, जब शीत गिरती और हम ठंड से सिकुड़ जाते, हमारे पैर हमारी छाती से जुड़ जाते।

माँ हमारे शरीर पर चादर डाल देतीं और दुलार से हमारे बाल सहला देतीं। हम नींद में मुस्कुराते और अस्फुट बुदबुदाते, शायद समोआ और तिमोर और लीमा।

ज़मीन पर गिरा गाजा

काली लकड़ी की बड़ी कमानी से लैस अजदहे छाते के पीछे उसकी आधी काया छिपी हुई थी। गाड़ी फर्राटे से पार हुई और एकदम पार हो जाते जाते देखा उसका चौंका चेहरा, एक पल को काले चेहरे में खिली दूध के कोये-सी झक्क आँखें। फिर बरसाती सड़क पर दो-दो तीन-तीन के गुच्छे में नीली कमीज और गाढ़ी नीली, कम घेर वाली स्कर्टों में लड़कियाँ, सिकुड़ती, बारिश से बचती हँसती, खिलखिलाती, उसी सीलेपन में बेपरवाही खोजती पातीं लड़कियाँ।

सड़क के दोनों ओर पेड़ों का कनात तना है। काले अलकतरे की सपाट सड़क आगे घूम कर विलीन होती जाती है, हर बार सड़क को निगलती गाड़ी के मुँह से आगे तेज़ भागती। लाल मिट्टी और हरे पेड़ और उसके पार हरे खेत। गाड़ी का एसी तेज़ हवा धौंक रहा है। धूप में साइकिल रोके मुड़ कर देखता आदमी पसीने से तर है। औरत की पीठ पर गठरी-सा बँधा बच्चा ढुलक कर सोया है। ठीक से दिखने के पहले पीछे छूटता हुआ। सड़क की दोनों ओर कस्बई दुकान में गाँव का सजा चेहरा दिखता है। मर्तबान के कतार और दीवार पर परमहंस की तस्वीर पर सूखे फूलों की माला, उसके बगल में किसी सफ़ेद मूछों वाले भद्र स्वरूप बुज़ुर्गवार की फ़ोटो और दीवार के पिछले हिस्से में पूजा के रैक से उठता लोबान का धुआँ। गाड़ी रुकी है। खिड़की के पार दुकान में बैठा आदमी निर्विकार भाव से मुझे देखता है। उसकी खुली बाँह पर एक मक्खी चलती है। बताशे के मर्तबान के अन्दर एक चूँटा लगातार गोल-गोल घूमता है। इस दुनिया का प्राणी।

भागते दौड़ते विलीन होते पीछे छूटे घरों, लोगों को देखते हुए मैं

सोचती हूँ, ये नहीं कि कैसे रहते होंगे ये लोग बल्कि ये कि ऐसे रहते क्या सोचते होंगे ये लोग? सब लोग?

ड्राइवर बोलता है, रास्ता एक किलोमीटर पीछे छूट गया। वहीं से जहाँ से बंगाल की सरहद शुरू हुई थी। बस जैसे एक लकीर खींची हो, इस पार आदिवासी चेहरे, लाल मिट्टी और उस पार बंगाली साड़ी, खुले तेल लगे बाल, सिन्दूर का टीका। मैं सोचती हूँ कैसे तय हुआ होगा कि इस पार ऐसे रहेंगे और उस पार वैसे। और लकीर कहाँ तय हुई होगी? किसने फ़रमान जारी किया होगा या सब ख़ुद ब ख़ुद जान गये होंगे कि इधर ऐसे रहना बोलना है, उधर वैसे? जैसे दूसरे देशों के बीच, समुद्र के बीच, धरती पर कितने कितने लोग खड़े हैं लकीर के आमने सामने, बताते कहते कि हम तुमसे अलग हैं।

मज़े की बात है लकीर के इस पार भी पेड़ हरे हैं, उस पार भी। उन्हें किसी ने नहीं बताया इस पार उस पार की रीति को। सड़कों को अलबत्ता बताया गया है। इस पार अच्छे और उस पार ऊबड़-खाबड़। छोटे दुकान, संकरे रास्ते, बजबजाती नालियाँ, यूनियन का दफ़्तर, मकानों के सामने तार पर सूखते छापेदार रंगीन साड़ियाँ, इधर-उधर होते, सुस्त फुर्तीले दिखते जवान, जम्हाई लेते बुज़ुर्ग, घुटने पर हाथ धरे सड़क के किनारे बैठीं औरतें, खाट पर सूखता उबला पीला चावल। स्कूल जाते बच्चे, बिजली के तार और रेल की पटरी। खेत खेत खेत छोटे टुकड़े और कितने पोखर।

गोसाईं कहता है यहाँ का गाजा मशहूर है। पुरुलिया में और क्या? मुड़ी डुलाकर हँसता है दाँत टूटी हँसी, बस गाजा और क्या? दफ़्तर में बैठे चीनी मिट्टी के फूलदार कप तश्तरी में कड़क चाय पीते, नमकीन बिस्कुट का एक टुकड़ा तोड़ते, फ़ाईल्स देखते उठ खड़े होते हैं। छोटे से दफ़्तर में लोग हैरानी से झाँकते हैं, बाहर से आये हैं लगता है।

लौटते ख़ूब झमाझम बारिश। नक्सलाईट एरिया है, ज़रा जल्दी निकल जायें की ताकीदगी याद रहती है पर अँधेरा भी वैसे ही झमाझम बरस रहा है। झालदा के पास हिन्दू बादशाह होटल में खटिया पर बैठे चाय पीने

का मज़ा अब निकलेगा शायद। मोटे विकराल मच्छर उठा कर न ले गये, नक्सली क्या ले जायेंगे। पानी शीशे को पीट रही है। अँधेरे में आँखें फाड़े याद करती हूँ जगहों के नाम.. टाटी सिल्वे, सिल्ली, नवाडीह, तेतला, मुरी, झालदा, टोपशिला, पलपल, अहरारा... जैसे एक स्वाद घुलता है मन में, किसी बिसरी हुई स्मृति का? उस स्मृति का जो है नहीं, उन जगहों की याद जहाँ कभी गये नहीं, वो समय जो अपना था नहीं कभी।

उस याद की याद कैसे आ सकती है जो याद कभी की गई नहीं।

रात को कैपिटल के रेस्तरां मेलांश में बैठे मेक्सिन प्रॉन सूप पीते उस आदिवासी लड़के को कड़क यूनिफ़ॉर्म में मुस्तैद मुस्कुराते देखती हूँ जो किसी गेस्ट के मेलांजे को सही करता अदब से मुस्कुराता है। कमरे में आकर पैकेट खोलती हूँ। रेस्तरां में डेज़र्ट को दरकिनार किया था। अब पुरुलिया का गाजा मुँह में घुलेगा। कूट का डब्बा तुड़-मुड़ गया है। बाहर तक देसी घी की चिकनाई फैल गई है। ढक्कन खोल कर निराशा होती है। धत्त! ये गाजा कहाँ ये तो बालूशाही है! ज़रा निराश, एक टुकड़ा मुँह में डालती हूँ। तृप्ति से आँख मुन्द जाती है। आत्मा तक मिठास फैलती है... घी में डूबी, सोंधी, फट से कुरमुरा कर खस्ता टूट कर घुलती हुई।

लगातार तीन खा लेने के बाद थकान में शरीर गिरता है। गिरता है नींद में।

इस समय का मैं नहीं

सराय के आगे घुड़सवार रुकता है। घोड़े के मुँह से फेनिल झाग नीचे गिरे उसके पहले गर्द भरे चेहरे से उलटी हथेली थकान पोंछते, हारे गिरे कँधे को समेटता, अस्फुट बुदबुदाता है, 'इस समय का मैं नहीं, ये समय मेरा नहीं...'

भट्टी के आगे, सुलगते अंगारों पर कड़कड़ाते, हथेलियों से ताप उठाते, जोड़ती है, मन ही मन गुनती है, झुर्रियों के जाल में खोजती है सब

सपने जो मर गये, अंगारों के फूल भरती छाती में, हुक्के के तल पर गुड़गुड़ाता है पानी, समय? पीरागढ़ी का सराय इस वक़्त भी खुला है, मुसाफ़िरों के लिये..

चौड़ी सड़क शहर का सीना चीरती है, बचपन में देखा कोई सी फाई (Sci fi) दृश्य हो। घुमावदार फ़्लाईओवर्स, जगमगाती रौशनी के तले बंजरपने का गीत हो। घुड़सवार भौंचक है, देखता है, घोड़े की नाल बजती है, पीछे कोई ग़ुबार नहीं छूटता...

* * *